Cuore

Clássicos Autênti

Outros títulos da coleção

Edmondo de Amicis

ILUSTRAÇÃO: DANIEL HAZAN

Cuore

[Coração]

2º EDIÇÃO

Tradução e notas Maria Valéria Rezende

autêntica

EDIÇÃO GERAL
Sonia Junqueira

PROJETO GRÁFICO
Diogo Droschi

ILUSTRAÇÕES DE MIOLO
Daniel Hazan

REVISÃO
Maria do Rosário Alves Pereira
Mariana Faria

CAPA
Larissa Carvalho Mazzoni

DIAGRAMAÇÃO
Waldênia Alvarenga Santos Ataíde

Dados Internacionais de Catalogação na Publicação (CIP)
(Câmara Brasileira do Livro, SP, Brasil)

Amicis, Edmondo de 1846-1908.

    Cuore : [coração] / Edmondo de Amicis ; ilustrações Daniel
Hazan ; tradução e notas Maria Valéria Rezende. -- 2. ed. -- Belo
Horizonte : Autêntica Editora, 2019.

    Título original: Cuore.
    ISBN 978-85-513-0474-7

    1. Diários - Literatura infantojuvenil 2. Ficção italiana I. Hazan,
Daniel. II. Rezende, Maria Valéria. III. Título.

18-23148   CDD-028.5

Índices para catálogo sistemático:
1. Diários : Literatura infantil 028.5
2. Diários : Literatura infantojuvenil 028.5

Iolanda Rodrigues Biode - Bibliotecária - CRB-8/10014

 GRUPO **AUTÊNTICA**

Belo Horizonte
Rua Carlos Turner, 420
Silveira . 31140-520
Belo Horizonte . MG
Tel.: (55 31) 3465 4500

São Paulo
Av. Paulista, 2.073, Conjunto Nacional
Horsa I . 23º andar . Conj. 2310-2312
Cerqueira César . 01311-940 . São Paulo . SP
Tel.: (55 11) 3034 4468

www.grupoautentica.com.br

Apresentação

O livro *CUORE* (*Coração*), espécie de "diário escolar", tornou-se célebre e atravessou mais de um século: foi o livro mais lido na Itália toda desde a sua publicação até bem adiantado o século XX. Uma edição italiana de 1910 registra na capa que aquela completava os 519.000 exemplares impressos[1] na Itália que tinha apenas pouco mais de 30 milhões de habitantes. Foi lido por milhões de jovens de inúmeras gerações em diversos países; apenas seis anos após sua publicação na Itália, já havia uma bela tradução e edição brasileira à disposição de nossos leitores.[2] Tornou-se um clássico da literatura para crianças e jovens e está agora, após um trabalho cuidadoso de tradução para nossa língua e de explicação de coisas hoje difíceis de entender, pronta para ser lida por você. Talvez algumas explicações iniciais sejam necessárias para deixar você também pronto para ler e apreciar este livro.

Ele foi escrito pelo jornalista e escritor Edmondo de Amicis, e publicado na Itália em 1886 – há mais de 120 anos, portanto. Naquele momento, a Itália mal acabava de sair de um longo período de guerras, que se estendeu desde 1816 até 1871.

No início do século XIX, a Itália tinha sido invadida e dominada pelo imperador francês Napoleão Bonaparte. Quando Napoleão foi derrotado por outras nações, não havia um poder italiano unificado que assumisse o governo de toda a Itália. Numa conferência de paz entre os países europeus, o Congresso de Viena (1814-1815), a Itália foi repartida em vários estados,

---

[1] Ed. Fratelli Treves, de Milano, os mesmos editores da primeira edição de *Cuore*. (N.T.)

[2] *Coração*: Tradução e prefácio de Valentim Magalhães, editado por Teixeira & irmãos, São Paulo,1891. (N.T.)

com governantes impostos pela Áustria e outros países. Sem apoio do povo, esses governantes locais dominavam à custa da força de exércitos austríacos. Mas os italianos sentiam-se um só povo, desejavam seu país unificado e um governo nacional independente, e revoltavam-se contra os governantes e exércitos estrangeiros para conquistar a unificação e a independência. Essas lutas se estenderam de 1816 a 1871, quando, finalmente, o Reino da Itália foi unificado como um único país. Algumas páginas deste livro ajudarão especialmente a percebermos o que foram essas guerras e suas consequências.[3]

Quando *Cuore* foi escrito, fazia apenas quinze anos que as guerras tinham acabado, deixando um rastro de destruição, mortes, problemas de todo tipo. As histórias contadas neste livro mostram muito bem esses problemas que o povo e mesmo as crianças da Itália tinham de enfrentar. Custa muito esforço e tempo reconstruir e unificar um país, curar as feridas físicas e sociais deixadas por uma longa guerra, fazer com que todos se sintam um povo só, unido, organizado e em paz. Por isso, este livro foi escrito: para as crianças daquele tempo, com a clara intenção de ensinar aos jovens cidadãos do novo Reino da Itália as qualidades de cidadania, ou seja, o amor à pátria, o respeito por todas as pessoas, sejam elas semelhantes ou muito diferentes de nós, pelos pais e professores, pelas autoridades legítimas. *Cuore* aponta também para o espírito de sacrifício e de heroísmo pelo bem de todos, o amor à verdade, a honradez, a honestidade, a generosidade, a solidariedade, a proteção aos mais fracos, a sensibilidade diante dos sofrimentos alheios e a coragem diante dos que se servem de seus privilégios ou de sua força para humilhar e explorar os outros; a determinação para enfrentar e superar sofrimentos causados pelas mais diversas situações: enfim, valores necessários para se fazer, em qualquer tempo e lugar, uma sociedade em que as pessoas possam viver em paz e segurança, em que cada um possa construir uma vida que valha a pena.

Para compreender melhor estas narrativas, vale a pena lembrar outras características daquele tempo, como o fato de que a medicina ainda sabia muito pouco sobre as doenças e seu tratamento, de maneira que a morte estava sempre muito perto das pessoas, mesmo das crianças.

---

[3] *O menino calabrês*; *Os soldados*; *O pequeno vigia lombardo*; *Os funerais de Vittorio Emanuele*; *O tamborzinho sardo*; *O conde Cavour*; *O rei Umberto*; *Giuseppe Mazzini*; *Garibaldi*; *O exército*; *Itália...* (N.T.)

Lembremos também que os recursos econômicos e tecnológicos eram muito mais pobres do que os de hoje, as técnicas de trabalho e produção muito primitivas em vários campos, exigindo um imenso esforço físico dos trabalhadores. A própria escola se fazia com recursos muito simples, e estava-se apenas começando a descobrir modos de ensinar e de tratar as crianças portadoras de alguma forma de deficiência, a causa e a cura para algumas doenças que afetavam sobretudo as crianças. Os métodos de ensino para portadores de deficiência eram experiência iniciais, descobertas recentes, ainda por aperfeiçoar.

Outra coisa que hoje nos parece estranha é a barreira, quase impossível de transpor, que havia entre as classes sociais: a extrema pobreza dos trabalhadores; a ideia de que quem nasceu pobre ficará pobre pela vida toda e deve se conformar; de que estudar além de quatro ou cinco anos era possível apenas para os filhos das classes privilegiadas, que isso era normal e era impossível evitar que os filhos dos pobres tivessem de trabalhar em serviços duros desde a infância. Haverá ainda outras coisas que você mesmo vai descobrir lendo o livro, e que ajudarão a avaliar o quanto o mundo mudou nesses pouco mais de cem anos, mas também o quanto nós, humanos, somos tão semelhantes aos outros humanos, de qualquer tempo ou lugar, nos nossos sentimentos, desejos, qualidades, defeitos e desafios a enfrentar.

Acreditamos que será uma leitura extremamente enriquecedora, pela qual você poderá, por exemplo, conhecer um pouco da vida do povo e, especialmente, das crianças na Itália do século XIX, comparar com a vida que você e seus amigos levam hoje, no século XXI, refletir e debater sobre semelhanças e diferenças nos hábitos, nos valores, nos comportamentos, nas relações... Avaliar o que melhorou, o que ficou pior, o que deveria ser feito para alcançar "o melhor dos dois mundos". Enfim, trata-se de uma leitura que, feita de coração aberto e sem perder de vista a época em que foi escrita, certamente vai emocionar você.

A editora, a tradutora

Palavras iniciais do autor

Este livro é especialmente dedicado a leitores entre nove e treze anos e poderia chamar-se *"História de um ano letivo"*, escrita, no século XIX, por um aluno da 3ª série[4] de uma escola municipal da Itália.

Não que ela tenha sido escrita exatamente do modo como está impressa aqui. Esse aluno, Enrico, anotava em um caderno, pouco a pouco e do jeito que sabia, as coisas que tinha visto, ouvido, pensado, vivido na escola e fora dela; no final do ano de 1886, o pai dele escreveu estas páginas baseando-se naquelas anotações, procurando não alterar as ideias e conservar, na medida do possível, as palavras do filho.

O próprio garoto, quatro anos depois, releu o manuscrito e acrescentou algumas páginas, valendo-se das lembranças, ainda vivas, que tinha das pessoas e das coisas.

Agora leiam este livro. Espero que vocês gostem e que lhes faça bem.

Edmondo de Amicis, 1886

---

[4] Equivalente à terceira série ou ao quarto ano do fundamental de hoje, no Brasil. Como aqui, havia um ano de alfabetização inicial para crianças de cerca de 6 anos de idade; crianças de mais ou menos 7 anos normalmente frequentavam a 1ª série, os de cerca de 8 anos estudavam na segunda série e assim por diante, até à quarta série primária. Enrico, autor deste diário, e seus colegas estavam na terceira série – portanto, em seu quarto ano de escolarização – e tinham cerca de 9 anos de idade; havia, porém, alguns mais velhos, por diversas razões. (N.T.)

Outubro

O primeiro dia de aula[5]
Segunda-feira, 17

Hoje é o primeiro dia de aula. Meus três meses de férias no sítio passaram como um sonho!

Minha mãe esta manhã me levou à Escola Baretti para me matricular na 3ª série: eu estava ainda com a cabeça no sítio e fui de má vontade.

Todas as ruas fervilhavam de garotos; as duas livrarias estavam lotadas de pais e mães que compravam mochilas, pastas e agendas; e, na entrada da escola, tanta gente se amontoava que o bedel e a guarda civil custavam a manter a entrada desimpedida.

Já perto do portão, senti um tapinha no meu ombro. Era meu professor do segundo ano, sempre alegre, com aquele cabelo vermelho despenteado, que disse:

---

[5] Na Europa, como aqui, o ano escolar começa no outono, depois das grandes férias de verão, sendo que o outono europeu corresponde à época da nossa primavera; portanto, o ano escolar, lá, começa no segundo semestre. (N.T.)

– Então, Enrico, vamos nos separar para sempre?

Bem que eu já sabia disso, mas essas palavras me doeram.

Entramos à força. Pais e mães, gente bem de vida e mulheres do povo, trabalhadores, empregadas, avós, todos segurando meninos numa mão e formulários de matrícula na outra, enchiam o saguão de entrada e a escada. Faziam uma zoada que parecia a entrada de um teatro. Gostei de rever aquele salão térreo, com as portas das sete salas de aula, por onde eu passava quase todos os dias durante três anos.

Havia uma multidão; os professores andavam de um lado para o outro. Minha professora do primeiro ano me cumprimentou da porta da sua sala, olhou-me com tristeza e me disse:

– Olá, Enrico, este ano você vai para o andar de cima; já nem vou ver você passar!

O diretor estava cercado por mulheres aflitas porque não havia vagas para seus filhos. Tive a impressão de que a barba dele estava um pouco mais branca do que no ano passado.

Achei que muitos meninos tinham crescido, encorpado.

No térreo, já se tinha feito a distribuição das salas, e havia crianças do primeiro ano que não queriam entrar na classe e empacavam como jumentos; era preciso empurrá-las por trás para entrarem à força; algumas fugiam das carteiras, outras começavam a chorar quando viam os pais irem embora, e estes voltavam para consolá-las ou zangar-se com elas. As professoras se desesperavam.

Meu irmãozinho foi pra classe da professora Delcati; eu, pra do professor Perboni, no primeiro andar.

Às dez horas já estávamos todos dentro da sala: 54 alunos. Só 15 ou 16 tinham sido meus colegas no ano passado. Entre eles está o Derossi, que é sempre o melhor aluno da classe.

Pensando nas matas e nas montanhas onde passei o verão, a escola me parecia tão pequena e triste!

Fiquei pensando também no meu professor do ano passado, tão legal, que vivia rindo com a gente; baixinho, parecia um colega nosso. E me deu tristeza de não vê-lo mais com seu cabelo vermelho e arrepiado.

O nosso professor, este ano, é alto, sem barba, com o cabelo grisalho e comprido, e tem uma ruga bem reta na testa; tem uma voz grossa e olha fixo pra gente, um a um, como se quisesse nos ver por dentro. E nunca ri.

Eu dizia para mim mesmo:

– Isso é o primeiro dia. Ainda faltam mais nove meses. Quantos trabalhos, quantas provas mensais, quanto esforço!

Estava louco para encontrar minha mãe na saída e corri pra lhe dar um beijo. Ela me disse:

– Coragem, Enrico, a gente vai estudar juntos.

Voltei pra casa contente. Mas não tenho mais meu professor, com aquele sorriso tão bom e alegre, e já não gosto mais da escola tanto como gostava antes.

O nosso professor
Terça-feira, 18

Desde hoje de manhã, já gosto também do nosso novo professor. Durante nossa entrada na sala, quando ele já estava sentado no seu lugar, de vez em quando um dos seus alunos do ano passado aparecia na porta só para cumprimentá-lo; vinham passando, espiavam pra dentro da sala e diziam:

– Bom dia, professor; bom dia, professor Perboni!

Alguns até entravam, apertavam a mão dele e saíam correndo. Dava pra ver que gostavam dele e que gostariam de continuar com ele. Ele respondia:

– Bom dia – e apertava as mãos que lhe estendiam; mas não olhava pra ninguém: a cada saudação, ficava sério, com sua ruga reta na testa, virado pra janela e olhando o telhado da casa em frente. Em vez de se alegrar com as saudações, parecia sofrer por causa delas.

Depois nos olhava, um por um, com muita atenção.

Durante o ditado, ele passeava entre as fileiras quando viu um garoto com a cara vermelha, cheia de urticária; interrompeu o ditado, segurou o rosto do menino entre as mãos e olhou bem; depois, perguntou o que ele tinha e lhe pôs uma mão na testa para sentir se tinha febre.

Enquanto isso, um menino que estava atrás dele subiu no banco e começou a fazer palhaçadas. O professor virou-se de repente; o garoto caiu sentado e ficou ali, de cabeça baixa, esperando um castigo. O professor só pôs a mão na cabeça dele e disse:

– Não faça mais isso.

Nada mais. O professor voltou para sua mesa e continuou o ditado. Quando acabou de ditar, ficou por um momento olhando para nós, em silêncio. Depois disse, devagar, com sua voz grossa, mas simpática:

– Escutem. Temos de passar um ano juntos. Estudem e sejam bons. Eu não tenho família. A minha família são vocês. No ano passado, eu ainda tinha a minha mãe, mas ela morreu. Fiquei sozinho. Não tenho mais ninguém no mundo, não tenho outros amigos nem outro pensamento senão vocês. Eu lhes quero bem, é preciso que vocês também me queiram bem. Não quero ter de castigar ninguém. Mostrem-me que vocês têm coração; nossa escola será uma família e vocês serão a minha consolação e o meu orgulho. Não peço que me prometam com palavras; tenho certeza de que, nos seus corações, vocês já me disseram "sim". E eu lhes agradeço.

Naquele momento, entrou o bedel para anunciar o fim da aula. Levantamos todos das carteiras, caladinhos. Então o garoto que tinha subido no banco chegou perto do professor e disse, com a voz meio tremida:

– Professor, me desculpe.

O professor lhe deu um beijo na testa e disse:

– Tudo bem, meu filho.

Um desastre
Sexta-feira, 21

O ano começou com uma desgraça.

Caminhando pra escola, hoje de manhã, eu repetia para meu pai aquelas palavras do professor, quando vimos a rua cheia de gente parada na frente da porta da escola. Meu pai logo disse:

– Algum desastre. O ano está começando mal.

Entramos com dificuldade. O saguão estava cheio de pais e de alunos que os professores não conseguiam arrastar para as classes; todo mundo olhava pra sala do diretor, e ouvimos muitos dizerem:

– Coitado do menino! Pobre Robetti!

Por cima das cabeças, no fundo da sala cheia de gente, via-se o capacete de um guarda civil e a careca do diretor. Depois entrou um senhor de cartola e todos disseram:

– É o médico.

Meu pai perguntou a um professor:

– O que foi que aconteceu?

– A roda de um ônibus passou em cima do pé de um aluno – respondeu o professor.

– Quebrou o pé – disse outro.

– Foi um menino do segundo ano, que vinha vindo pela rua e viu um garotinho da pré-escola que escapou da mãe, caiu no meio da rua, a poucos passos do ônibus que vinha vindo pra cima dele. O menino maior correu, agarrou o pequeno e salvou-o; mas demorou a puxar o pé, e a roda do ônibus passou em cima. É filho de um capitão de artilharia.

Enquanto nos contavam isso, uma senhora entrou no saguão feito louca, abrindo caminho no meio da multidão: era a mãe de Robetti, que tinham mandado chamar. Uma outra senhora correu ao encontro dela, abraçou-se com ela, soluçando: era a mãe do menininho que tinha sido salvo. As duas correram pra sala do diretor e ouviu-se um grito:

– Meu Giulio! Meu filho!

Nesse momento, parou uma carruagem em frente à porta, e pouco depois vimos o diretor sair da sala carregando nos braços o menino, que vinha com a cabeça apoiada no ombro dele, com a cara muito branca e os olhos fechados. O diretor parou um pouco, pálido, e, com os dois braços, levantou o menino para que toda a gente pudesse vê-lo. Então, os professores, as professoras, os pais e a meninada disseram, juntos:

– Viva, Robetti! Viva, garoto!

E lhe jogavam beijos. As professoras e as crianças que estavam perto dele lhe beijaram as mãos e os braços. Ele abriu os olhos e disse:

– A minha pasta!

A mãe do menino que ele tinha salvo disse:

– Deixa que eu carrego pra você, meu anjo, eu carrego.

E, enquanto isso, amparava a mãe do ferido, que escondia o rosto com as mãos.

Saíram, acomodaram o menino na carruagem e partiram. Então nós todos entramos de novo na escola, em silêncio.

O menino calabrês

Ontem à tarde, enquanto o professor nos dava notícias do pobre Robetti, que vai ter de andar de muletas, entrou o diretor com um novo aluno. É um menino de rosto bem moreno, cabelos pretos, olhos grandes e negros, com sobrancelhas bem grossas que se juntam acima do nariz, vestido de roupa escura, com um cinto de marroquim preto. O diretor cochichou alguma coisa no ouvido do professor e saiu, deixando o garoto perto dele. O menino nos olhava com aqueles olhões escuros, como se estivesse morto de medo. Então o professor puxou-o pela mão e disse à turma:

– Vocês devem ficar muito contentes. Hoje entra na sua escola um menino nascido em Reggio de Calábria, a mais de oitocentos quilômetros daqui. Sejam amigos deste companheiro vindo de tão longe. Ele nasceu em uma terra gloriosa, que deu à Itália muita gente ilustre, trabalhadores fortes e soldados corajosos. É uma das terras mais belas da nossa pátria, onde há grandes matas e altas montanhas, habitadas por um povo cheio de engenho e coragem. Façam com que ele nem sinta que está longe da cidade onde nasceu; mostrem que um menino italiano, seja lá em que escola italiana for, sempre encontrará amigos.

Tendo dito isso, o professor levantou-se e mostrou no mapa da Itália onde fica Reggio de Calábria. Depois chamou em voz alta:

– Ernesto Derossi! – é o menino que sempre ganha os primeiros prêmios na escola. Derossi levantou-se.

– Venha aqui – disse o professor. – Dê um abraço de boas-vindas, em nome de toda a turma, ao seu novo colega. Um abraço do filho do Piemonte ao filho da Calábria.

Derossi abraçou o calabrês, dizendo com sua voz bem clara:

– Seja bem-vindo!

O calabrês, com entusiasmo, estalou dois beijos nas faces do Derossi e toda a turma aplaudiu.

– Silêncio! – gritou o professor. – Mas se via que ele estava contente.

O calabrês também ficou contente. O professor indicou um lugar e acompanhou-o até a carteira. E depois ainda disse:

– Lembrem-se bem do que eu lhes digo. Para que isto pudesse acontecer, que um garoto calabrês se sinta em casa aqui em Torino[6] e que um garoto de Torino possa estar em Reggio de Calábria como em sua própria casa, o nosso país teve de lutar por cinquenta anos, durante os quais morreram trinta mil italianos. Vocês devem respeitar-se e amar-se entre si. Mas, se algum de vocês ofender este colega porque ele não nasceu na nossa província, vai se tornar indigno de levantar os olhos do chão quando passar diante de nossa bandeira de três cores.

Assim que o calabrês se sentou, seus vizinhos lhe deram de presente alguns lápis e uma gravura, e um outro garoto, que se senta no último banco, lhe mandou um selo postal da Suécia.

Meus colegas
Terça-feira, 25

O menino que mandou o selo para o calabrês é meu colega preferido. Chama-se Garrone, é o maior da turma, tem quase 14 anos, cabeça grande, ombros largos; ele é bom, vê-se no seu sorriso, mas parece que está sempre pensando em coisa séria, como um adulto.

Agora já conheço muitos dos meus colegas. Há um outro de quem eu também gosto, que se chama Coretti e anda sempre com uma malha cor de chocolate e um boné de pele de gato: sempre alegre, é filho de um revendedor de lenha que foi soldado na guerra de 1866,[7] no batalhão do príncipe Umberto, e dizem que ganhou três medalhas.

Há também o Nelli, corcundinha, coitado, fraquinho, com uma carinha magra e pálida.

Há outro, muito bem-vestido, que está sempre sacudindo os ciscos da roupa e se chama Votini.

Na carteira à frente da minha há um garoto que todos chamam de Pedreirinho, porque o pai dele é pedreiro; tem a cara redonda como uma maçã e um nariz de batata. Esse tem uma habilidade especial,

---

[6] Turim. (N.T.)

[7] Trata-se de uma das etapas da luta pela unificação, conhecida como "Terceira Guerra de Independência Italiana". Os revolucionários italianos aproveitaram a guerra entre a Áustria e a Prússia para libertar mais uma parte de seu território. (N.T.)

sabe imitar o movimento de um focinho de coelho: todos lhe pedem pra fazer focinho de coelho e caem na risada. Ele carrega um chapéu molambento enrolado no bolso como se fosse um lenço.

Ao lado do Pedreirinho, fica o Garoffi, uma figura comprida e magra, com o nariz feito um bico de coruja e os olhos bem pequenininhos, que negocia o tempo todo com lápis, santinhos e caixas de fósforos, e escreve a cola das lições nas unhas pra ler escondido.

Depois tem um filhinho de papai, Carlo Nobis, que parece muito orgulhoso e se senta entre dois garotos que eu acho muito simpáticos: o filho de um ferreiro, ensacado numa jaqueta que lhe chega até os joelhos, tão pálido que parece doente, sempre com um ar assustado e que nunca ri; o outro tem o cabelo vermelho e um braço morto que leva sempre numa tipoia pendurada do pescoço. O pai dele foi embora pra América, e a mãe vai de casa em casa vendendo verduras.

Do meu lado esquerdo, senta um tipo curioso, o Stardi, pequeno e atarracado, sem pescoço, um emburrado que não fala com ninguém. Parece que não entende quase nada, mas presta sempre a maior atenção no professor, sem piscar um olho, com a testa enrugada e com os dentes apertados. Se alguém lhe perguntar alguma coisa enquanto o professor está falando, da primeira e da segunda vez não responde, da terceira vez dá um pontapé.

Perto dele, vê-se a cara dura e triste de um menino chamado Franti, que já foi expulso de outra escola.

Há também dois irmãos, um a cara do outro, vestidos iguais, cada um com seu chapéu calabrês com uma pena de faisão.

O mais brilhante, o que tem mais jeito pra tudo e que, com certeza, vai ser o melhor da classe este ano também, é o Derossi. O professor, que já percebeu isso, vive fazendo perguntas a ele.

Mas eu gosto mesmo é do Precossi, filho de um serralheiro, aquele da jaqueta compridona e que parece doente; dizem que ele vive apanhando do pai. Ele é tão tímido que pede desculpas cada vez que encosta um dedo em alguém ou que precisa fazer uma pergunta a algum colega.

Agora, o maior – e melhor – de todos é o Garrone.

Um gesto generoso
Quarta-feira, 26

Justamente esta manhã, o Garrone mostrou quem é.

Quando entrei na escola – um pouco atrasado porque a professora do primeiro ano me parou pra perguntar a que horas podia fazer uma visitinha lá em casa –, o professor ainda não tinha chegado, e três ou quatro garotos estavam torturando o pobre do Crossi, aquele que tem o cabelo vermelho, um braço morto e cuja mãe é verdureira.

Cutucavam o coitado com a régua, jogando cascas de castanha na cara dele, chamando o pobre de "aleijado" e de "monstro" e imitando o braço dele pendurado do pescoço.

Sozinho, encolhido no fundo do banco, branco como uma folha de papel, Crossi só ouvia, olhando pra um e pra outro com um olhar que parecia implorar que o deixassem em paz.

Mas os outros zombavam cada vez mais do Crossi, e ele começou a tremer e a ficar vermelho de raiva. De repente, o Franti, com aquela cara horrorosa, subiu num banco e, fingindo que carregava um balaio em cada braço, começou a arremedar a mãe do Crossi quando vinha esperar o filho na porta da escola – agora não vem mais, porque está doente. Muitos alunos se matavam de rir.

Então o Crossi estourou, agarrou um tinteiro[8] e jogou com toda a força na cabeça do Franti, mas o Franti desviou e o tinteiro foi bater bem no peito do professor, que vinha entrando. Todos correram, cada um pro seu lugar, e calaram a boca, apavorados.

O professor, branco de susto, subiu no estrado[9] e perguntou, com a voz alterada:

– Quem foi?

Ninguém respondeu.

---

[8] Na época em que se passa esta história, não havia canetas esferográficas ou qualquer outro tipo de caneta que já viesse com tinta dentro. Para escrever, usava-se uma pena de aço que era preciso molhar constantemente num frasco cheio de tinta, o tinteiro. Cada aluno ou cada dois alunos partilhavam um tinteiro que ficava encaixado num buraco sobre a mesa ou carteira. (N.T.)

[9] Até poucos anos atrás, era comum que a mesa e a cadeira do professor estivessem postas sobre um estrado de madeira para ficarem bem mais altas que as carteiras dos alunos. (N.T.)

O professor gritou de novo, mais alto:

– Quem foi?

Então o Garrone, com pena do pobre do Crossi, pulou de pé e disse:

– Fui eu.

O professor olhou pra ele, olhou bem os outros colegas espantados e falou, calmamente:

– Não foi você, não.

E continuou:

– O culpado não será castigado. Que se levante.

O Crossi se levantou, já chorando, e disse:

– Eles começaram a me espetar e a me xingar, eu fiquei maluco e atirei o tinteiro...

– Sente-se – disse o professor. – Levantem-se os que estavam provocando este menino.

Quatro se levantaram, com a cabeça baixa. O professor disse:

– Vocês xingaram um colega que não estava provocando, zombaram de um infeliz, bateram no mais fraco, que não pode se defender. Vocês cometeram uma das ações mais baixas, mais vergonhosas e sujas de que uma pessoa humana é capaz. Covardes.

Depois que disse isso, desceu do estrado até o meio das carteiras, estendeu a mão e levantou o queixo do Garrone, que estava de cabeça baixa, olhou-o bem nos olhos e disse:

– Você tem uma alma nobre.

Aproveitando o momento, o Garrone cochichou alguma coisa no ouvido do professor. Então ele se virou para os quatro culpados e disse, bruscamente:

– Estão perdoados.

Minha professora da primeira série

Quinta-feira, 27

Minha professora cumpriu a promessa e veio aqui em casa hoje, bem na hora em que minha mãe e eu estávamos quase saindo pra levar umas roupas pra uma mulher necessitada, que tinha sido recomendada pelo jornal *Gazeta*.

Já fazia um ano que ela não vinha à nossa casa. Foi a maior festa quando chegou! Está sempre do mesmo jeitinho, baixinha, com um véu verde em volta do chapéu, vestida de qualquer jeito e mal penteada, porque não tem tempo de cuidar-se. Mas está mais descorada do que no ano passado, com alguns fios de cabelo branco, e sempre tossindo. Minha mãe lhe disse:

– E a saúde, minha querida, como é que vai? Você não se cuida bastante.

– Ah, isso não tem importância – respondeu a professora, com seu sorriso ao mesmo tempo alegre e melancólico.

Minha mãe disse:

– Você fala muito alto, se cansa demais com sua criançada...

É verdade. A gente ouve sempre a voz dela, eu me lembro bem. Ela fala o tempo todo, fala pra que as crianças não se distraiam. Não se senta um minuto.

Eu tinha certeza de que ela ia aparecer aqui em casa, porque nunca se esquece dos seus antigos alunos. Nos dias de prova mensal, ela corre à diretoria pra saber as nossas notas; fica nos esperando na saída pra ler nossas redações e ver se a gente melhorou. E vejo muitos garotos grandes, que já usam calça comprida e relógio,[10] voltarem à escola só pra se encontrar com a antiga professora.

Hoje mesmo eu vi que ela vinha vindo, cansadíssima, da Pinacoteca, aonde tinha levado seus alunos, como faz todo ano. Toda quinta-feira, leva os alunos pra algum museu e explica cada coisa que se vê lá. Coitada da professora, emagreceu ainda mais! Mas é sempre animada, fica entusiasmada cada vez que fala da sua turma de alunos.

---

[10] Naquela época, relógios eram coisas raras e muito caras. Crianças pequenas nunca usavam relógios, e até por volta dos 13, 14 anos, os meninos usavam calças curtas. Calças compridas e relógios marcavam a passagem para a adolescência. No Brasil também foi assim até por volta dos anos 1960. (N.T.)

Ela quis rever o quarto onde, há dois anos, me viu muito doente. Ficou olhando um tempão pra cama, que agora é do meu irmão, sem conseguir dizer nada.

Depois saiu às pressas pra visitar um aluno, filho de um seleiro, que está com sarampo. Tinha um monte de lições pra corrigir, trabalho pra muitas horas, à noite, e antes disso ainda ia dar uma aula particular de aritmética pra dona da bodega.

– Então, Enrico – disse-me, já saindo –, você ainda gosta desta sua professora, agora que já sabe resolver problemas difíceis e escrever redações bem compridas?

Ela me deu um beijo, e depois ainda me gritou, lá do pé da escada:

– Não se esqueça de mim, viu, Enrico?

Ah, minha professora querida, nunca, nunca vou me esquecer de você. Mesmo quando eu for grande, ainda vou me lembrar de você e vou te ver no meio dos seus alunos. E cada vez que eu passar perto de uma escola e ouvir a voz de uma professora, será como se eu ouvisse a sua voz, e recordarei os dois anos que passei na sua classe, onde aprendi tanta coisa, onde vi você tantas vezes doente e cansada, mas sempre dedicada, sempre paciente, desesperada quando um aluno se acostumava a pegar o lápis de mau jeito, tremendo quando os inspetores vinham nos interrogar, feliz quando a gente se saía bem, sempre boa e carinhosa como uma mãe. Nunca, nunca me esquecerei de você, minha professora.

Em um sótão[11]
Sexta-feira, 28

Ontem de tardezinha fui, com minha mãe e minha irmã, Silvia, levar as roupas pra mulher pobre recomendada pelo jornal: eu levei o pacote e Silvia levou o jornal com as iniciais do nome da senhora e o endereço.

---

[11] Nas casas antigas era comum haver um sótão: cômodos que ficavam no espaço entre o forro da casa e o telhado propriamente dito, com o pé-direito um pouco mais alto no ponto que correspondia à cumeeira do telhado, e bem baixinho à medida que o telhado se inclinava para os lados. Por isso, o sótão tinhas apenas janelinhas minúsculas, era apertado, frio e escuro. Os sótãos serviam de lugar para guardar trastes velhos, de alojamento para os empregados, de moradia para os muito pobres ou... de esconderijo para fantasmas. (N.T.)

Subimos quase até o telhado de um sobrado, e entramos em um corredor comprido onde havia várias portas. Minha mãe bateu na última porta e apareceu uma mulher ainda jovem, loura e abatida, que eu logo achei que já tinha visto outras vezes, com aquele mesmo lenço azul escuro na cabeça.

Minha mãe perguntou:

– A senhora é aquela que o jornal...

– Sim, senhora, sou eu.

– Bom, nós trouxemos um pouco de roupa pra senhora.

Ela começou a nos agradecer e nos abençoar que não acabava mais.

De repente, vi, num canto daquele quarto vazio e escuro, ajoelhado diante de uma cadeira, de costas pra nós, um garoto que parecia estar escrevendo. E estava escrevendo mesmo, com o papel em cima da cadeira e o tinteiro no chão. Como é que ele faz pra escrever assim, no escuro? Enquanto eu dizia isso a mim mesmo, de repente reconheci o cabelo vermelho e a jaqueta de fustão do Crossi, o filho da verdureira, aquele do braço morto. Disse isso baixinho à minha mãe, enquanto a mulher foi guardar a roupa.

Minha mãe respondeu:

– Fique quieto. Pode ser que ele se envergonhe de ver que é você que está fazendo uma caridade pra mãe dele; não chame o menino, não.

Mas naquele momento o Crossi se virou, eu fiquei sem jeito, ele sorriu e então minha mãe me deu um empurrãozinho pra eu correr e lhe dar um abraço. Abracei meu colega, ele se levantou e pegou a minha mão.

Enquanto isso, a mãe dele falava com a minha:

– Pois veja só, eu, aqui sozinha com esse menino, meu marido na América há seis anos, e eu, ainda por cima, doente, que nem estou podendo andar pra vender verduras e ganhar algum dinheirinho. Não ficou nem uma mesinha para o coitado do meu Luigino fazer o dever. Quando havia uma banca lá embaixo, no portal, pelo menos ele podia fazer as lições em cima dela, mas levaram a banca embora. Ele não tem nem luz pra estudar sem prejudicar os olhos! Ainda bem que pelo menos ele pode ir pra escola, porque o município, por sorte, dá os livros e os cadernos. Coitado do Luigino, logo ele, que tem tanta vontade de aprender! Eu fico muito triste.

Minha mãe entregou a ela tudo o que tinha na bolsa, deu um beijo no menino e saiu quase chorando. Bem que ela teve razão de me dizer:

– Viu só que aperto passa aquele menino pra conseguir estudar? E você, que tem de tudo na maior comodidade, ainda acha que estudar é duro! Ah, meu filho! Um só dia de estudo daquele menino vale mais do que o seu ano inteiro. Para meninos como ele é que a escola deveria dar prêmios...

A escola
Sexta-feira, 28

Sim, meu querido Enrico, como a sua mãe lhe disse, você acha que estudar é duro, e não vejo você sair para a escola com a animação e a cara contente que eu gostaria de ver. Você ainda vai se arrastando. Pense bem: que coisa besta e sem valor seria o seu dia se você não fosse para a escola! Depois de uma semana, você ia implorar de joelhos para voltar para as aulas, roendo-se de tédio e de vergonha, enjoado dos seus brinquedos e da sua existência. Todo mundo agora estuda, Enrico. Pense nos trabalhadores que vão à escola à noite, depois de ter-se cansado o dia inteiro no trabalho; pense nas mulheres, nas moças do povo que passam todo o domingo na escola, depois de ter trabalhado a semana inteira, e nos soldados que se agarram com os livros e os cadernos quando voltam exaustos dos seus exercícios. Pense nos meninos surdos-mudos e nos cegos que também vão estudar. Até os presos, nas cadeias, estudam, aprendem a ler e a escrever.

Todo dia, de manhã, quando sair para a escola, pense que, no mesmo instante, na sua própria cidade, outros milhares de meninos como você também vão se fechar por algumas horas numa sala de aula para estudar. Pense na infinidade de crianças que estão a caminho das aulas, nessa mesma hora, em todos os países pelo mundo afora; veja na sua imaginação essa criançada toda andando pelos caminhos tranquilos dos vilarejos, pelas ruas barulhentas das cidades grandes, pela beira do mar ou pelas margens dos lagos e rios, às vezes debaixo de um sol de rachar, outras vezes no meio da neblina, ou, então, de barco, nas regiões cortadas por rios e canais; vão a cavalo, atravessando grandes descampados, ou até de trenó sobre a neve; vão pelos vales e colinas, atravessando matas e riachos, subindo serras por caminhos desertos, sozinhos, ou dois a dois, em grupos grandes ou pequenos, mas todos carregando seus livros, vestidos de mil modos diferentes, falando mil línguas diferentes, desde as escolas lá nos extremos da Rússia, quase perdidas no gelo, até às escolas em pleno deserto da Arábia, sombreadas pelas tamareiras; enfim, milhões e milhões de crianças, todas aprendendo coisas parecidas de centenas de formas diferentes. Imagine só esse formigueiro imenso de garotos de centenas de povos distintos, esse vasto movimento do qual você também participa...

Pense que, se esse movimento for interrompido, a humanidade pode cair na barbárie, porque esse movimento é o progresso, a esperança e a glória do mundo. Vá, coragem, meu soldadinho desse enorme exército que luta pelo conhecimento! Suas armas nessa guerra contra a ignorância são os seus livros, a sua turma na escola é a sua brigada, o campo de batalha é o planeta inteiro e a vitória é o aperfeiçoamento, o desenvolvimento da humanidade... Não seja um soldado covarde, meu filho.

Seu pai

CONTO MENSAL

O pequeno patriota paduano
Sábado, 29

Não vou ser um soldado covarde, não, mas se todos os dias o professor contasse uma história como a que contou hoje, juro que eu ia ter muito mais vontade de ir pra escola. Ele disse que cada mês vai nos contar uma história verdadeira de uma ação heroica praticada por um menino. A de hoje se chama *O pequeno patriota paduano*, e é assim:

Um navio francês partiu de Barcelona, cidade da Espanha, para Genova, na Itália, e a bordo viajavam franceses, italianos, espanhóis e suíços. Entre os passageiros, havia também um garoto de 11 anos, malvestido, viajando sozinho, que ficava nos cantos, como um bicho do mato, olhando os outros de longe com um olhar enfezado. E ele tinha razão para desconfiar de todos... Havia dois anos que os pais dele, camponeses dos arredores da cidade de Pádua, tinham vendido o menino ao dono de uma companhia de saltimbancos, que o treinou para dar cambalhotas, e o arrastou através da França e da Espanha à custa de empurrões, pontapés e jejum, espicaçando-o o tempo todo, deixando-o esfarrapado e morto de fome.

Quando chegaram a Barcelona, o garoto já não aguentava mais ser maltratado e passar fome: seu estado era de dar dó; então, fugiu do seu torturador e foi implorar a proteção do cônsul da Itália. Com pena dele, o cônsul embarcou-o naquele navio, com uma carta para o comissário de polícia de Genova, recomendando que o mandasse de volta aos pais que o tinham vendido como se fosse um animal de carga.

O pobre menino estava esfarrapado e doente. Deram-lhe um beliche na segunda classe. Os passageiros repararam nele e alguns começaram a lhe fazer perguntas, mas ele nada respondia e parecia encarar a todos com ódio e desprezo, de tão revoltado e triste que estava por todo o sofrimento e cansaço que tinha passado. Três dos passageiros insistiram tanto com suas perguntas que acabaram conseguindo fazê-lo falar – e, com poucas e simples palavras, misturando dialeto vêneto, espanhol e francês, contou-lhes a sua história. Nenhum dos três era italiano, mas compreenderam o que o menino disse e, movidos em parte pelo efeito do vinho e em parte por pena, deram-lhe algumas moedas, brincando com ele e estimulando-o a continuar a contar sua vida. Naquele momento entraram algumas senhoras na sala, e os três homens, para se exibir, lhe deram ainda mais dinheiro, gritando:

– Toma! Apanha! Pega aí! – E atiravam moedas que tilintavam por cima da mesa.

O menino guardou tudo no bolso, gaguejando agradecimentos com o seu modo desajeitado; mas, pela primeira vez, via-se um ar de satisfação e de confiança nos olhos dele. Daí a pouco, subiu para o beliche, puxou a cortina e ficou bem quietinho, pensando na vida. Com aquele dinheiro, poderia comprar, no próprio navio, alguma coisa boa para comer; já fazia dois anos que nunca mais tinha comido pão com fartura. Poderia comprar uma jaqueta, logo que desembarcasse em Genova, porque, desde que saíra da casa dos pais, andava vestido de molambos; e podia, ainda, levar o resto do dinheiro para casa – e, assim, tinha esperança de ser acolhido pelo pai e pela mãe mais humanamente do que se chegasse com os bolsos vazios. Aquele dinheiro era uma pequena fortuna, e, pensando nisso, escondido atrás da cortina do beliche, o menino se sentia um pouco mais consolado.

Enquanto isso, os três passageiros conversavam sentados à mesa do jantar, no meio da sala da segunda classe; bebiam e falavam de suas viagens e dos países que tinham visitado, e, de caso em caso, passaram a falar da Itália. Um deles começou a queixar-se das pousadas italianas; outro, a criticar as estradas de ferro, e, logo, exaltaram-se e desataram a falar mal de tudo. Um dizia que preferiria viajar para a Lapônia do que para a Itália, o outro dizia que na Itália só tinha visto malandros e baderneiros, o terceiro afirmava que os funcionários italianos nem sabiam ler.

– Um povo ignorante – concluiu o primeiro.

– E sujo – completou o segundo.

– E la... – começou o último, mas não pôde terminar a palavra "ladrão", porque uma tempestade de moedinhas despencou em cima das cabeças dos três, escorregando-lhes pelas costas abaixo, correndo de cima da mesa para o chão com um tinido infernal. Levantaram-se, furiosos, olhando para cima, recebendo ainda um punhado de moedas na cara.

O menino pôs a cabeça fora da cortina do beliche e disse, com desprezo:

– Podem ficar com o seu dinheiro. Eu não aceito esmola de gente que ofende o meu país.

Novembro

O limpador de chaminés

Terça-feira, 1°

Ontem de tardezinha fui à sala de aula das meninas, que fica ao lado das nossas, pra levar a história *O pequeno patriota paduano* à professora da Silvia, que queria ler pras meninas. Setecentas garotas frequentam essas aulas.

Quando cheguei, elas estavam começando a sair, todas contentes por causa dos feriados de Todos os Santos e Finados. Então, assisti a uma cena linda: em frente à porta da escola, do outro lado da rua, estava um garotinho pequeno, que trabalha como com sua espátula e um saco para raspar e recolher a fuligem. Estava todo enfarruscado, com a cabeça apoiada no braço e o braço encostado no muro, chorando e soluçando, muito aflito. Duas meninas aproximaram-se dele e perguntaram:

— Está chorando por que, menininho?

Mas ele não respondeu e continuou a chorar.

– Ei, você não ouve, não? O que foi que aconteceu pra você chorar tanto? – repetiram as meninas.

Então ele levantou a cabeça, com sua carinha de criança, e disse que já tinha limpado várias chaminés, que ganhara algum dinheiro, mas tinha perdido tudo porque o bolso dele estava furado – e mostrou o rasgão. Disse que não tinha coragem de chegar em casa sem o dinheiro.

– O patrão me bate – contou, entre soluços, e encostou outra vez a cabeça no braço, como um pobre desesperado.

As meninas ficaram olhando pra ele, muito sérias. Enquanto isso, foram chegando muitas outras garotas, grandes e pequenas, pobres e ricas, com suas mochilas. Então uma delas, mais crescida, a que usa um chapéu com uma pena azul, tirou duas moedas do bolso e disse:

– Eu só tenho essas duas moedinhas, mas podemos fazer uma vaquinha pra ajudar o garoto!

Outra, de vestido amarelo, disse:

– Eu também tenho o mesmo que você, mas, juntando de todas, vamos arranjar o dinheiro. – E começaram a chamar as outras.

– Amalia! Luigia! Annina! Uma moedinha cada uma!

– Quem mais tem dinheiro? Vamos, vamos, um dinheirinho aqui! Colaborem!

Algumas tinham trazido dinheiro pra comprar flores ou cadernos, mas logo deram. Outras, as pequenas, deram os centavos que tinham. A menina da pena azul ia juntando tudo e contando em voz alta.

– Oito, dez, quinze... – mas ainda faltava pra inteirar o que o menino tinha perdido. Nisso apareceu outra garota, maior do que todas, que até parecia uma professorinha, e ofereceu uma nota maior. A pequena multidão aplaudiu muito, mas ainda faltava um pouco.

– Vamos chamar as meninas do quinto ano, elas também devem ter dinheiro – disse uma garota.

E tinham mesmo: das novas mãos choveram moedas, e todas fizeram uma roda em torno do menino. Era uma graça ver o pobrezinho no meio de todos aqueles vestidinhos coloridos e daquela confusão de plumas, laços de fita e cabelos cacheados e soltos.

Já tinham juntado o dinheiro de que o menino precisava, mas ainda iam chegando mais meninas; as menores, que não tinham dinheiro, metiam-se pelo meio das maiores e ofereciam buquezinhos de flor, só pra dizerem que também tinham dado alguma coisa. De repente, apareceu a porteira da escola, gritando:

– Lá vem a diretora!

As garotas escaparam pra todo lado como um bando de passarinhos. Deu para ver, então, bem no meio da rua, o pequeno varredor, sozinho, enxugando os olhos, todo contente, com punhados de dinheiro nas mãos e um monte de raminhos de flores enfiados nas casas de botão da jaqueta, no chapéu, saindo dos bolsos... Viam-se flores espalhadas até no chão, em volta dele.

O dia de finados
Quarta-feira, 2

Este é o dia consagrado à lembrança dos mortos. Você sabe, Enrico, em que mortos todos os meninos deveriam pensar neste dia? Naqueles que deram a vida pelo bem de vocês, jovens e crianças. E sabe quanta gente já morreu e morre todos os dias por isso? Já pensou, alguma vez, quantos pais se mataram de trabalhar e quantas mães desceram à sepultura antes do tempo, esgotados por se privarem de tudo para sustentar os filhos? Sabe quantos homens enfiaram um punhal no próprio peito, desesperados por verem seus filhos na miséria, e quantas mulheres se afogaram ou morreram de dor, ou ficaram loucas por ter perdido um filho querido? Lembre-se hoje desses mortos todos, Enrico. Pense em tantas professoras que morreram de tuberculose, na flor da idade, por causa do cansaço de tanto trabalhar, pelo amor às crianças que não tiveram coragem de abandonar. Pense nos médicos que morreram porque, para atender crianças doentes, enfrentaram corajosamente o risco de pegar doenças contagiosas. Pense em todas as pessoas que, em casos de enorme risco, como nos naufrágios, nos incêndios e nas grandes secas, deram às crianças a última tábua de salvação, a única corda que havia para escapar do fogo, o único pedaço de pão... e morreram contentes do seu sacrifício, porque tinham salvo a vida de um inocente. Há um número impossível de contar de gente que morreu assim, Enrico; há centenas dessas pessoas que, se pudessem voltar um minuto a este mundo, diriam o nome da criança pela qual sacrificaram as alegrias da juventude, a paz da velhice, seus amores, sua inteligência, sua vida; jovens mães de vinte anos, homens cheios de força, velhos de oitenta anos ou rapazes ainda adolescentes foram mártires da infância, heroicos e desconhecidos; tão grandes e tão nobres, que a terra nem pode produzir todas as flores com que deveríamos cobrir suas sepulturas. Como vocês são amadas, crianças! Pense com gratidão nesses mortos, no dia de hoje, Enrico. Assim você vai ser melhor e mais carinhoso com todos os que gostam de você e se esforçam por você, meu filho tão querido e tão feliz que ainda nem tem ninguém próximo a você por quem precise derramar lágrimas no dia dos mortos.

Sua mãe

O meu amigo Garrone
Sexta-feira, 4

Foram só dois dias de feriado, mas tenho a impressão de que passei um tempão sem ver o Garrone. Quanto mais eu o conheço, mais gosto dele. A mesma coisa acontece com todos os colegas, menos os desaforados e grossos, que não arranjam nada com ele porque ele não deixa que façam suas grosserias. Se alguma vez um mais parrudo levantar a mão pra um menor, e o pequeno gritar pelo Garrone, o outro para na hora!

O pai é maquinista de trem, e Garrone demorou pra entrar na escola porque ficou dois anos muito doente. É o mais alto e forte da classe, levanta uma carteira com uma mão só; está sempre comendo alguma coisa e é ótima pessoa. Qualquer coisa que a gente lhe peça, lápis, borracha, papel, canivete, ele empresta logo ou até dá.

Ele nunca falta e também não brinca durante a aula; está sempre atento, quieto na carteira, já pequena pra ele, com as costas curvadas e a cabeça enterrada entre os ombros. Cada vez que olho pra ele, é como se me sorrisse com os olhos meio apertados, como quem diz:

– Somos amigos, não é, Enrico?

É uma figura cômica: grande e forte daquele jeito, sua roupa – jaquetão e calças – está sempre apertadíssima e muito curta; o chapéu é menor do que a cabeça rapada à escovinha; usa uns sapatões pesados e uma gravata sempre enrolada como uma corda.

Grande Garrone! Basta a gente encontrá-lo uma vez pra gostar dele. Todos os menores da turma gostariam de se sentar na mesma carteira que ele. É muito bom em aritmética. Carrega sua pilha de livros presos com uma correia de couro vermelho. Tem uma faca com cabo de madrepérola, que achou na Praça de Armas, no ano passado; um dia desses, deu um corte feio num dedo, mas ninguém da escola percebeu e ele também não disse nada em casa pra não preocupar o pai nem a mãe. Nunca leva a mal as brincadeiras e piadas que fazem com ele, mas ai de quem lhe disser "isso não é verdade!" quando afirma alguma coisa. Garrone fica uma fera, parece que solta fogo pelos olhos e dá cada murro de arrebentar as carteiras.

Sábado de manhã, ele deu uma moedinha a um aluno do primeiro ano que estava chorando no meio da rua porque lhe roubaram a que tinha trazido pra comprar um caderno. Faz três dias que está desenhando arabescos para enfeitar as margens de uma carta de oito páginas que escreveu para o aniversário da mãe, que é alta, forte e simpática como o filho e muitas vezes vem buscá-lo na escola. O professor está sempre olhando pra ele, e quando passa perto, põe a mão no ombro dele como se faz com um garrote manso.

Eu gosto muito do Garrone. Ele fica todo contente quando aperto sua mão enorme, tão grande que parece a mão de um adulto. Tenho certeza de que ele arriscaria a própria vida pra salvar a de um colega, e deixaria até que o matassem pra defender um de nós. Dá pra ler isso nos seus olhos. Parece que está sempre resmungando, com aquele vozeirão, mas a gente sente que é a voz de um coração generoso e nobre.

O carvoeiro e o fidalgo[12]
Segunda-feira, 7

Garrone seria incapaz de dizer aquilo que o Carlo Nobis disse ontem de manhã ao Betti. O Carlo Nobis é todo metido a besta porque o pai é fidalgo – um homem alto, com uma barba toda preta, muito sério, que quase todo dia vem trazer o filho à escola. Ontem de manhã, o Nobis começou a implicar com o Betti, um dos menores da classe,

---

[12] Fidalgos eram os membros das famílias consideradas "nobres", que muitas vezes usavam os títulos de barão, conde, marquês, duque, etc. Segundo a mentalidade da época, só por ter nascido naquelas famílias, muitas vezes achavam-se melhores do que o povo simples e mais dignos de poder e riquezas do que os outros. (N.T.)

filho de um carvoeiro, que lhe respondeu à altura. Sem ter mais o que dizer, porque sabia que estava errado, o Nobis lhe disse, muito arrogante:

– Seu pai não é ninguém!

O Betti ficou vermelho como um pimentão e se calou; mas deu pra ver as lágrimas escorrendo no canto dos olhos dele. Chegou em casa, contou ao pai a frase que o Carlo Nobis tinha dito, e o carvoeiro, um homem baixinho, escuro da fuligem incrustada na pele, resolveu ir até a escola com o filho, no horário da tarde, prestar queixa ao professor. Enquanto ele contava o que aconteceu, e nós todos ouvíamos bem caladinhos, o pai do Nobis chegou à porta da sala e, enquanto ajudava o filho a tirar a capa dos ombros, como sempre faz, ouviu dizerem seu nome, entrou e quis saber de que se tratava.

O professor respondeu:

– É este operário que veio reclamar de que seu filho Carlo disse ao filho dele: "Seu pai não é ninguém!"

O pai do Nobis fechou a cara, ficou um pouco vermelho e perguntou ao filho:

– Você disse essas palavras?

O filho não respondeu, ficou lá, em pé no meio da sala, olhando pro chão. Então o pai pegou o braço dele e empurrou-o na direção do Betti, até chegar bem pertinho, e disse:

– Peça perdão.

O carvoeiro quis impedir, dizendo:

– Não, assim também não...

Mas o pai do Nobis não deu lhe atenção e repetiu pro filho:

– Vai pedir perdão, sim! Repita as minhas palavras: "Peço-lhe perdão pela frase ofensiva, estúpida e indigna que eu disse sobre o seu pai. O meu pai se sentirá honrado de apertar a mão do seu."

O carvoeiro fez um gesto impaciente, como quem diz: "Não, senhor, isso não pode ser."

O pai do Nobis não lhe deu atenção, e o filho disse lentamente, com um fio de voz e sem levantar os olhos do chão:

– Peço-lhe perdão pela frase ofensiva, estúpida e indigna que eu disse sobre o seu pai. O meu pai se sentirá honrado de apertar a mão do seu.

Nesse momento, o pai do Nobis estendeu a mão para o carvoeiro, o pai do Betti apertou-a com força e, num gesto espontâneo, empurrou o filho para os braços de Carlo Nobis.

– Por favor, ponha os dois juntos na mesma carteira – disse o senhor Nobis ao professor.

O professor pôs o Betti no mesmo banco que o Nobis. O pai deste fez um cumprimento com a cabeça e saiu.

O carvoeiro ficou ali um tempo, pensativo, olhando pros dois garotos; depois chegou perto da carteira, olhou bem pro Nobis com ar de pena, como se quisesse dizer mais alguma coisa, mas não disse nada: estendeu a mão para fazer-lhe um carinho, mas não teve coragem, e apenas roçou a testa do menino com a ponta dos dedos grossos. Em seguida caminhou até à porta, virou-se, olhou pra ele mais uma vez e saiu...

– Lembrem-se bem do que acabaram de ver, meus filhos – disse o professor –; esta foi a lição mais bonita do ano.

A professora do meu irmão
Quinta-feira, 10

O filho do carvoeiro também foi aluno da professora Delcati, que veio hoje ver o meu irmão, adoentado, e fez a gente rir contando que a mãe do Betti, dois anos atrás, levou pra ela um avental cheio de carvão como agradecimento por ela ter dado uma medalha ao filho. A pobre mulher teimava, não queria voltar com o carvão pra casa e quase chorou quando soube que a professora não podia recebê-lo e teria de voltar pra casa com o avental cheio. Também contou o caso de uma mulher que lhe entregou um ramo de flores muito pesado, porque ela tinha escondido dentro um punhado de moedas. A gente se divertiu ouvindo esses casos, e assim meu irmão, distraído, foi engolindo o remédio que antes não queria tomar de jeito nenhum.

Que paciência uma professora tem de ter com aqueles menininhos da alfabetização, todos desdentados como uns velhinhos, que não conseguem pronunciar direito nem o R nem o S! Um tosse, o outro bota sangue pelo nariz, aquele ali perde a sandália debaixo do banco, um berra porque espetou o dedo com a ponta do lápis e outro chora porque comprou o caderno número dois em vez do caderno número um! Cinquenta molequinhos numa sala, sem saberem nada, com aquelas mãozinhas frouxas. E ter de ensiná-los a escrever tudinho! Alguns vêm de casa com os bolsos cheios de balinhas meladas, botões, tampinhas de garrafa, cacos de tijolo, qualquer tipo de miudeza, e a professora tem de revistar um por um – mas eles escondem coisas até nos sapatos! E se distraem facilmente: basta entrar um besouro pela janela que já ficam alvoroçados. No verão, levam pra escola joaninhas que voam pela sala, acabam caindo nos tinteiros e depois saem borrando os cadernos com tinta. A professora tem de fazer papel de mãe, ajudá-los a se vestir, fazer curativo nos machucados, apanhar do chão os bonés caídos, prestar atenção para que não troquem os casacos, senão, por qualquer coisinha, eles abrem o berreiro. Coitadas das professoras! E ainda por cima vêm as mães pra se queixar:

– Como foi que o meu filho perdeu o lápis? Como é que o meu não aprende nada? Por que a senhora não dá medalha pro meu filho, que já sabe tanta coisa? Por que ainda não mandou tirar aquele prego do banco, que furou a calça do meu Pedro?

Às vezes, a professora do meu irmão fica brava com os meninos e, quando não aguenta mais, morde os dedos pra não dar neles um cascudo. Quando perde a paciência, logo se arrepende e vai fazer carinho na criança que tomou um pito. Quando tem de mandar um garoto pra fora da sala, fica engolindo as lágrimas e se enfurece com os pais que deixam as crianças sem comer por castigo. A professora Delcati é jovem e alta, bem-vestida, morena, e não para de se mexer; parece que tem mola no corpo. Fica emocionada por qualquer coisinha e fala no assunto com todo o carinho.

– Em compensação, as crianças ficam apegadas a você – disse a minha mãe.

– Muitas ficam mesmo – respondeu –, mas depois, quando acaba o ano, a maioria delas nem conhece mais a gente. Quando passam para as classes dos professores homens, parece que até têm vergonha de ter estudado com uma professora. Depois de dois anos cuidando deles, depois da gente ter aprendido a gostar tanto de uma criança, dá tristeza separar-se dela, e a gente pensa: "Este tenho certeza de que nunca vai esquecer de mim..." Mas as férias passam, eles voltam pra escola, e quando a gente corre pra abraçá-los – Ah, meu amor, oh, meu querido... – eles até viram a cara pro outro lado...

Aí a professora calou-se, levantou e foi dar um beijo no meu irmãozinho, dizendo:

– Mas você não vai fazer isso, não é, meu pequenininho? Você não vai virar a cara pra mim, não é? Não vai esquecer esta sua amiga, vai?

Minha mãe

Você ontem faltou com o respeito à sua mãe, e bem na frente da professora do seu irmão! Eu espero que isso não aconteça mais, Enrico! Nunca mais!

A sua palavra malcriada feriu meu coração como a ponta de uma faca. Logo me lembrei de quando a sua mãe, anos atrás, passou uma noite inteira debruçada junto da sua cama, ouvindo a sua respiração, chorando, angustiada, tremendo, quase louca de medo de perder você. Quando me lembrei disso, fiquei horrorizado com a sua atitude.

Logo você, ofender sua mãe! Sua mãe, que eu sei que daria um ano inteiro de felicidade para evitar um minuto de dor para você! Ela, que seria capaz de ir para a rua, pedir esmolas para alimentar você, se fosse necessário! Que deixaria que a matassem para salvar a sua vida!

Escute, Enrico, e guarde bem na lembrança o que estou dizendo. Imagine que ainda vão lhe acontecer na vida muitos dias terríveis, mas o pior de todos será aquele em que você perder sua mãe. Mesmo que já seja um homem maduro, Enrico, forte, com muita experiência das lutas da vida, você vai chamar mil vezes por ela, com um desejo imenso de ouvir a voz dela de novo, pelo menos uma vez, de sentir o seu abraço apertado ainda uma vez, como se você ainda fosse um menino sem proteção nem conforto. Aí você vai se lembrar de todas as tristezas que causou à sua mãe e vai morrer de remorso. Coitado de você! Não espere ter uma vida tranquila se tiver feito sua mãe sofrer. A sua consciência não vai lhe dar sossego, a imagem boa e doce da sua mãe terá sempre um ar de tristeza que vai lhe torturar a alma.

Preste atenção, Enrico: de todos os afetos humanos, esse é o mais sagrado, e ai de quem não o respeita. Até o pior assassino, se tiver amor pela própria mãe, tem ainda alguma coisa de bom e nobre no coração; porém o homem, por mais admirado que seja, que ofende e magoa a própria mãe é, na realidade, uma pessoa infame. Espero que nunca mais saia da sua boca uma palavra grosseira dirigida àquela que lhe deu a vida. Espero que você vá logo, não por medo do seu pai, mas por um desejo verdadeiro do seu coração, pedir à sua mãe um beijo de perdão que apague da sua testa a mancha da ingratidão.

Eu te amo, meu filho, você é a esperança mais preciosa da minha vida, mas prefiro ver você morto do que ingrato para com a sua mãe. Por um bom tempo, nem chegue perto de mim para me fazer carinho: eu não poderia retribuir, sinceramente.

Seu pai

O meu colega Coretti
Domingo, 13

Meu pai me perdoou, mas eu ainda fiquei bem triste. Então minha mãe me mandou ir passear na avenida principal com o filho mais velho do porteiro. Mais ou menos no meio do caminho, quando a gente ia passando perto de uma loja com uma carroça parada em frente, ouvi alguém me chamar. Era o Coretti, meu colega de classe, com sua camiseta cor de chocolate e seu boné de pelo de gato, todo suado e alegre, carregando nas costas um feixe de lenha bem grande. Em cima da carroça, um homem de pé lhe passava as braçadas de lenha que ele ia levando pra dentro do armazém do pai e empilhando direitinho.

— O que é que você está fazendo, Coretti?

– Não está vendo? – respondeu, esticando os braços pra pegar mais uma braçada de lenha. – Estou decorando a lição.

Eu dei risada, mas ele estava falando sério: enquanto carregava a lenha, recitava:

– *Chamam-se acidentes do verbo... as suas variantes... segundo o número... segundo o número e a pessoa...*

Pegava mais lenha, continuava a empilhá-la e a repetir:

– *...segundo o tempo a que se refere a ação.*

E tornava a levar outra braçada, dizendo:

– *...segundo o modo com que a ação é enunciada.*

Era a lição de gramática que a gente tinha de saber para o dia seguinte.

– É o jeito – disse ele –, tenho que aproveitar o tempo. Meu pai saiu com o balconista pra ir a uma fazenda. Minha mãe está doente. Eu tenho que dar conta do serviço e, enquanto isso, vou revisando a gramática. Essa lição de hoje é difícil de enfiar na cabeça.

Depois falou com o carroceiro:

– Meu pai deve estar de volta às sete horas pra lhe pagar. – E o carroceiro foi-se embora.

– Entre um pouco aqui no armazém – me disse o Coretti.

Entrei. Era um galpão enorme, cheio de montes de lenha e de varas, com uma grande balança num canto.

– Hoje é dia de uma trabalheira danada pra mim. Tenho de estudar aos pouquinhos. Eu estava escrevendo as preposições e apareceu um comprador. Recomecei a escrever, chegou a carroça. Esta manhã já tive de ir duas vezes ao mercado de lenha, lá na Praça Venezia. Já não estou mais nem sentindo as pernas, e minhas mãos estão inchadas. Pior seria se ainda tivesse lição de desenho!

Enquanto me contava essas coisas, aproveitava para dar uma varrida no chão cheio de palha e folhas secas.

– Mas onde é que você estuda, Coretti? – perguntei.

– Claro que não é aqui. Venha ver.

E me levou até um quartinho no fundo do galpão, que também serve de cozinha e de sala de jantar; num canto, uma mesa onde estavam os livros e os cadernos abertos com a lição começada.

– Parei bem aqui... ainda me falta responder à segunda pergunta: *...com o couro se fazem os calçados, as correias...* e falta completar: *...as malas...* Pegou a caneta e começou a escrever com uma letra muito bonita.

Nesse momento, alguém gritou lá do galpão:

– Não tem ninguém aí? – era uma mulher que queria comprar um feixe de gravetos.

– Já, já! – respondeu Coretti.

Saiu correndo, foi pesar a lenha, recebeu o pagamento, correu pro livro-caixa, tomou nota da venda e voltou pra lição, dizendo:

– Vamos ver se desta vez eu consigo acabar a frase. – E escreveu: *bolsas, mochilas para os soldados.*

De repente, gritou:

– Ai, o meu café está fervendo!

Correu pro fogão, tirou a cafeteira do fogo e me disse:

– Fiz café pra minha mãe. Ainda bem que aprendi a fazer. Espere mais um pouco e venha comigo levar pra ela, vai ficar contente de ver você. Já faz uma semana que está de cama... ai! *...acidente do verbo!...* sempre me queimo com essa cafeteira! O que é que falta depois de *mochilas para os soldados?* Com certeza há outras coisas feitas de couro que eu não lembro. Vamos lá ver a minha mãe.

Abriu a porta que dava para outro quartinho e entramos. A mãe de Coretti estava deitada numa cama grande, com um lenço branco na cabeça.

– Olha o café, mamãe – disse o Coretti, oferecendo a xícara. – Este aqui é meu colega da escola.

– Ah, que ótimo! Veio visitar a doente, não foi?

Enquanto isso, o Coretti ajeitava os travesseiros pra mãe se apoiar, esticava a coberta, avivava o fogo na lareira e enxotava o gato de cima da arca.

– Não quer mais nada, mamãe? – perguntou, pegando a xícara de volta. – Lembrou de tomar as duas colheres de xarope? Se acabar eu dou um pulo lá na farmácia pra buscar mais. Às quatro horas vou pôr a carne no fogo, como você me disse e, quando a mulher da manteiga passar por aqui, eu dou o dinheiro a ela. Fique sossegada que vai dar tudo certo.

– Obrigada, meu filho. Coitadinho! Pensa em tudo.

Ela insistiu pra eu comer um bolinho doce, e depois o Coretti mostrou um quadro com a fotografia do pai dele, vestido com a farda de soldado, e com a medalha de honra que ganhou na guerra de 1866, no batalhão do príncipe Umberto. É a cara do filho, com os mesmos olhos vivos e um sorriso alegre. Então voltamos pra cozinha.

– Já sei! – disse o Coretti, e acrescentou no caderno: *também se fazem arreios para os cavalos*. Bom, vou dormir mais tarde e acabo o resto de noite. Sorte a sua, que tem o tempo todo pra estudar e ainda pode sair pra passear.

Voltou para o galpão, sempre alegre e ativo, e começou a rachar lenha, dizendo:

– Isto é que é ginástica! Bem mais do que só levantar os braços pra frente. Quando meu pai chegar vai ficar contente de ver toda esta lenha cortada. O problema é que depois de rachar tanta lenha, quando vou escrever, os *tt* e os *ll* saem parecendo cobras, como diz o professor. Mas que é que posso fazer? Digo pra ele que tive que sacudir os braços. O que eu quero é que a minha mãe fique boa logo. Graças a Deus, ela hoje está melhor. A gramática eu deixo pra estudar amanhã bem cedinho, quando o galo me acordar. Opa, olha lá a carroça com os troncos. Hora de trabalhar!

Em frente à porta parou uma carroça carregada de troncos. O Coretti correu pra falar com o carroceiro e voltou logo.

– Agora não dá mais pra ficar com você. Até amanhã. Que bom que você veio me ver. Bom passeio. Sorte sua!

Apertou a minha mão e correu pra carregar o primeiro tronco, recomeçando a luta, da carroça pro galpão e de lá pra cá, com a melhor cara do mundo, debaixo do seu boné de pelo de gato, e esperto que dava gosto ver.

– Sorte a sua! – foi o que ele me disse. Que nada, Coretti. Você é que é feliz, porque estuda e trabalha, ajuda muito mais seu pai e sua mãe, porque você é bom, cem vezes melhor do que eu, meu querido colega!

O diretor
Sexta-feira, 18

O Coretti ficou supercontente esta manhã, porque o seu professor Coatti, do segundo ano, foi quem veio aplicar a prova mensal. É um homem enorme, com uma cabeleira encaracolada e uma baita barba preta, dois olhos pretos até bonitos e uma voz de trovão, que vive ameaçando que vai arrebentar os meninos, arrastar pela orelha até a diretoria, faz caras horrorosas... mas, afinal, nunca castiga ninguém. E dá pra perceber que ele está disfarçando o riso por detrás daquela barbona.

Os professores são oito, contando com o Coatti, inclusive um substituto, pequeno e de cara rapada, que parece um dos meninos. Um dos professores do quarto ano é manco, sempre enforcado numa gravata de lã, e vive gemendo por causa de um reumatismo que pegou quando ensinava numa escola da roça, tão úmida que das paredes escorria água. Outro, também da quarta, idoso, de cabeça toda branca, foi professor de cegos durante muitos anos. Há um muito bem-vestido, de óculos e grandes costeletas louras, que tem apelido de Advogadinho, porque, mesmo dando aulas, estudou Direito, ganhou um prêmio e também publicou um livro para ensinar a escrever cartas. Esse faz o maior contraste com o professor de educação física, que é uma espécie de soldado, combateu com Garibaldi[13] e tem uma cicatriz no pescoço, de um corte que levou na batalha de Milazzo.

Depois há o diretor, alto, careca, com óculos de aro de ouro e uma barba grisalha que vai até o meio do peito: está sempre vestido de preto, com o casaco abotoado de cima até embaixo. É tão bom com a gente que, quando algum menino é mandado pra diretoria pra levar

---

[13] Garibaldi foi um dos heróis das lutas de libertação da Itália. Era revolucionário e estava sempre pronto para lutar em qualquer país em que acreditasse que se combatia pela liberdade. Assim, esteve também no Brasil, lutando na Guerra dos Farrapos, no Rio Grande do Sul, e casou-se com a brasileira Anita. (N.T.)

uma bronca, ele nem levanta a voz, só conversa, explicando que "não devia fazer isso, deve se corrigir, prometa melhorar..." – mas tudo isso com um jeito tão simpático e uma voz tão calma, que o menino acaba saindo de lá com vontade de chorar e mais envergonhado do que se tivesse recebido castigo.

Coitado do diretor! É sempre o primeiro a chegar, logo de manhã cedinho, pra esperar os alunos, dar atenção aos pais que vêm trazer os filhos; e, quando os professores já estão indo pra casa, ele ainda dá uma volta por perto da escola pra ver se os alunos não estão se metendo por debaixo das carroças e aprontando molecagens pela rua, ou enchendo os bolsos de areia ou de pedras; é só ele aparecer na esquina e, com aquela cara boa e triste, fazer um gesto de ameaça, de longe, que a garotada se espalha pra todo lado, recolhendo as bolas. Minha mãe disse que nunca se viu o diretor nem sorrir, desde que morreu o filho dele, que foi voluntário no exército. O retrato do filho está sempre diante dos olhos dele, em cima da mesa da diretoria. Quis se aposentar depois que aconteceu a desgraça, e a carta de demissão já estava escrita em cima da mesa, com o pedido de aposentadoria pra Prefeitura. Mas estava demorando a mandar porque tinha pena de deixar a meninada da escola. Até que, um dia, decidiu mandar logo a carta. Meu pai estava conversando com ele na diretoria e lhe disse:

– Que pena que o senhor vai embora, diretor!

Nesse momento, entrou um senhor que vinha matricular o filho, transferido de outra escola porque tinham mudado de casa.

Ao ver o novo aluno, o diretor ficou espantado. Olhou fixamente pra ele por alguns minutos, em seguida pro retrato em cima da mesa e tornou a olhar pro garoto. Puxou-o pra perto dele, fez o menino levantar bem a cabeça. O menino era parecidíssimo com o seu filho morto, disse o diretor. Fez a matrícula, despediu-se do pai e do filho e continuou ali, pensativo...

– Que pena que o senhor vai embora – repetiu meu pai.

O diretor então pegou a carta que estava em cima da mesa, rasgou-a e disse:

– Eu fico.

Os soldados

Terça-feira, 22

O filho do diretor era voluntário do exército, quando morreu, e por isso o pai sempre vai à Avenida Corso ver passar os soldados depois do horário das aulas. Ontem mesmo ia passando um regimento de infantaria, e um grupo de mais de cinquenta garotos vinha aos pulos em volta da banda de música, cantando e batucando o ritmo, batendo com as réguas nas pastas. Eu também estava, com um grupo de colegas, na calçada. Também estavam lá o Garrone, apertado dentro da roupa sempre pequena pra ele, mordendo com gosto um pedaço de pão; o Votini, o tal que anda sempre muito bem-vestido e vive sacudindo os ciscos da roupa; o Precossi, filho do ferreiro, como sempre, enfiado na jaqueta que tinha sido do pai; mais o Calabrês, o Pedreirinho e o Crossi, com sua cabeça vermelha, e ainda o Franti, com a aquela cara de pau dele. Vi também o Robetti, filho do capitão de artilharia, o mesmo que salvou um menino que ia sendo atropelado pelo ônibus e está andando de muletas. Vinha um soldado mancando, e o Franti começou a rir na cara dele. De repente, sentiu um puxão no ombro que o fez virar e dar de cara com o diretor, que lhe disse:

– Preste atenção. Ridicularizar um soldado quando está desfilando, sem poder revidar nem responder, é a mesma coisa que insultar um homem amarrado. É uma covardia!

O Franti sumiu, na hora! Os soldados continuavam passando, quatro em cada fileira, suados e empoeirados, com os fuzis brilhando ao sol. Então o diretor nos disse:

– Os soldados merecem nosso respeito; eles estão aí para nos defender, são eles que vão morrer por nós, se algum dia um exército inimigo ameaçar o nosso país. Eles são quase uns meninos, pouco mais velhos do que vocês, e também ainda estão estudando. Vêm de todas as regiões da Itália e, do mesmo jeito que entre vocês, há os que são ricos e os que são pobres. Olhem bem: quase se pode ver, pela cara deles, de que parte do país vieram. Há sicilianos, sardos, napolitanos, lombardos. Este que passa é um velho regimento dos que combateram nas lutas de 1848.[14] Os soldados não são os mesmos, mas

---

[14] Uma das etapas da luta dos italianos pela unidade e independência de seu país. (N.T.)

a bandeira, sim, é sempre a mesma. Pensem em tantos que morreram pelo nosso país, vinte anos antes de vocês nascerem, lutando em volta dessa bandeira!

– Lá vem ela! – disse o Garrone.

Era mesmo: por cima das cabeças dos soldados já dava pra ver, de longe, a bandeira avançando.

– Vamos, meus filhos! – disse o diretor. – Façam continência, com a mão tocando a testa, quando passarem as nossas três cores.

A bandeira que passava à nossa frente, carregada por um oficial, estava rasgada e desbotada, mas cheia de medalhas penduradas na haste... Nós todos batemos continência, todos juntos. O oficial olhou pra nós, sorrindo, e nos acenou com a mão.

– Bravo, meninos! – exclamou alguém atrás de nós.

Nós nos viramos e vimos que quem tinha falado era um velho com uma fita azul na lapela do paletó, sinal de que era oficial reformado e tinha estado na guerra da Crimea.[15]

– Bravo! – repetiu. – Vocês fizeram uma coisa bonita!

---

[15] Guerra ocorrida na Crimea, entre a Rússia, de um lado, e uma aliança formada por Reino Unido, França e Turquia, que também contava com o apoio da Áustria. O Reino do Piemonte e Sardenha, correspondente à parte da Itália que já era independente e governada por um rei italiano, entrou nessa aliança esperando conseguir depois o apoio dos aliados para a independência de toda a Itália. É, por isso, considerada mais uma etapa da luta de libertação dos italianos. (N.T.)

Nesse meio tempo, a banda de música do regimento dava a volta no final da avenida, cercada por um bando de garotos e pelos gritos alegres de mais de cem vozes que acompanhavam o som das trombetas, como um canto de guerra.

– Bravo! – repetia o velho oficial. – Quem, nesta idade, já tem respeito pela bandeira, vai saber defendê-la quando crescer...

O protetor do Nelli
Quarta-feira, 23

Nelli, o corcundinha, também estava lá ontem vendo passar o regimento, mas com uma carinha muito triste, como se estivesse pensando:

– E eu que nunca vou poder ser soldado!

É um menino bom, estudioso, mas tão magrinho e descorado! E tem uma enorme dificuldade pra respirar. Está sempre vestido com uma bata comprida, de tecido brilhoso. A mãe dele é baixinha e loira, anda vestida de preto e chega sempre antes da hora da saída pra buscar o filho, de medo que ele seja atropelado pelos outros que saem correndo. Ela é muito carinhosa com o menino. Nos primeiros dias de aula, muitos colegas mangavam dele e lhe batiam com os cadernos na corcunda, porque o pobrezinho é aleijado, mas ele nunca se revoltava nem dizia nada à mãe, pra lhe não dar o desgosto de saber que seu filho servia de palhaço para os colegas. O pessoal caçoava, e ele só abaixava a cabeça sobre a carteira e chorava, calado. Mas um dia, logo de manhã, o Garrone viu isso, pulou em cima deles e gritou:

– O primeiro que fizer qualquer maldade com o Nelli vai levar um murro de dar três reviravoltas.

O Franti nem ligou: o murro foi direto, e ele deu mesmo três reviravoltas. Depois disso, nunca mais ninguém se meteu com o Nelli.

O professor pôs na mesma carteira o Garrone e o Nelli. Ficaram amigos, e o Nelli tem adoração pelo Garrone. Logo que chega à escola corre pra procurar por ele e nunca vai embora sem se despedir do grandão, que também faz do mesmo jeito com ele. Logo se abaixa pra pegar um lápis ou um livro que o Nelli deixa cair debaixo da carteira, ajuda o pequeno a pôr as coisas dentro da mochila e a vestir o casaco. Por isso o Nelli gosta tanto dele, nunca o perde de vista e fica todo contente quando o professor elogia o Garrone.

Pelo que ocorreu hoje de manhã, o Nelli deve ter contado à mãe tudo o que aconteceu nos primeiros dias, o que os colegas o tinham feito sofrer e o caso do colega que o defendeu e que o protege. Uma meia hora antes do fim das aulas, o professor me mandou levar para o diretor o planejamento de aula de hoje, e eu estava lá na sala dele quando chegou aquela senhora loira, vestida de preto, e perguntou:

— Senhor Diretor, há um menino chamado Garrone na classe do meu filho? O senhor pode fazer o favor de mandar chamar esse menino, que eu preciso dizer uma coisa a ele?

O diretor chamou o bedel e pediu para ir à nossa sala, e, daí a um minuto, chegou o Garrone, com aquela cabeçona rapada, todo espantado. Mal o viu, a senhora correu, pôs as mãos nos ombros dele e lhe deu muitos beijos na testa, dizendo:

— Você é que é o Garrone, o amigo do meu filho, que protege o meu menino, é você, garoto corajoso, é você!

Depois, agitada, começou a procurar alguma coisa nos bolsos e na bolsa, mas não achou nada; então, tirou do próprio pescoço uma correntinha com uma medalha, pendurou no pescoço do Garrone, por baixo da gravata, e lhe disse:

— Fica pra você. Use sempre como lembrança minha, menino querido, lembrança da mãe do Nelli, que te agradece e te abençoa.

O primeiro da classe
Sexta-feira, 25

Se o Garrone atrai o carinho de todos, o Derossi atrai a admiração. Ganhou a primeira medalha de ouro, já se vê que este ano também vai ser o primeiro. Não tem jeito, ninguém pode competir com ele e todo mundo concorda: ele é o melhor em todas as matérias.

É o primeiro em gramática, matemática, redação, desenho. Pega tudo no ar, tem uma memória incrível, vai bem em tudo quase sem esforço, parece que, pra ele, estudar é brincadeira. Ontem o professor lhe disse:

– Deus lhe deu grandes talentos. A única coisa que você tem de fazer é cuidar pra não desperdiçá-los.

Além de tudo, ele é alto, bonito, com o cabelo louro cacheado, tão ágil que é capaz de saltar por cima de uma carteira apoiado numa mão só. E já é muito bom em esgrima. Tem 12 anos, é filho de um comerciante, anda vestido de azul-marinho com botões dourados, sempre animado, alegre, simpático com todo mundo; ninguém tem coragem de ser grosso com ele ou de lhe dizer um palavrão. Só mesmo o Nobis e o Franti é que olham atravessado pra ele, e o Votini, que parece espirrar inveja pelos olhos. Mas o Derossi não está nem aí, parece nem perceber. Todos os outros sorriem pra ele, tocam sua mão ou seu braço quando ele passa entre as carteiras recolhendo os trabalhos com aquele seu jeito simpático.

Tudo o que ele ganha de presente, dá pros outros: revistinhas, desenhos... Fez um mapinha da Calábria pro Calabrês, e dá coisas pra todos, sorrindo, sem dar importância ao gesto, como um grande senhor, e sem predileção por ninguém.

É impossível não ter inveja do Derossi, não se sentir menor do que ele em tudo. Ah! Eu também tenho inveja dele, como o Votini. E às vezes sinto um despeito, quase raiva, quando me custa fazer o dever da escola e fico pensando que, a essa hora, ele já fez tudo, perfeito e sem esforço. Mas depois, quando volto pra escola e ele chega assim, sorridente, bonito, tranquilo, e ouço-o responder às perguntas do professor com franqueza e segurança, quando vejo como é sempre gentil e quanto todos gostam dele, a amargura, o despeito desaparecem do meu coração, e até fico com vergonha de ter tido esses sentimentos. Eu gostaria de estar sempre perto do Derossi, de poder estar sempre na mesma classe que ele, porque o seu jeito, a sua voz me dão coragem, alegria e prazer pra estudar.

O professor pediu pra ele copiar o conto mensal que vai ler amanhã, *O pequeno vigia lombardo*. Ele fazia isso esta manhã, e vi que ficou emocionado com o que estava lendo, com os olhos molhados e os lábios tremendo um pouco. Fiquei olhando e pensando em como meu colega é bacana e nobre. Dá vontade de lhe dizer, de cara, francamente:

– Derossi, você vale mais que eu em tudo! Você já é um homem feito, comparado comigo! Eu respeito e admiro você!

O *pequeno vigia lombardo*
Sábado, 26

Em 1859, durante a guerra pela libertação da Lombardia, poucos dias depois da batalha de Solferino e São Martinho, vencida pelos franceses e italianos contra os austríacos, numa bela manhã do mês de junho, um pequeno pelotão de cavalaria de Saluzzo andava a passo lento por um caminho solitário, em direção ao inimigo, explorando atentamente o campo. O pelotão era comandado por um oficial e um sargento, e todos olhavam o horizonte diante deles com olhar fixo, calados, preparados para ver, por entre as árvores, a qualquer momento, brilharem as divisas da vanguarda inimiga. Assim chegaram a uma casinha rústica, cercada de árvores desfolhadas, diante da qual estava um garoto de uns 12 anos, completamente sozinho, descascando um galho com uma faca pra fazer um bastãozinho. De uma das janelas da casa balançava-se uma grande bandeira tricolor; dentro não havia ninguém: os moradores tinham hasteado a bandeira e fugido, por medo dos austríacos. Assim que viu os cavaleiros, o menino jogou fora o bastão e levantou o boné. Era um belo menino, de rosto inteligente, com grandes olhos azuis, cabelos louros e compridos, vestido com uma camisa desabotoada que mostrava o peito nu.

– O que você está fazendo aqui? – perguntou o oficial, freando o cavalo. – Por que não fugiu com a sua família?

– Eu não tenho família – respondeu o garoto. – Vivo por minha conta. Trabalho um pouco pra cada um. Fiquei aqui pra ver a guerra.

– Viu passar algum austríaco?

– Não, já faz três dias.

O oficial pensou um pouco; depois saltou do cavalo e, deixando os soldados pra vigiar o lado inimigo, entrou na casa e subiu no

telhado. A casa era baixa, do telhado só dava pra ver um pedacinho do campo.

— É preciso subir nas árvores — disse o oficial, e desceu.

Bem à frente do terreiro havia uma árvore altíssima e fina que balançava a copa no céu azul. O oficial ficou pensativo por um tempo, olhando ora pra árvore, ora pros soldados; de repente, perguntou ao menino:

— Você enxerga bem, moleque?

— Eu? — respondeu o garoto. — Eu vejo um passarinho a mais de um quilômetro.

— Você seria capaz de subir no alto daquela árvore?

— Subo em meio minuto.

— E você seria capaz de me dizer o que puder ver lá de cima, se daquele lado há soldados austríacos, nuvens de poeira, brilho de fuzis, cavalos?

— Claro que sim.

— O que você quer para me prestar esse serviço?

— O que é que eu quero?! — disse o menino, sorrindo. — Nada. Era só o que faltava! Olhe... se fosse pros alemães eu não fazia por preço nenhum, mas pra nós!... Eu sou lombardo!

— Está bem. Então suba.

— Um minuto, pra eu tirar os sapatos.

Descalçou os sapatos, amarrou melhor o cordão do calção, jogou o boné no capim e abraçou o tronco da árvore.

– Olha só... – exclamou o oficial, fazendo um gesto para segurar o garoto, como se de repente tivesse medo.

O menino virou-se, olhou pra ele com seus belos olhos azuis, com um ar de interrogação.

– Nada – disse o oficial –, pode subir.

O garoto subiu como um gato.

– Olhe para a frente – gritou o oficial.

Rapidamente o menino chegou ao topo da árvore, agarrou-se bem, as duas pernas escondidas pelos galhos, mas o tronco e a cabeça bem visíveis. O sol batia-lhe no cabelo, que brilhava como ouro. O oficial mal o via, de tão pequeno, lá no alto.

– Olhe em frente e bem longe – gritou o oficial.

Para ver melhor, o menino soltou a mão direita e a pôs na testa, pra fazer sombra para os olhos.

– O que é que você está vendo? – perguntou o oficial.

O menino olhou pra ele, lá embaixo, e fazendo uma espécie de megafone com as mãos, respondeu:

– Dois homens a cavalo, numa estrada branca.

– A que distância daqui?

– Pouco mais de meio quilômetro.

– Estão se mexendo?

– Não, estão parados.

– O que mais você vê? – perguntou o oficial, depois de um momento de silêncio. – Olhe pra direita.

O menino olhou pra direita e disse:

– Perto do cemitério, entre as árvores, coisa brilhando. Parecem baionetas.

– Tem gente?

– Não, acho que estão escondidos atrás das árvores.

Naquele momento, um assobio finíssimo, de bala, cortou os ares, lá em cima, e foi morrer longe, por trás da casa.

– Desça! Estão atirando! – gritou o oficial.

– Não estou com medo, não! – respondeu o menino.

– Desça daí – repetiu o oficial. – Aproveite e diga: o que vê à esquerda?

– À esquerda?

– Sim, esquerda.

O garoto esticou a cabeça pra esquerda; então, outro assobio, mais agudo e mais abaixo do que o primeiro, cortou o ar. O menino encolheu-se todo.

– Raios! – exclamou – Eles cismaram mesmo comigo!

A bala tinha passado bem perto dele.

– Desça! – gritou o oficial em tom de comando e irritação.

– Desço já – respondeu o menino. – Mas a árvore me protege, pode crer. À esquerda, quer saber?

– É, à esquerda – gritou o oficial –, mas desça, rápido!

– Pra esquerda, onde há uma capela – gritou o garoto, pendendo o corpo para aquele lado –, acho que estou vendo...

Um terceiro assobio irado passou lá no alto e, quase imediatamente, viu-se o garoto escorregar, agarrando-se por um momento no tronco e nos ramos e, em seguida, despencar de cabeça para baixo, os braços abertos como asas.

– Maldição! – gritou o oficial, correndo pra junto dele.

O menino bateu de costas no chão e ficou estirado, com os braços abertos; um filete de sangue lhe escorreu do lado esquerdo do peito. O sargento e dois soldados desmontaram; o oficial inclinou-se e abriu-lhe a camisa: a bala tinha perfurado o pulmão esquerdo.

– Está morto! – exclamou o oficial.

– Não! Está vivo! – respondeu o sargento.

– Pobre garoto! Que corajoso! – gritou o oficial – Coragem, rapaz! Coragem!

Mas enquanto ele dizia "coragem" e apertava um lenço sobre a ferida, o menino olhou-o com ar de espanto e em seguida deixou pender a cabeça: estava morto.

O oficial empalideceu e ficou por um momento olhando fixamente para o menino; depois, devagarinho, pousou-lhe a cabeça sobre a grama; levantou-se e ainda ficou olhando para ele por um tempo. O sargento e os dois soldados também olhavam, imóveis. Os outros estavam virados para o lado de onde vinham os inimigos.

– Pobre menino! – repetiu tristemente o oficial. – Coitado, tão corajoso!

Depois se aproximou da casa, desprendeu a bandeira tricolor da janela e estendeu-a sobre o pequeno morto, deixando descoberto só o rosto. O sargento depositou ao lado do morto os sapatos, o boné, o bastãozinho e a faca.

Permaneceram silenciosos ainda um momento; depois o oficial virou-se para o sargento e disse:

– Mandaremos a ambulância vir buscá-lo. Morreu como um soldado: vamos enterrá-lo como um soldado. – Dizendo isso, jogou um beijo para o menino e gritou:

– Aos cavalos!

Todos saltaram para as selas, o pelotão reuniu-se e continuou seu caminho.

Poucas horas depois, o pequeno morto recebeu honras de guerra.

Ao pôr do sol, toda a linha de vanguarda italiana avançava contra o inimigo e, pelo mesmo caminho que o pelotão de cavalaria percorrera naquela manhã, marchava em duas filas um grande batalhão da elite da infantaria, que poucos dias antes tinha obtido corajosamente uma grande vitória na colina de São Martinho.

A notícia da morte do garoto tinha corrido entre os soldados já antes de deixarem o acampamento. O caminho, ladeado por um riacho, passava a poucos passos de distância da casa. Quando os primeiros oficiais do batalhão viram o pequeno corpo estendido debaixo da árvore, coberto com a bandeira tricolor, fizeram-lhe uma saudação com os sabres; um deles inclinou-se à beira do riacho, que estava toda florida, colheu duas flores e lançou-as sobre ele. Então, todos os soldados do batalhão foram passando, colhendo flores e jogando-as sobre o morto. Em poucos minutos o garoto estava coberto de flores, e cada oficial ou soldado que passava lhe fazia uma saudação:

> – Bravo, pequeno lombardo!
>
> – Adeus, garoto!
>
> – Para você, lourinho!
>
> – Viva!
>
> – Glória!
>
> – Adeus!
>
> Um oficial lançou-lhe sua medalha de honra, outro foi dar-lhe um beijo na testa. E as flores continuavam a chover sobre os pés descalços, sobre o peito ensanguentado, sobre a cabeça loura. Ele dormia sobra a grama, enrolado em sua bandeira, com o rosto pálido quase sorridente, pobre menino, como se ouvisse aquelas saudações e estivesse contente de ter dado a vida pela sua Lombardia.

Os pobres
Terça-feira, 29

Dar a vida por seu país, como o menino lombardo, é um ato de grande coragem, mas não descuide das pequenas virtudes do dia a dia, filhinho. Esta manhã, você ia andando na minha frente, quando a gente voltava da escola, e passou pertinho de uma mulher pobre, com a mão estendida e um bebê franzino e descorado no colo, e que te pediu uma esmola. Você olhou pra ela, não lhe deu nada, e bem que você tinha dinheiro no bolso! Fiquei sentida, meu filho. Não se acostume a passar indiferente diante da miséria que lhe estende a mão, e muito menos diante de uma mãe que lhe pede uma moeda para sua criança. Pense que talvez a criança esteja com fome; pense na aflição da coitada da mulher. Imagine só os soluços desesperados da sua própria mãe, se um dia tivesse que te dizer. "Enrico, hoje não tenho nem pão pra te dar"? Quando eu dou uma moeda a algum mendigo, ele sempre me diz. "Deus que lhe dê saúde! E pros seus filhos!", você não pode entender como essas palavras são doces para o meu coração, como eu me sinto agradecida àquele pobre. Eu acho que aqueles votos vão nos conservar com saúde por muito tempo, volto pra casa contente e pensando: "Oh! Aquele pobre homem me devolveu muito mais do que eu lhe dei!" Então, eu gostaria de ouvir, às vezes, esses bons votos provocados e merecidos por você; tire de vez em quando um dinheirinho do seu bolso para deixar cair na mão de um velhinho sem abrigo, de uma mãe sem pão, de uma criança sem mãe. Os pobres preferem a esmola dada pelas crianças, porque essa não os humilha, e porque as crianças, que precisam dos adultos, são mais parecidas com eles. Veja como sempre há pobres em volta da escola. A esmola dada por um adulto é um ato de caridade; a de uma criança é um ato de caridade mas é também um carinho, compreende? É como se da sua mão caísse uma flor junto com a moeda. Pense que a você nunca falta nada, mas para eles falta tudo; que, enquanto você quer ser feliz, para eles basta não morrer. Pense que horror é isto: mulheres e crianças que não têm o que comer, ao lado de tantas mansões, nas ruas onde passam tantos carros de luxo e meninos vestidos de veludo. Não ter nem o que comer! Meu Deus! Garotos iguais a você, bons como você, inteligentes como você, que não têm o que comer no meio de uma grande cidade, como se fossem animais silvestres perdidos num deserto! Nunca mais, Enrico, nunca mais passe diante de uma mãe que mendiga sem deixar uma moeda na mão dela!

Sua mãe

Dezembro

O mercador

Quinta-feira, 1º

Meu pai quer que, a cada dia das férias, eu convide um colega para vir aqui em casa, ou então vá visitá-lo, para tornar-me amigo de todos. Domingo vou passear com Votini, aquele todo bem-vestido, que vive se espanando e tem tanta inveja do Derossi. Mas hoje foi o Garoffi, aquele comprido e magro, com o nariz como um bico de coruja e uns olhinhos pequenos e espertos que parecem xeretar por todos os cantos, que veio à minha casa. É filho do dono de uma mercearia. É uma figura original. Vive contando o dinheiro que tem no bolso; conta nas pontas dos dedos, rapidíssimo, e faz qualquer conta de multiplicar sem tábua de Pitágoras. E economiza: já tem uma caderneta de poupança na caixa escolar. Desconfio que não gasta nem um tostão, e, se cair um centavinho debaixo do banco, é capaz de passar uma semana procurando.

– É como uma gralha[16] – diz o Derossi.

O Garoffi junta o que acha: canetas gastas, selos usados, alfinetes, lágrimas de cera escorridas das velas. Há mais de dois anos que coleciona selos postais, e já tem centenas de cada país num grande álbum, que pretende vender para o dono da livraria quando estiver completo. Enquanto isso, o dono da livraria lhe dá os cadernos de graça, porque ele leva muitos fregueses pra loja. Na escola, está sempre comerciando: todo dia vende, rifa ou troca alguma coisa; depois se arrepende da troca e quer suas coisas de volta; compra por dois e vende por quatro; joga tapão[17] com figurinhas e nunca perde; revende na tabacaria os jornais velhos e tem uma caderneta cheinha de somas e subtrações onde anota seus negócios. Na escola, só estuda aritmética e só quer ganhar medalhas pra poder entrar de graça no teatro de fantoches. Eu gosto dele, me diverte. Nós brincamos de comércio, com pesos e balanças: ele sabe o preço exato de cada coisa, conhece os pesos e faz embrulhos muito bonitos, em dois tempos, como os balconistas das lojas. Diz que vai abrir seu próprio negócio assim que acabar os estudos, um comércio novo, que ele mesmo inventou. Ficou todo contente porque eu lhe dei uns selos estrangeiros e me disse, de cara, por quanto se vende cada um deles para os colecionadores. Meu pai, fingindo que estava lendo o jornal, ficou ouvindo a conversa e se divertiu. Garoffi tem os bolsos sempre cheios de mercadorias, tudo escondido debaixo de um casaco preto bem comprido, e parece que está continuamente preocupado e atarefado como um negociante. Mas o que ele prefere é mesmo sua coleção de selos: essa é o seu tesouro, vive falando nela, como se fosse lhe render uma fortuna. Os colegas o chamam de pão-duro, de agiota. Não sei, não... Eu gosto dele, aprendo muita coisa com ele, que a mim parece um adulto. O Coretti, filho do revendedor de lenha, diz que Garoffi não daria os selos nem para salvar a vida da própria mãe. Meu pai não acredita e me disse:

– Espera um pouco mais antes de julgá-lo; ele tem essa paixão, mas também tem coração.

---

[16] Ave que costuma apanhar coisas que brilham, como joias, e levar para seu ninho. (N.T.)

[17] Jogo conhecido também como "bafo" em várias regiões do Brasil; era muito comum até alguns anos atrás. (N.T.)

Vaidade

Segunda-feira, 5

Ontem fui passear na Rua de Rivoli com o Votini e o pai dele. Passando pela Rua Dora Grossa, vimos o Stardi, aquele que dá pontapés nos provocadores, parado como uma estátua na frente da vitrine de uma livraria, com os olhos pregados num mapa geográfico; sabe-se lá quanto tempo ficou ali, porque ele estuda até na rua; respondeu de má vontade ao nosso cumprimento, aquele grosso. Votini estava bem-vestido – demais, até: botas de couro macio pespontado de vermelho, roupa com bordados e penduricalhos, chapéu de pele de castor branco e relógio. E se exibia. Mas a vaidade dele acabou mal, dessa vez. Depois de correr um bom pedaço pela rua, deixando o pai, que andava devagar, bem pra trás, a gente se sentou num banco de pedra, perto de um garoto vestido com uma roupa muito simples e que parecia cansado e pensativo, de cabeça baixa. Um homem, que devia ser pai dele, andava pra um lado e pro outro, à sombra das árvores, lendo o jornal. Nós nos sentamos. O Votini ficou entre mim e o outro garoto. De repente, lembrou que estava bem-vestido e quis causar admiração e inveja ao seu vizinho. Levantou um pé e me disse:

– Já viu minhas botas de oficial? – disse isso pra fazer o outro olhar pra ele. Mas o outro nem ligou.

Então, baixou o pé, me mostrou suas borlas de seda e disse, espiando o outro menino com o canto do olho, que não gostava desses penduricalhos de seda, e que queria trocá-los por botões de prata. Mas o menino nem olhou para as borlas.

Então o Votini começou a girar, na ponta de um dedo, o seu lindo chapéu de pele de castor branco. Mas o garoto até parecia fazer de propósito: não se dignou a lançar um olhar nem mesmo para o chapéu.

Votini, que já começava a ficar irado, puxou o relógio do bolso, abriu-o e me mostrou as engrenagens. O outro, porém, nem virou a cabeça.

– É prata banhada a ouro? – perguntei.

– Não – respondeu –, é de ouro mesmo.

– Mas não pode ser tudo ouro – eu disse –, deve haver prata também.

– De jeito nenhum! – ele rebateu; e para obrigar o garoto a olhar, pôs o relógio em frente da cara dele e disse:

– Olha, diz aí se não é verdade que é todo de ouro?

O menino respondeu secamente:

– Não sei.

– Oh! oh! – exclamou o Votini, furioso –, que arrogância!

Enquanto ele dizia isso, seu pai, que se aproximara de nós, ouviu; em seguida, olhou bem para o outro menino e disse bruscamente ao filho:

– Cale-se! – e cochichou no ouvido do Votini: – O garoto é cego.

Votini estremeceu, ficou de pé e olhou o rosto do menino. Tinha as pupilas vidradas, sem expressão, sem olhar.

Votini ficou envergonhado, sem palavras, com a cara no chão. Depois gaguejou:

– Sinto muito... eu não sabia.

Mas o menino cego, que tinha compreendido tudo, disse com um sorriso bom e melancólico:

– Ah! Não faz mal.

Certo, que o Votini é vaidoso, isso é, mas não tem mau coração. No resto do passeio, não deu mais nenhuma risada.

A primeira nevada
Sábado, 10

Adeus, passeios em Rivoli. Chegou a melhor amiga dos meninos! Está caindo a primeira neve!

Desde ontem à noite estão caindo do céu flocos grandes como flores de jasmim. Hoje de manhã foi uma delícia ficar olhando a neve bater nos vidros e amontoar-se no peitoril das janelas da minha classe; até o professor olhava e esfregava as mãos; estávamos todos contentes, pensando nas bolas de neve, no gelo que virá depois, na casa com a lareira acesa.

Só mesmo o Stardi não ligava, todo concentrado na lição, a cabeça apertada entre os punhos cerrados. Que beleza, que festa que foi a saída! Todos correndo pela rua, gritando e gesticulando, agarrando punhados de neve e patinhando nos montinhos de neve como cachorrinhos na água. Os pais esperavam lá fora com os guarda-chuvas branquinhos; o guarda civil tinha o capacete branco, e todas as nossas mochilas, por um momento, ficaram brancas. Todos pareciam fora de si de tanta alegria, até o Precossi, o filho do ferreiro, aquele branquelo que nunca ri, e o Robetti, aquele que salvou um menino do ônibus, aos pulinhos com suas muletas. O Calabrês, que nunca havia posto a mão na neve, fez um bolota e começou a comer como se fosse um pêssego; o Crossi, filho da verdureira, encheu a mochila de neve; e o Pedreirinho nos fez estourar de rir, quando meu pai convidou-o a vir amanhã em nossa casa: estava com a boca cheia de neve e, sem coragem nem de cuspir nem de engolir, ficou ali, engasgado, olhando pra gente sem responder. Até as professoras saíam da escola correndo e rindo; também a minha professora do segundo ano, coitadinha, corria através da neve, protegendo o rosto com seu véu verde e tossindo. Enquanto isso, centenas de meninas da escola vizinha à nossa passavam gritando e galopando sobre aquele tapete branquíssimo enquanto os professores, bedéis e guardas-civis bradavam:

– Pra casa! Pra casa! – engolindo flocos de neve e embranquecendo os bigodes e as barbas. Mas eles também se divertiam com aquela bagunça da garotada que festejava o inverno...

Sim, vocês festejam o inverno... Mas existem meninos que não têm nem pão, nem sapatos, nem fogo em casa para se aquecerem. São milhares que descem às aldeias, por um longo caminho, carregando nas mãos, esfoladas pelo frio, um pedaço de lenha pra aquecer a escola. São centenas, em escolas quase enterradas na neve, espeluncas vazias e tristes, onde os meninos ou ficam sufocados com a fumaça ou batem os dentes

*de frio, olhando com terror os flocos brancos que caem sem parar, que
se amontoam sobre as cabanas onde moram, lá longe, ameaçadas pelas
avalanches. Vocês festejam o inverno, garotos. Pensem em milhares de
criaturas para quem o inverno traz miséria e morte.*

Seu pai

O Pedreirinho
Domingo, 11

O Pedreirinho veio hoje, com um casaco de capuz, todo vestido
com a roupa usada do pai, ainda embranquecida de cal e gesso. Meu pai
queria, ainda mais do que eu, que ele viesse. Como ficamos contentes!
Mal entrou, tirou o chapéu esmolambado, molhado de neve, e enfiou-o
num bolso; depois avançou pela sala, com aquele seu andar displicente
de operário cansado, virando pra lá e pra cá a carinha redonda como
uma maçã com nariz de batata; e quando chegou na sala de jantar,
deu uma olhada nos móveis ao redor, fixou o olhar num quadrinho
que representa Rigoletto, um palhaço corcunda, e fez seu "focinho de
coelho". É impossível segurar o riso quando ele faz isso. Depois fomos
brincar com bloquinhos de construção: ele tem uma facilidade extraordinária para fazer torres e pontes, parece milagre que fiquem em pé,
e trabalha muito sério, com a paciência de um adulto. Entre uma torre
e outra, me falou da família dele: moram num sótão, o pai estuda na
escola noturna para aprender a ler e escrever, a mãe é das montanhas
de Biella. Dá pra ver que os pais o amam muito, porque anda vestido
assim, como filho de pobre, mas bem agasalhado contra o frio, com as
peças bem remendadas, e o nó da gravata muito benfeito pela mão da
mãe. Ele me contou que o pai é um pedaço de homem, um gigante, que
custa a passar pelas portas, mas é bondoso e vive chamando o filho de
"focinho de coelho". O filho, ao contrário, é pequenino. Às quatro horas,
merendamos pão com passas de uva, sentados no sofá, e quando nos levantamos, não sei por quê, meu pai não me deixou limpar o encosto que o
Pedreirinho tinha manchado de branco com a sua jaqueta: afastou minha
mão e depois ele mesmo limpou, escondido. Brincando, o Pedreirinho
perdeu um botão do casaco, e minha mãe pregou de novo, enquanto ele
olhava, vermelho, prendendo a respiração, todo sem graça. Depois eu

lhe mostrei meu álbum de caricaturas e ele, sem perceber, ia imitando as caretas dos desenhos, tão bem que até meu pai ria. Foi-se embora tão contente que esqueceu de pôr o chapeuzinho na cabeça; já perto da porta, pra me mostrar seu contentamento, fez o focinho de coelho mais uma vez. Ele se chama Antonio Rabucco e tem oito anos e oito meses...

Sabe, filho, por que eu não quis que você limpasse o sofá? Porque limpá-lo enquanto o seu colega estava olhando era quase uma censura por ele tê-lo sujado. E isso não ficava bem, primeiro porque ele não fez de propósito, e depois porque o sujou com as roupas do pai, que ficaram assim por causa do trabalho dele. E aquilo que se faz pelo trabalho não é sujeira: é poeira, cal, verniz, seja lá o que for, mas não é sujeira. O trabalho não suja. Nunca diga sobre um operário que volta do trabalho: "Está sujo." Diga: "Traz na roupa os sinais, os traços do seu trabalho." Lembre-se. E queira bem ao Pedreirinho – primeiro, porque é seu colega, e também porque é filho de um trabalhador.

Seu pai

Uma bola de neve
Sexta-feira, 16

E continua nevando, nevando. Hoje de manhã, quando saía da escola, assisti a uma cena feia relacionada com a neve. Um bando de garotos, assim que desembocaram na avenida, começaram a atirar bolas daquela neve já meio derretida, que dá bolas duras e pesadas como pedras. Muita gente passava pela calçada. Um senhor gritou:

– Parem com isso, moleques!

No mesmo instante, ouviu-se um grito agudo do outro lado da rua, e vimos um velhinho que tinha perdido o chapéu, parecendo tonto, com as mãos no rosto; junto dele, um menino gritava:

– Socorro! Socorro!

Logo correu gente de toda parte. Uma bola de neve tinha acertado o olho do velhinho. Os moleques se dispersaram, correndo como flechas. Eu estava em frente à livraria, onde meu pai tinha entrado, e vi chegarem correndo vários colegas meus, que se misturaram com os outros, perto de onde eu estava, e fingiram que estavam olhando a vitrine: era o Garrone, com seu costumeiro pedaço de pão no bolso, Coretti, o Pedreirinho e o Garoffi, aquele dos selos. Nessa altura, já havia um bolo de gente em volta do velhinho, um guarda civil; algumas pessoas corriam pra um e outro lado, perguntando:

– Quem foi? Quem foi? Foi você? Digam quem foi! – e examinavam as mãos dos garotos pra ver se estavam molhadas de neve.

Garoffi estava bem perto de mim e eu vi que ele estava tremendo como vara verde, com a cara branca como um morto.

O povo continuava a gritar

– Quem foi? Quem foi??

Então ouvi o Garrone dizer baixinho ao Garoffi:

– Anda, vá se apresentar; seria uma covardia deixar que outro pague por isso.

– Mas eu não fiz de propósito! – respondeu o Garoffi, tremendo como uma folha ao vento.

– Não importa, faça o seu dever – repetiu Garrone.

– Mas eu não tenho coragem!

– Pois arrume coragem que eu te acompanho.

O guarda e os outros gritavam cada vez mais forte:

– Quem foi? Quem foi? Fizeram a lente entrar no olho dele! Cegaram o velhinho! Bandidos!

Pensei que o Garoffi ia desmaiar.

– Venha – disse resolutamente o Garrone –, eu te defendo – e agarrando-o pelo braço, empurrou-o pra frente, amparando-o como a um doente.

As pessoas entenderam logo, e muitos correram, levantando os punhos. Mas Garrone meteu-se no meio, gritando:

— Vocês se metem, dez homens, contra um menino?

Então eles pararam; um guarda civil pegou o Garoffi pela mão e, abrindo caminho no meio da multidão, levou-o pra dentro de uma confeitaria, onde haviam abrigado o ferido. Logo que o vi, reconheci o velho funcionário que mora com um sobrinho no quarto andar do nosso prédio. Estava sentado numa cadeira, com um lenço nos olhos.

— Não fiz de propósito! — dizia o Garoffi, meio morto de medo. — Não fiz de propósito!

Duas ou três pessoas empurraram-no violentamente pra dentro da loja, gritando:

— Ajoelhe-se! Peça perdão! — E jogaram-no no chão.

Mas imediatamente dois braços vigorosos puseram o menino de novo em pé, e uma voz firme disse:

— Não, senhores! — Era o nosso diretor, que tinha visto tudo. E acrescentou: — Já que ele teve coragem de se apresentar, ninguém tem o direito de humilhá-lo.

Calaram-se todos, e o diretor disse ao Garoffi:

— Peça perdão.

O Garoffi, caindo em pranto, abraçou os joelhos do velhinho, e este procurou com a mão a cabeça do garoto e lhe acariciou os cabelos. Então, alguém disse:

— Vá, menino, vá, volte pra casa!

Meu pai me puxou para fora da multidão e me disse, pelo caminho:

— Enrico, se fosse com você, teria coragem de cumprir seu dever e de se confessar culpado?

Eu respondi que sim. Então ele me disse:

— Dê-me a sua palavra, de menino de honra e de bom coração, que você faria isso.

— Eu dou! Palavra de honra, pai!

As professoras
Sábado, 17

Garoffi estava apavorado, hoje, esperando uma grande bronca do professor; mas ele não apareceu e, já que o substituto também faltou, quem veio nos dar aula foi a Senhora Cromi, a mais antiga das professoras, que ensinou a ler e a escrever várias senhoras que agora vêm trazer seus próprios filhos à escola. Estava triste, hoje, porque está com um filho doente. Assim que a viram, a turma começou a fazer a maior zoada. Mas ela, com voz lenta e tranquila, disse:

– Respeitem os meus cabelos brancos: eu não sou apenas uma professora, sou também uma mãe.

Então mais ninguém abriu a boca, nem aquele cara de pau do Franti, que se contentou em fazer caretas escondido.

Para a sala da professora Cromi foi mandada a professora Delcati, a do meu irmão.

Para a classe do meu irmão foi aquela que chamam de "freirinha", porque está sempre vestida de cor escura, com um avental preto, tem uma carinha pequena e descorada, os cabelos sempre lisos, os olhos clarinhos, clarinhos, e uma vozinha fina, que parece estar sempre murmurando uma oração.

Minha mãe costuma dizer:

– Não dá para entender: ela é tão mansinha e tímida, com aquele fio de voz sempre igual, que mal se ouve, nunca grita nem se altera, mas consegue manter os meninos tão quietos que não se ouve nada. É só ela sacudir um dedo que os mais travessos abaixam a cabeça; a sala dela parece uma igreja, e é também por isso que a chamam de freirinha.

Mas há também outra de quem eu gosto muito: a professorinha do terceiro período, uma jovem do rosto rosado, que tem duas lindas covinhas nas bochechas, uma grande pluma vermelha no chapeuzinho e uma cruzinha de vidro amarelo pendurada no pescoço. Está sempre alegre, mantém a classe também alegre, sorri sempre, grita sempre com sua voz de cristal que parece que está cantando, batendo com o apagador na mesinha e palmas para impor silêncio. Na hora da saída, corre como uma menina atrás de um e de outro pra segurá-los na fila; estica a gola de um, abotoa o capote do outro pra que não se resfrie, vai atrás deles até à rua para que não briguem, suplica aos pais que não os castiguem em casa, traz pastilhas pra os que estão com tosse, empresta o seu regalo aos que estão com frio; e é importunada continuamente pelos menorzinhos, que querem carinho e pedem beijos puxando-a pelo véu e pelo xale; mas ela não se importa e distribui beijos a todos, rindo, e todo dia volta pra casa despenteada e rouca, cansadíssima e contentíssima, com suas lindas covinhas e sua pluma vermelha. Ela também ensina desenho às meninas, e sustenta com seu trabalho a mãe e o irmãozinho.

Na casa do ferido
Domingo, 18

É com a professora da pluma vermelha que estuda o sobrinho do velho funcionário atingido no olho pela bola de neve do Garoffi: a gente o viu hoje, na casa do tio, que o trata como um filho. Eu tinha acabado de copiar o conto mensal pra próxima semana, *O pequeno escrevente florentino*, que o professor me pediu, quando meu pai me disse:

– Vamos lá em cima, no quarto andar, ver se aquele senhor está melhor do olho.

Entramos num quarto quase totalmente às escuras; o velho estava sentado na cama, com muitos travesseiros nas costas; junto da cabeceira, estava a mulher dele e, num canto, o sobrinho, brincando. O velho tinha o olho tapado. Ficou muito contente de ver meu pai, fez a gente sentar-se e disse que estava melhor, que não tinha perdido o olho e, mais uns dias, ficaria curado. Depois acrescentou:

– Foi uma desgraça, dá pena o susto que deve ter levado o coitado daquele menino.

Depois falou do médico, que devia estar chegando pra ver como ele estava. Na mesma hora, a campainha tocou.

– É o médico – disse a senhora.

Abre-se a porta e... quem é que eu vejo? O Garoffi, com seu casacão, duro lá na soleira, com a cabeça baixa, sem coragem de entrar.

– Quem é? – perguntou o doente.

– É o garoto que atirou a bola de neve – disse o meu pai.

O velho chamou:

– Coitadinho! Venha cá, garoto; você veio saber notícias do ferido, não é? Estou melhor, fique tranquilo, estou bem melhor, já estou quase curado. Venha cá.

O Garoffi, tão confuso que nem via a gente, chegou perto da cama, esforçando-se pra não chorar. O velho lhe fez um carinho, mas ele não conseguia dizer nada.

– Muito obrigado – disse o velho –, diga também aos seus pais que estou melhor, que nem pensem mais nesse assunto.

Mas Garoffi não se mexia, parecia querer dizer alguma coisa e não conseguia.

– O que é que quer me dizer?

– Eu... nada.

– Está bem, então; adeus, até logo, garoto! Vá com o coração em paz.

Garoffi foi até à porta, mas parou e virou-se para o sobrinho do velho, que vinha atrás dele e o olhava curioso. De supetão, Garoffi tirou uma coisa que trazia enfurnada debaixo do casaco, jogou-a nas mãos do menino e disse bem depressa:

– É pra você – e fugiu como um raio.

O menininho levou o embrulho para o tio; em cima, estava escrito: *Isto é um presente pra você.* Abriram o pacote e se espantaram: era o famoso álbum com a coleção de selos o que o coitado do Garoffi tinha trazido! A coleção de que ele vivia falando, sobre a qual tinha tantas esperanças e que lhe tinha custado tanto esforço... Ali estava o seu tesouro, pobre garoto, era a metade do seu sangue que estava dando em troca do perdão!

O *pequeno escrevente florentino*

Estudava no sexto ano fundamental. Era um simpático florentino de 12 anos, de cabelo negro e pele clara, o filho mais velho de um empregado da estrada de ferro, o qual, tendo muitos filhos e um salário baixo, vivia na penúria. O pai gostava muito do filho e era bondoso e indulgente com ele – indulgente em tudo, menos no que tinha a ver com os estudos: nisso, ele punha muita esperança e se mostrava severo, porque queria que o filho estivesse logo pronto para conseguir um emprego e ajudar a família. E para conseguir logo alguma coisa que prestasse, era preciso esforçar-se muito e em pouco tempo.

Embora o menino, Giulio, fosse estudioso, o pai estava sempre mandando que estudasse mais. O pai já tinha certa idade, e o trabalho pesado o tinha envelhecido antes do tempo. Apesar disso, para poder responder às necessidades da família, além de todo o trabalho que já tinha no emprego, ainda pegava, aqui e ali, um extra como copista e passava boa parte da noite sentado à mesa, escrevendo. Ultimamente, tinha assumido, numa editora que publicava jornais e livros por assinatura, a tarefa de escrever tiras com os nomes e endereços dos assinantes. Ganhava uma quantia determinada por maço de quinhentas tiras, escritas em letra grande e benfeita. Era um trabalho cansativo, e ele muitas vezes se queixava, na hora do jantar com a família.

– Estou estragando a vista – dizia –, esse trabalho noturno acaba comigo.

Um dia, o filho lhe disse:

– Papai, deixa eu trabalhar no seu lugar; você sabe que eu sei escrever igualzinho a você!

Mas o pai respondeu:

– Não, filhinho, você tem de estudar. A sua escola é muito mais importante do que as minhas tiras de papel; eu ficaria com remorso de roubar uma hora que fosse dos seus estudos... Fico muito agradecido, mas não quero, e não se fala mais nisso.

O filho sabia que não adiantava insistir e não tocou mais no assunto.

Mas não desistiu... Sabia que à meia-noite em ponto o pai parava de escrever e saía do seu quartinho de trabalho para ir dormir. Muitas vezes tinha escutado: assim que o relógio tocava as doze badaladas, ouvia-se o barulho da cadeira arrastada e o passo lento do pai. Uma noite, esperou que o pai fosse se deitar, vestiu-se sem fazer barulho, foi tateando até o quartinho, reacendeu o candeeiro, sentou-se à escrivaninha, sobre a qual estava um maço de faixas de papel branco e a lista dos endereços, e começou a escrever, imitando direitinho a letra do pai.

Giulio escrevia de boa vontade, contente, embora com um pouco de medo. A pilha de faixas preenchidas crescia. De vez em quando, ele largava a caneta para esfregar as mãos e depois recomeçava com alegria redobrada, apurando o ouvido e sorrindo. Quando contou, tinha escrito 160 faixas. Uma lira! Então parou, recolocou a caneta no lugar, apagou a luz e voltou para a cama nas pontas dos pés.

Naquele dia, à hora do almoço, o pai sentou-se à mesa de bom humor. Não tinha percebido nada. Fazia aquele trabalho mecanicamente, contando as horas, pensando em outra coisa, e só no dia seguinte contava as faixas escritas. Sentou-se à mesa, contente, e, dando um tapinha no ombro do filho, disse:

– Ei, Giulio, seu pai ainda é um bom trabalhador, pode crer! Ontem à noite, em duas horas, fiz um terço a mais do que costumo fazer. Minha mão continua esperta, e meus olhos ainda cumprem seu dever!

Giulio, contente, dizia consigo mesmo: "Coitado do papai, além do ganho, eu ainda lhe estou dando a satisfação de pensar que rejuvenesceu. Muito bem, coragem, Giulio!".

Encorajado pelo bom resultado, na noite seguinte, assim que bateram as doze badaladas, levantou-se e foi trabalhar. E assim fez por várias noites seguidas. O pai não desconfiava de nada. Só uma vez, na hora do jantar, comentou:

– É estranho o tanto de querosene[18] que se tem gasto nesta casa ultimamente!

Giulio ficou ressabiado, mas a conversa parou por ali mesmo, e o trabalho noturno do menino seguiu em frente.

Entretanto, deixando de dormir a noite inteira, Giulio não repousava o suficiente: de manhã, levantava-se cansado, e à noite, fazendo a lição de casa, custava a ficar de olhos abertos.

Uma noite, pela primeira vez na sua vida, adormeceu em cima do caderno.

– Anime-se! – gritou o pai, batendo palmas. – Ao trabalho!

---

[18] Não havia ainda a luz elétrica. À noite, as casas eram iluminadas com lampiões de querosene. (N.T.)

Giulio refez-se e voltou ao estudo. Mas na noite seguinte, e em todas, daí por diante, aconteceu a mesma coisa, e até pior: cochilava em cima dos livros, levantava-se cada vez mais tarde, estudava as lições exausto, parecia ter preguiça de estudar. O pai começou a observá-lo, depois a preocupar-se e, finalmente, a repreendê-lo. Uma manhã, disse ao filho:

– Nunca esperei isso de você! Giulio, você está fugindo dos seus compromissos, não é mais o mesmo de antigamente. Não quero saber disso! Olhe aqui, todas as esperanças da família então postas em você. Não estou gostando nada disso, entendeu?

Ouvindo a reprovação, a primeira bronca séria que recebia na vida, o garoto agoniou-se, dizendo a si mesmo:

– Sim, é verdade! Não posso continuar assim, tenho de desfazer esse engano...

Mas naquela mesma noite, durante o jantar, o pai disse, todo alegre:

– Sabem que este mês consegui ganhar 32 liras a mais do que no mês passado, fazendo tiras de endereços?

E tirou de baixo da mesa uma caixinha de bombons, que tinha comprado para festejar com os filhos o ganho extra, e a criançada toda começou a bater palmas. Então Giulio ganhou novo ânimo e calou-se, dizendo bem lá dentro do seu coração: "Não, meu pobre pai, eu não vou deixar de enganar o senhor; vou me esforçar ainda mais para estudar durante o dia, mas vou continuar a trabalhar de noite pra você e pra todo mundo daqui de casa".

O pai acrescentou:

– Trinta e duas liras a mais! Estou contente... É só aquele ali – e indicou o Giulio – que me dá desgosto...

Giulio recebeu a censura em silêncio, engolindo duas lágrimas que teimavam em escorrer, mas sentindo, ao mesmo tempo, uma grande doçura no coração.

E o garoto continuou a trabalhar à noite. Mas o cansaço se acumulava, estava cada vez mais difícil resistir.

Aquela situação já durava dois meses. O pai continuava a reprovar o filho e a olhá-lo com uma expressão cada vez mais irada. Um dia, resolveu ir pedir informações ao professor, que comentou:

– Sim, ele vai indo, vai indo, porque tem inteligência. Mas já não tem a mesma vontade de antigamente. Cochila, boceja, fica distraído. Faz umas redações curtinhas, jogadas no papel às pressas, com uma letra feia. Ah! Ele seria capaz de fazer muito melhor, muito melhor mesmo!

Naquela noite, o pai chamou o menino num canto e lhe disse palavras pesadas, que jamais tinha pensado dizer ao filho:

– Giulio, você está vendo como eu trabalho, como estrago minha saúde pelo bem da família. Você não me ajuda. Você não tem coração, não liga pra mim, nem pros seus irmãos, nem pra sua mãe!

– Ah, não! Não diga isso, papai! – gritou o filho, rompendo em prantos, e abriu a boca para confessar tudo. Mas o pai interrompeu-o, dizendo:

– Você sabe da situação da família; sabe que é preciso a boa vontade e o sacrifício de todos. Eu mesmo, veja bem, vou ter de redobrar meu trabalho. Eu esperava receber, este mês, uma gratificação de cem liras da estrada de ferro, e hoje de manhã fiquei sabendo que não vão dar nada!

Diante dessa notícia, Giulio logo segurou lá dentro a confissão que ia escapando de sua boca e repetiu para si mesmo, decididamente: "Não, papai, eu não vou lhe dizer nada; vou guardar esse segredo pra poder trabalhar por você; vou compensar você de outro jeito pelo sofrimento que lhe estou causando; vou estudar sempre o bastante pelo menos pra passar de ano; o importante é ajudar você a ganhar a vida e aliviar o cansaço que o está matando."

Seguiu adiante. Foram mais dois meses de trabalho noturno e de exaustão durante o dia, de esforços desesperados do filho e de censuras amargas do pai.

O pior era que, pouco a pouco, o pai se ia afastando, esfriando com o menino, quase não falava mais com ele e evitava olhá-lo nos olhos, como se fosse um filho decepcionante, de quem não se podia esperar mais nada.

Giulio percebia tudo e sofria; e, quando o pai lhe dava as costas, o menino, com um gesto da cabeça, lhe jogava um beijo escondido, com um sentimento triste de carinho e pena. E assim, pelo sofrimento e pelo cansaço, emagrecia, descorava, e era obrigado a descuidar cada vez mais dos estudos. Ele sabia bem que um dia ia ter de acabar com aquilo e cada noite pensava:

– Esta noite não vou me levantar mais.

Mas, quando ouvia tocarem as doze badaladas do relógio, na hora em que devia ficar firme em seu propósito, sentia um remorso, parecia que faltaria com o seu dever se ficasse na cama, que roubaria uma lira do pai e da família. Então se levantava, pensando que, quem sabe, uma noite seu pai acordaria e o pegaria de surpresa, ou então que ele haveria de descobrir o engano por acaso, se contasse duas vezes as faixas de papel escritas. Assim tudo estaria resolvido naturalmente, sem ser por um ato da sua própria vontade, que ele não tinha coragem de fazer. Assim continuava.

Mas uma noite, no jantar, o pai pronunciou uma palavra que foi decisiva para o garoto. A mãe olhou para ele, e achando que ele estava mais abatido e pálido do que de costume, disse-lhe:

– Giulio, você está doente.

E depois se virou para o pai, ansiosamente:

– O Giulio está doente. Olha só como ele está pálido! Giulio, meu filho, está sentindo alguma coisa?

O pai olhou-o com o canto do olho e disse:

– É a consciência pesada que faz mal à saúde. Ele não ficava assim quando era um bom aluno e um filho de bom coração.

– Mas ele está mal! – exclamou a mãe.

– Eu é que não ligo mais! – respondeu o pai.

Aquelas palavras foram como uma punhalada no coração do pobre menino. Ah! Ele não estava mais nem ligando! Justamente seu pai que, antes, começava a tremer só de ouvi-lo tossir! Queria dizer que já não tinha mais amor por ele. Ele estava morto para o coração de seu pai, não tinha mais dúvida... "Ah! não, meu pai – disse o garoto, o coração apertado de angústia –, agora acabou, de verdade, eu não posso viver sem o seu carinho, eu o quero de volta inteiro, vou lhe contar tudo, não vou mais enganar o senhor, vou estudar como antes, aconteça o que acontecer, contanto que goste de mim outra vez, meu pobre paizinho! Desta vez, tenho certeza da minha decisão!"

Mesmo assim, ainda se levantou naquela noite, mais do que tudo pela força do hábito. Quando se viu de pé, teve vontade de ir, no silêncio da noite, pela última vez e por alguns minutos, àquele quartinho onde tanto tinha trabalhado secretamente, com o coração cheio de satisfação e de carinho. E quando se encontrou perto da mesinha, com o lampião aceso, e viu aquelas tiras de papel branco, nas quais nunca mais ia escrever os nomes de pessoas e cidades que agora já sabia de cor, deu-lhe uma grande tristeza; num impulso, pegou a caneta para recomeçar o trabalho costumeiro. Mas, ao estender a mão, esbarrou num livro, que caiu no chão. Seu coração deu um pulo. Se seu pai acordasse!

Claro que o pai não ia surpreendê-lo fazendo uma má ação, e ele mesmo já estava decidido a contar tudo. Mas... ouvir os passos se aproximando na escuridão da noite, ser surpreendido àquela hora, naquele silêncio – imagine o susto que a mãe ia levar se acordasse! – e pensar, pela primeira vez, que talvez seu pai se sentisse humilhado diante dele, descobrindo tudo... Isso o deixava meio apavorado.

O menino apurou o ouvido, prendendo a respiração. Não ouviu barulho algum. Espiou pelo buraco da fechadura da porta que ficava atrás dele: nada. A casa inteira dormia. Seu pai não tinha ouvido nada. Ficou tranquilo e recomeçou a escrever. As faixas de papel amontoavam-se na mesa.

Giulio ouviu o passo ritmado dos guardas noturnos lá embaixo, na rua deserta; depois, o ruído de uma carruagem que parou de repente; em seguida, um pouco depois, o barulho de uma fila de carros que passavam lentamente; depois um silêncio profundo, rompido apenas, de vez em quando, pelo latido de um cachorro, bem longe.

E escrevia, escrevia. Não percebeu, entretanto, que o pai estava atrás dele: tinha ouvido cair o livro, tinha se levantado e ficado esperando o bom momento. O barulho dos carros tinha encoberto o rangido dos seus passos e o leve chiado das dobradiças da porta; agora estava ali, a cabeça branca acima dos cabelos negros de Giulio. Tinha visto a caneta correndo sobre as tiras de papel. Em um minuto, adivinhou tudo, lembrou-se de tudo, compreendeu tudo, e sua alma foi invadida por um arrependimento desesperado, um carinho imenso que o deixava ali, pregado no chão, sufocado, atrás do seu garoto. De repente, Giulio deu um grito: dois braços lhe apertavam a cabeça, tremendo.

– Papai! Papai, perdão! Perdão! – gritou, vendo o pai em prantos.

– Perdoe-me você! – respondeu o pai, soluçando e cobrindo-lhe a cabeça de beijos. – Já entendi tudo, sei de tudo, sou eu, sou eu que te peço perdão, minha santa criatura! Venha, venha comigo!

E o pai empurrou-o, ou melhor, carregou-o até à cama da mãe, já acordada, e lhe colocou o filho entre os braços, dizendo:

– Dê um beijo neste anjinho que é o seu filho. Há três meses que não dorme e trabalha por mim, e eu lhe causei tanta tristeza, a ele, que ganha o nosso pão!

A mãe o apertou no peito, sem voz. Depois disse:

– Vá correndo dormir, meu filho, vá dormir, vá descansar! Leve-o para a cama! – disse ao marido.

Carregando Giulio nos braços, o pai levou-o até o seu quarto, deitou-o na cama, e lhe ajeitou os travesseiros e a coberta.

– Obrigado, papai – repetia o menino –, obrigado; mas agora vá o senhor se deitar, eu estou contente; vá pra cama, papai.

Mas o pai quis esperar que ele dormisse; sentou-se junto da cama, pegou a mão do menino e disse:

– Durma, durma, meu filhinho!

Exausto, Giulio, finalmente, adormeceu e dormiu por muitas horas, gozando pela primeira vez, depois de meses, de uma noite de sono tranquilo, enfeitado de sonhos risonhos. Quando abriu os olhos, com o Sol já alto, primeiro sentiu e depois viu, junto do peito, apoiada à beira da sua caminha, a cabeça branca do pai que ali tinha passado a noite e ainda estava dormindo, com a testa encostada no coração do filho.

A força da vontade
Quarta-feira, 28

Na minha classe há o Stardi, que teria força de vontade para fazer a mesma coisa que o pequeno escrevente florentino. Esta manhã houve dois acontecimentos na minha turma: Garoffi ficou quase maluco de alegria, porque lhe devolveram seu álbum de selos e, ainda por cima, com mais três selos novos da República da Guatemala, que ele andava procurando fazia dois meses; e o Stardi ganhou a medalha de segundo lugar. Imagine, o Stardi, primeiro da classe depois do Derossi! Todos ficamos admirados. Quem haveria de dizer, em outubro, quando o pai dele o trouxe pra escola, enrolado naquele capote verde, e disse ao professor, na frente de todo mundo:

– O senhor vai precisar de muita paciência com ele, porque tem a cabeça muito dura pra entender as coisas!

No princípio, todos os colegas chamavam o Stardi de "cabeça de pau". Mas ele dizia:

– Ou consigo, ou me arrebento.

E se pôs a estudar feito um louco, de dia, de noite, em casa, na escola, pelo caminho, com os dentes apertados e os punhos fechados, paciente como um boi, teimoso como um jumento. Assim, à custa de dar um duro danado, não ligando pras gozações e dando pontapés nos provocadores, passou na frente de todo mundo, aquele cabeçudo! Não entendia nadinha de aritmética, enchia as redações de besteiras, não conseguia gravar uma frase na memória, e agora resolve todos os problemas, escreve corretamente e canta[19] todas as lições como um artista. Dá pra perceber que tem uma vontade de ferro: basta ver o jeito dele, assim entroncado, a cabeça quadrada e o pescoço curto, as mãos curtas e grandes, e com aquela voz grossa. Ele estuda até nos jornais velhos e nos cartazes de anúncio dos teatros; e, cada vez que arranja um dinheirinho, compra um livro: já juntou uma pequena biblioteca, e, num momento de bom humor, deixou escapar que vai me levar na casa dele pra ver seus livros. Não fala com ninguém, não brinca com ninguém, está sempre sentado à carteira, com a cabeça entre os punhos, firme como uma rocha, ouvindo o professor. Quanto deve ter se esforçado, coitado do

---

[19] Naquele tempo, exigia-se nas escolas que as crianças aprendessem as lições de cor e as recitassem ("cantassem") em voz alta do começo ao fim. (N.T.)

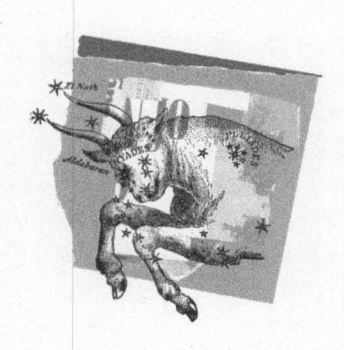

Stardi! Mesmo estando de mau humor e impaciente, quando distribuiu as medalhas hoje de manhã, o professor lhe disse:

– Parabéns, Stardi; quem aguenta firme, vence.

Mas o garoto nem pareceu muito orgulhoso do feito: nem sorriu, apenas voltou para o banco com a sua medalha, apoiou de novo a cabeça nos punhos e ficou ali, mais imóvel e atento do que antes. Mas o melhor foi na hora da saída, porque o pai – que é aplicador de sangrias[20] – estava esperando pelo filho, atarracado e robusto como ele, com uma cara imensa e um vozeirão. Não esperava por aquela medalha de jeito nenhum: não queria acreditar, foi preciso que o professor lhe afirmasse que era verdade; então começou a rir com o maior gosto, e deu um tapa na nuca do filho, dizendo bem alto:

– Mas que valente, mas que aplicado, o meu querido tontinho, olhe só! – e olhava pro filho, rindo feito bobo. Todos os garotos em volta também sorriam, menos o Stardi. Este já estava ruminando na sua cabeçorra a lição de amanhã de manhã...

Gratidão
Sábado, 31

Tenho certeza de que o seu colega Stardi nunca se queixa do professor. "O professor estava de mau humor, o professor estava impaciente",

---

[20] A sangria era um tratamento que se aplicava a certos doentes, consistindo em cortar uma veia e deixar escorrer um pouco de sangue para diminuir a pressão nas artérias. Usava-se tanto a sangria que havia quem tivesse essa profissão. (N.T.)

você vive dizendo isso em tom de ressentimento. Pense um pouco: quantas vezes você também fica impaciente, e com quem? – com o seu pai, com a sua mãe, para quem a sua impaciência é uma coisa muito errada. Bem que o professor tem razões para ficar impaciente! Pense em quantos anos faz que ele se esforça pelos meninos; e que, se encontrou muitos que foram gentis e carinhosos, também encontrou muitos ingratos, que abusaram da bondade dele e desprezaram seus esforços; e também que, afinal, na média, vocês lhe dão mais decepção do que satisfação. Pense que até o homem mais santo desta terra, se estivesse no lugar dele, haveria de ficar chateado algumas vezes. Além disso, se você soubesse quantas vezes o professor vai dar aula doente, só porque não está com uma doença bastante grave para ser dispensado do trabalho, fica impaciente porque está se sentindo mal, e sofre mais ainda vendo que vocês nem percebem e abusam da paciência dele! Respeite e queira bem ao seu professor, filho. Queira bem a ele porque o seu próprio pai lhe quer bem e o respeita; porque ele consagra a sua vida ao bem de tantos meninos que depois vão esquecê-lo; porque ele abre e ilumina a sua inteligência e educa o seu caráter; porque um dia, quando você for grande, e nem ele nem eu estivermos mais neste mundo, nas suas lembranças você vai ver muitas vezes a imagem dele junto da minha; e então, olha só, você vai reconhecer expressões de dor e de cansaço no rosto bondoso desse homem tão gentil, expressões que você hoje nem percebe, e vai sentir pena, mesmo depois de passados trinta anos; daí você vai se envergonhar, vai ficar triste de não ter sido amigo dele, de se ter portado mal. Queira bem ao seu professor, porque ele pertence a essa grande família de cinquenta mil professores do ensino fundamental espalhados por toda a Itália, pessoas que são como os pais intelectuais de milhões de crianças que estão crescendo com você; são trabalhadores mal reconhecidos e mal pagos que preparam para o nosso país um povo melhor do que o de agora. Não me basta o carinho que você tem por mim, se você não tiver também esse mesmo carinho por todos os que lhe fazem bem. Entre esses, o seu professor é o primeiro depois dos seus pais. Queira bem a ele como se ele fosse meu irmão, queira bem a ele quando elogia e quando censura você, quando é justo com você e quando você acha que ele está sendo injusto, quando está alegre e simpático – mas queira-lhe bem ainda mais quando ele estiver triste. Queira bem a ele sempre. E pronuncie sempre com respeito esse nome – "professor" – que, depois do nome "pai", é o nome mais doce e mais nobre que um homem pode dar a outro homem.

Seu pai

Janeiro

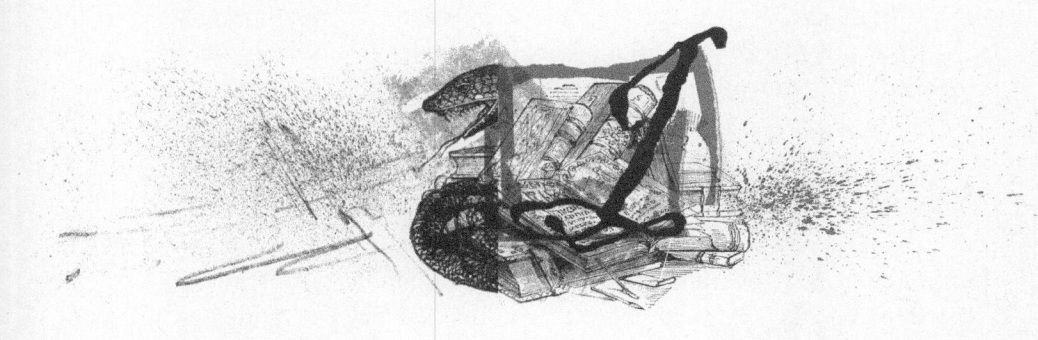

O professor substituto
Quarta-feira, 4

Meu pai tinha razão: o professor estava de mau humor porque não estava passando bem, e faz três dias que, em vez dele, tem vindo um professor substituto, aquele baixinho e sem barba, que parece um rapazinho. O que aconteceu hoje de manhã foi feio. Já no primeiro e no segundo dia tinham feito a maior bagunça na classe, porque o substituto tem muita paciência, e só dizia:

– Fiquem quietos, fiquem quietos, por favor.

Mas esta manhã a coisa passou do ponto. Faziam uma zoada tão grande que já não se podia ouvir nem uma palavra do professor, e ele aconselhava, pedia, mas só desperdiçava fôlego. Duas vezes o diretor chegou à porta da sala e olhou. Mas assim que ele ia embora, o zumbido crescia, como numa feira. De nada adiantava o Garrone e o Derossi fazerem sinal para os colegas ficarem quietos, dizendo que aquilo era uma vergonha. Ninguém se importava. Só mesmo o Stardi é que ficava quieto, com os cotovelos na carteira e a cabeça entre os punhos, talvez pensando na sua famosa biblioteca; ele e o Garoffi, aquele de nariz de coruja e dos selos de correio, todo ocupado conferindo os nomes de quem tinha pago os dois centavos pelos bilhetes da rifa de um tinteiro de bolso. Os outros tagarelavam e riam, batucavam nas tampas das carteiras e atiravam bolinhas de papel com os elásticos das meias. O substituto agarrava pelo braço e sacudia um aqui, outro ali, e chegou a segurar um menino contra a parede: perda de tempo. Não sabendo mais pra que santo apelar, pedia:

— Mas por que vocês estão fazendo isso? Querem me prejudicar? — Depois dava socos na mesa e gritava com voz de raiva e de choro: — Silêncio! Silêncio! Silêncio!

Dava pena ouvi-lo. Mas o barulho só aumentava. Franti lhe atirou uma flecha de papel, alguns imitavam gato miando, outros trocavam cascudos; não dá nem pra descrever a confusão que havia quando entrou o bedel e disse:

— Professor, o diretor o está chamando.

O professor se levantou e saiu às pressas, com ar desesperado. Aí é que a zoada recomeçou ainda mais forte. Mas, de repente, Garrone pulou de pé com uma cara furiosa, com os punhos fechados e gritou com a voz rouca de raiva:

— Parem com isso, suas bestas! Vocês abusam porque ele é bom com a gente. Se ele moesse seus ossos vocês estariam mansos como cachorrinhos. Vocês são um bando de covardes. O primeiro que fizer qualquer gracinha eu vou pegar lá fora e juro que lhe quebro os dentes, mesmo que seja na frente do próprio!

Todos se calaram. Ah! Como gostei de ver o Garrone soltando fogo pelos olhos! Parecia um leão furioso. Olhou um por um os mais atrevidos, e todos abaixaram a cabeça.

Quando o substituto voltou, com os olhos vermelhos, não se ouvia mais um pio. Ele ficou espantado. Mas depois, vendo o Garrone ainda vermelho e agitado, compreendeu e lhe disse com um tom de grande afeto, como teria dito a um irmão:

— Obrigado, Garrone.

A biblioteca do Stardi

Fui à casa do Stardi, que mora em frente à escola, e fiquei mesmo com a maior inveja da sua biblioteca. Ele não é nada rico, não pode comprar muitos livros, mas conserva com muito cuidado os da escola e os que ganha dos pais; e todo o dinheiro que lhe dão, ele junta e gasta na livraria. Assim, já formou uma pequena biblioteca; e quando o pai viu que ele tinha essa paixão pelos livros, comprou-lhe uma bela estante de nogueira com cortininhas verdes e mandou encadernar quase todos os volumes com as cores preferidas do filho. Agora, ele puxa um cordãozinho, a cortina verde corre e veem-se três prateleiras de livros de todas as cores, todos em ordem, brilhantes, com os títulos dourados nas lombadas; livros de histórias, de viagens, de poesia e também livros com ilustrações. Ele sabe combinar muito bem as cores: coloca os volumes brancos ao lado dos vermelhos, os amarelos perto dos pretos, os azuis junto dos brancos, de maneira que se vejam de longe e fique bonito; e se diverte depois a variar as combinações. Já fez até um catálogo. É como um bibliotecário. Está sempre às voltas com seus livros, tirando o pó, folheando, examinando a encadernação. Dá gosto ver com que cuidado ele abre cada um, com aquelas mãos curtas e grossas, soprando entre as páginas: todos parecem ainda novinhos em folha... E eu que estraguei todos os meus livros! Para o Stardi, é uma festa alisar cada livro que compra, colocá-lo no lugar e pegá-lo de novo pra olhar por todos os lados e curti-lo como a um tesouro. Não me mostrou mais nada durante uma hora. Eu já estava com os olhos ardendo de tanto ler. A um certo momento, passou pela sala o pai dele, que é forte e parrudo como o filho, com uma cabeçona igual, e lhe deu dois ou três tapas na nuca, dizendo-me, com aquele vozeirão:

– O que é que você me diz, hem, dessa cabeçona de bronze? É uma cabeçona capaz de ter sucesso em alguma coisa, eu lhe garanto! – O Stardi fechava os olhos, todo contente, como se fosse um cachorrão de caça recebendo aquele carinho bruto. Não sei, não, mas eu é que não me meto a fazer brincadeira com ele: não parece que tem apenas um ano a mais do que eu... E quando ele me disse: "Até logo!", na saída, com aquela cara que parece sempre zangada, eu quase ia respondendo: "Até logo pro senhor também!", como se ele fosse um adulto.

Quando cheguei em casa, disse pro meu pai:

– Não entendo: o Stardi não tem talento, não é bem educado, é uma figura quase ridícula; mas faz eu me sentir meio inferior a ele...

E meu pai respondeu:

– É porque ele tem caráter.

E eu acrescentei:

– Durante a hora inteira que passei com ele, não me disse nem cinquenta palavras, não me mostrou nem um brinquedo, não deu nenhuma risada – mas eu fiquei com prazer.

Meu pai respondeu:

– É porque você gosta dele, estima-o.

O filho do ferreiro

Sim, mas eu também gosto do Precossi; é até pouco dizer que o estimo. Precossi, o filho do ferreiro, aquele baixinho, descorado, que tem um olhar bom e triste e um ar de espanto, tão tímido, que vive dizendo "desculpe"; está sempre adoentado e, apesar disso, estuda tanto. O pai chega em casa bêbado e bate nele sem quê nem pra quê, atira os livros e cadernos do filho pelos ares, aos sopapos; ele chega na escola com manchas roxas na cara, às vezes com a cara inchada e os olhos vermelhos de tanto chorar. Mas ninguém consegue fazê-lo dizer, de jeito nenhum, que foi o pai que bateu nele.

– Foi seu pai que bateu em você! – dizem os colegas.

Ele grita, imediatamente:

– Não é verdade! Não é verdade! – pra não fazer o pai passar vergonha.

– Esta página não foi você que queimou – diz o professor, mostrando o trabalho dele meio queimado.

– Sim – responde ele, com tremor na voz –, fui eu que deixei cair no fogo.

Mas a gente sabe muito bem que foi o pai dele, bêbado, que virou a mesa e o lampião com uma patada enquanto Precossi fazia a lição. Ele mora na mansarda do mesmo prédio que nós, subindo pela outra escada. A porteira conta tudo pra minha mãe; minha irmã, Silvia, ouviu-o gritando na varanda, no dia em que o pai o fez rolar pela escada abaixo, às cambalhotas, só porque ele lhe pediu dinheiro pra comprar o livro de gramática. O pai dele bebe, não trabalha, e a família passa fome. Quantas vezes o pobre do Precossi chega na escola em jejum, e rói, escondido, um pãozinho que o Garrone lhe dá, ou uma maçã que a professorinha da pluma vermelha, que já foi sua professora, traz pra ele!

Mas ele nunca diz, de jeito nenhum:

– Estou com fome, meu pai não me dá o que comer.

Às vezes, o pai vem buscá-lo na escola, quando passa por perto por acaso, pálido, com as pernas bambas, a cara enfarruscada, o cabelo caindo nos olhos e o boné torto; o menino fica tremendo quando vê o pai na rua, mas logo sai correndo e sorrindo pra encontrar-se com ele; e o pai parece que não o vê e está pensando em outra coisa qualquer. Coitadinho do Precossi! Conserta os cadernos estragados, pede os livros emprestados para estudar as lições, ajeita os farrapos da camisa com alfinetes, e dá o maior dó vê-lo fazer ginástica nadando dentro daqueles sapatões, com aqueles calções quase se arrastando pelo chão e aquela jaqueta comprida demais, com as mangas dobradas até os cotovelos. E estuda, se esforça; se pudesse estudar em casa, tranquilo, seria um dos primeiros da classe. Esta manhã, chegou à escola com uma marca de unhada numa bochecha, e todo mundo começou a dizer:

– Foi seu pai, desta vez você não pode negar, foi o seu pai que fez isso. Diga pro diretor, ele manda chamar seu pai na delegacia.

Mas o garoto se levantou, vermelho, com a voz tremendo de indignação:

– Não é verdade! Não é verdade! Meu pai nunca me bateu!

Mas depois, durante a aula, suas lágrimas escorriam sobre o tampo da carteira; e, se visse alguém olhando, esforçava-se pra sorrir e disfarçar o choro. Pobre do Precossi! Amanhã, Derossi, Coretti e Nelli vêm aqui em casa; vou dizer pra ele vir também. E vou fazê-lo merendar comigo, vou dar-lhe uns livros de presente, virar a casa de ponta-cabeça pra que ele se divirta; e vou encher os bolsos dele de frutas. Quero ver o coitado contente pelo menos uma vez, pobre do Precossi, tão bom e tão corajoso!

Uma bela visita
Quinta-feira, 12

Pra mim, esta foi uma das quintas-feiras mais bacanas do ano. Às duas em ponto, chegaram aqui em casa Derossi e Coretti, com o Nelli, o corcundinha; o pai do Precossi não deixou que ele viesse. Derossi e Coretti vinham rindo porque encontraram na rua o Crossi, o filho da verdureira – aquele do braço morto e do cabelo vermelho –, que carregava um repolho enorme pra vender e depois ia comprar uma caneta com o dinheiro do repolho; estava todo contente porque o pai tinha escrito uma carta da América dizendo que ia chegar um dia desses.

Passamos duas horas ótimas juntos! Derossi e Coretti são os dois mais alegres da classe; meu pai adorou. Coretti estava com sua malha cor de chocolate e seu boné de couro de gato. É um diabinho, que quer fazer e acontecer o tempo todo. Já tinha carregado nas costas meia carrada de lenha, logo de manhã cedinho; e, mesmo assim, galopou pela casa toda, observando tudo e falando sem parar, vivo e esperto como um esquilo; passando pela cozinha, perguntou à cozinheira quanto é que lhe cobram pelo quilo de lenha, que o pai dele vende por 45 centavos. Fala do pai o tempo todo, de quando foi soldado do 49° regimento, na batalha de Custoza, quando esteve no batalhão do príncipe Umberto; e é tão bem-educado! Não importa se nasceu e cresceu no meio da lenha: ele tem a gentileza no sangue e no coração, como diz o meu pai. E a gente se divertiu demais com o Derossi: ele sabe geografia como um professor. Fechava os olhos e dizia:

– Ó, estou vendo a Itália inteira, os Montes Apeninos estendendo-se até o Mar Jônio, os rios correndo por aqui e por ali, as cidades brancas, os golfos, as enseadas azuis, as ilhas verdes; e dizia os nomes certinhos, pela ordem, rapidíssimo, como se estivesse lendo no mapa. Olhando pra ele, assim, com aquela cabeça alta, toda cacheada de cabelo louro, os olhos fechados, bem-vestido de azul-marinho com botões dourados, com aquele porte de estátua, todos ficávamos admirados. Em uma hora ele aprendeu de cor quase três páginas que deve recitar amanhã, na escola, na comemoração do aniversário da morte do rei Vittorio. Também o Nelli olhava pra ele com admiração e carinho, torcendo a beirada do avental de pano preto e sorrindo com aqueles olhos claros e melancólicos. Adorei aquela visita, me deixou alguma coisa, como centelhas na mente e no coração. E também gostei de ver, quando eles foram embora, o pobre Nelli no meio dos outros dois, grandes e fortes, que iam de braços dados levá-lo em casa, fazendo-o rir como eu nunca tinha visto antes. Voltando pra sala de jantar, vi que estava faltando o quadrinho que representa Rigoletto, o palhaço corcunda. Meu pai tinha escondido pra que o Nelli não o visse.

Os funerais de Vittorio Emanuele
Terça-feira, 17

Hoje, às duas horas, assim que entrei na escola, o professor chamou Derossi, que foi pra perto da mesa dele, de frente pra nós, e começou a dizer, com o seu jeito vibrante, levantando pouco a pouco a voz clara e ficando mais corado:

– Há quatro anos, neste dia, a esta hora, chegava diante do Panteão, em Roma, o carro fúnebre que levava o cadáver de Vittorio Emanuele II, primeiro rei da Itália, morto depois de 29 anos de reinado, durante os quais a grande pátria italiana, antes despedaçada em sete estados e oprimida por estrangeiros e tiranos, tinha renascido como um só país, independente e livre, depois de 29 anos de reinado, que ele tornou ilustre e benéfico com coragem, com lealdade, com ousadia nos momentos de perigo, com sabedoria nos momentos de triunfo, com constância nas desventuras. Chegava o carro fúnebre, carregado de coroas, depois de percorrer Roma sob uma chuva de flores, por entre o silêncio de uma multidão entristecida, que acorreu de todas as partes da Itália, precedida de uma legião de generais e de uma multidão de ministros e de príncipes, seguido de um cortejo de mutilados de guerra, de uma selva de bandeiras, dos convidados de trezentas cidades, de tudo o que representa a potência e a glória de um povo, chegava diante do augusto templo onde o esperava seu túmulo. Nesse momento, 12 soldados de sua guarda de honra levantaram o caixão. A Itália dava o último adeus ao seu rei morto, ao seu velho rei, que a tinha amado tanto, o último adeus ao seu soldado, ao seu pai, aos 29 anos mais felizes e mais abençoados da sua História. Foi um momento grande e solene. O olhar, a alma de todos estremecia entre o féretro e as bandeiras enlutadas dos oitenta regimentos do exército da Itália, levadas por oitenta oficiais, enfileirados à sua passagem. A Itália estava ali, naqueles oitenta símbolos, que recordavam os milhares de mortos, os rios de sangue, as nossas mais sagradas glórias, os nossos mais santos sacrifícios, as nossas dores mais tremendas. O féretro passou, levado pela guarda de honra, e então todos se inclinaram em reverência; as bandeiras dos novos regimentos, e as velhas bandeiras rasgadas de Goito, de Pastrengo, de Santa Lucia, de Novara, da Crimea, de Palestro, de San Martino, de Castelfidardo, dos regimentos mais antigos que tinham passado por vários combates. Oitenta véus negros e cem medalhas caíram sobre o caixão, e aquele ruído retumbante e confuso, que acelerou todos os corações, foi como o som de mil vozes humanas dizendo, juntas:

— Adeus, bom rei, rei valente, rei leal! Tu viverás no coração do teu povo enquanto o Sol brilhar sobre a Europa.

Depois, as bandeiras se levantaram altivamente, apontando o céu, e o rei Vitório entrou na glória imortal do seu túmulo.

Franti expulso da sala

Sábado, 21

Só mesmo um dentre nós era capaz de rir enquanto Derossi falava dos funerais do rei, e o Franti riu. Eu detesto aquele cara. É malvado. Quando aparece um pai na sala de aula pra dar uma bronca no filho, ele goza; quando algum chora, ele ri. Treme de medo do Garrone, mas belisca o Pedreirinho porque é pequeno; atormenta o Crossi porque tem o braço paralisado; zomba do Precossi, que todos respeitam; zomba até do Robetti, aquele que anda de muletas por ter salvo um garotinho. Provoca todos os mais fracos que ele, e, quando briga, se enfurece e bate mesmo, pra machucar. Tem alguma coisa que me mete medo naquela testa baixa, naqueles olhos foscos, que ele quase sempre esconde debaixo da pala do boné. Não tem medo de nada, ri na cara do professor, rouba quando pode, nega com a maior cara de pau, está sempre de mal com alguém; sempre traz alfinetes pra espetar os vizinhos na aula, arranca os botões das próprias jaquetas e das de outros e dá fim neles. Suas pastas, cadernos e livros estão sempre amassados, rasgados, sujos, a régua quebrada, a caneta toda mordida; tem as unhas roídas e a roupa sempre cheia de rasgões e farrapos, que ele arranja com tantas brigas em que se mete. Dizem que a mãe adoeceu de tanto desgosto que o filho lhe dá, e que o pai o expulsou de casa três vezes. Sua mãe vem de vez em quando saber como ele vai na escola e sai sempre chorando. Franti odeia a escola, odeia os colegas, odeia o professor. Este, às vezes, finge que não está vendo as canalhices do aluno, que, aí, faz pior ainda. Já tentou falar com ele numa boa, mas o Franti só faz zombar. O professor disse-lhe palavras terríveis, e ele cobria o rosto com as mãos, como se estivesse chorando, mas por trás estava rindo. Foi suspenso da escola per três dias e voltou mais perverso e insolente do que antes. Derossi lhe disse, um dia:

– Mas pare com isso, você não vê o quanto o professor sofre com você?

Daí o Franti ameaçou enfiar-lhe um prego na barriga. Mas hoje de manhã, finalmente, ele se fez expulsar como um cachorro. Enquanto o professor dava ao Garrone o rascunho do conto mensal de janeiro, *O tamborzinho sardo*, pra passar a limpo, o moleque jogou no chão uma bomba que fez um estrondo na escola inteira. Toda a classe levou o maior susto. O professor gritou:

– Franti! Fora da sala!

Ele respondeu:

– Não fui eu! – mas ria.

O professor repetiu:

– Pra fora!

– Não saio – respondeu.

Então o professor perdeu a cabeça: foi pra cima do Franti, agarrou-o pelo braço, arrancou-o do banco. Ele se debatia, rangia os dentes; foi arrastado à força pra fora. O professor levou-o assim até a sala do diretor, depois voltou pra classe e sentou-se à mesa, segurando a cabeça entre as mãos, ofegando, com uma expressão tão cansada e aflita que dava pena ver.

– Depois de ensinar trinta anos! – exclamou tristemente, curvando a cabeça. A gente nem respirava. As mãos dele tremiam de raiva, e a ruga reta que tem no meio da testa estava tão funda que parecia uma ferida. Pobre professor! Estávamos todos muito sentidos. Então o Derossi se levantou e disse:

– Não se aflija, professor. Nós todos gostamos muito do senhor.

Então ele se acalmou um pouco e disse:

– Vamos retomar a aula, meninos.

O tamborzinho sardo

No primeiro dia da batalha de Custoza, 24 de julho de 1848, cerca de sessenta soldados de um regimento de infantaria do nosso exército, mandados para um lugar alto, para ocupar uma casa solitária, viram-se de improviso atacados por duas companhias de soldados austríacos, que, despejando a fuzilaria sobre eles por todos os lados, mal lhes deram tempo de se refugiar numa casa e de passar a tranca precipitadamente nas portas, depois de terem deixado alguns mortos e feridos pelos campos. Trancadas as portas, os nossos correram para as janelas do térreo e do primeiro andar, e começaram um fogo cerrado sobre os inimigos, os quais, aproximando-se pouco a pouco, dispostos em semicírculo, respondiam vigorosamente. Os sessenta soldados italianos eram comandados por dois oficiais subalternos e um capitão, um velho alto, magro e austero, com os cabelos e o bigode brancos. Com eles estava um tocador de tambor[21] sardo, um menino de pouco mais de 14 anos que mal parecia ter 12, pequeno, de rosto moreno, com dois olhinhos negros e profundos que cintilavam. O capitão, de uma sala do primeiro andar, dirigia a defesa, lançando ordens que pareciam tiros de pistola, e em seu rosto de ferro não se via nenhum sinal de emoção. O "tamborzinho", um pouco pálido mas firme nas pernas, trepado numa mesa, esticava o pescoço, apoiando-se à parede, para olhar pra fora das janelas; e via através da fumaça, pelos campos, os estandartes brancos dos austríacos, que avançavam lentamente. A casa estava no topo de uma subida íngreme, e para o lado da subida só havia uma janelinha alta, de um quarto do sótão; por isso, os austríacos não ameaçavam a casa daquele lado, e a ladeira estava livre: os tiros atingiam só a fachada e os outros dois lados da casa.

Mas era um fogo infernal, uma chuva de balas de chumbo que, por fora, rachavam as paredes e pulverizavam as telhas, e, dentro, arrebentavam o teto, os móveis, as folhas das janelas, os portais, lançando pelo ar lascas de madeira, nuvens de cinza e cacos de louça e de vidro, assobiando, ricocheteando, destruindo tudo com um barulho de rachar o crânio. De tempos em tempos, um dos soldados que atiravam das janelas tombava no chão e era puxado para um canto. Alguns se arrastavam de sala em sala, apertando as mãos sobre as feridas. Na cozinha já havia um morto, com a testa partida. O semicírculo dos inimigos ia se estreitando.

A certa altura, o capitão, até então impassível, fez um sinal de preocupação e saiu a passos largos da sala, seguido de um sargento. Três minutos depois, o sargento retornou correndo e chamou o tamborzinho, fazendo sinal para que o seguisse. O menino seguiu-o depressa por uma escada de madeira e entrou com ele em um sótão vazio, onde viu o capitão, que escrevia com um lápis numa folha de papel, apoiando-se na janelinha; aos seus pés, no chão, havia uma corda de poço.

---

[21] Função necessária nos exércitos da época, para animar e marcar o ritmo de marcha da infantaria. Quem desempenhava essa função era chamado simplesmente de "tambor". (N.T.)

O capitão dobrou o papel e disse bruscamente, fixando nos olhos do menino as suas pupilas cinzentas e frias, diante das quais todos os soldados tremiam:

– Tamborzinho!

O tamborzinho fez continência.

O capitão disse:

– Tu tens coragem.

Os olhos do menino brilharam.

– Sim, senhor capitão – respondeu.

– Olha lá pra baixo – disse o capitão, empurrando-o para a janelinha –, lá na planície, perto das casas de Villafranca, onde há um brilho de baionetas. Lá estão os nossos, imóveis. Pega este bilhete, agarra-te à corda, desce pela janelinha, corre ladeira abaixo, atravessa os campos, chega até os nossos e dá o bilhete ao primeiro oficial que vires. Tira fora o cinturão e a mochila.

O tamborzinho tirou o cinturão e a mochila e pôs o bilhete num bolso do peito; o sargento jogou a corda e segurou firme uma das pontas, com as duas mãos; o capitão ajudou o menino a passar pela janelinha, de costas para o campo.

– Presta atenção – disse –, a salvação do nosso destacamento depende da tua coragem e das tuas pernas.

– Confie em mim, senhor capitão – respondeu o tamborzinho, pendurando-se para fora.

– Abaixa-te na descida – disse ainda o capitão, agarrado à corda junto com o sargento.

– Sem dúvida.

– Deus te ajude.

Em poucos segundos, o tamborzinho chegou ao chão; o sargento puxou a corda para cima e desapareceu; o capitão debruçou-se impetuosamente na janelinha e viu o menino, que já ia voando ladeira abaixo.

Esperava que ele já tivesse conseguido fugir sem ser visto quando cinco ou seis nuvenzinhas de poeira, que se levantaram da terra na frente e atrás do menino, avisaram-lhe que o garoto tinha sido visto pelos austríacos, que atiravam nele do topo da elevação: aquelas nuvenzinhas eram a terra que as balas levantavam. Mas o tamborzinho continuava a correr valentemente. De repente, tombou.

– Mataram-no! – rugiu o capitão, mordendo o punho. Mas nem tinha acabado de dizer essas palavras e viu o tamborzinho levantar-se de novo.

– Ah! Foi só uma queda! – disse consigo mesmo, e respirou. O tamborzinho, de fato, recomeçou a correr a toda a velocidade; mas mancava.

– Torceu um pé – pensou o capitão.

Algumas nuvenzinhas de pó ainda se levantaram aqui e ali em volta do menino, mas cada vez mais longe. Ele estava a salvo. O capitão soltou uma exclamação de triunfo. Mas continuou a acompanhá-lo com os olhos, nervoso, porque era uma questão de minutos: se o menino não chegasse lá embaixo o mais depressa possível com o bilhete que pedia socorro imediato, ou todos os seus soldados cairiam mortos, ou ele teria de render-se e entregar-se, com eles, como prisioneiro. O menino corria rápido por um trecho do caminho, diminuía o passo, mancando, depois retomava a corrida, mas cada vez mais cansado; de vez em quando tropeçava, parava um pouco. "Talvez uma bala o tenha pegado de raspão", pensou o capitão; e prestava atenção em todos os movimentos do garoto, tremendo, e estimulava, falava com ele, como se pudesse ouvi-lo; com os olhos ardendo, media sem descanso o espaço que restava entre o menino fugitivo e aquele brilho de armas que via lá embaixo, uma planície entre as plantações de trigo douradas pelo sol. Enquanto isso, ouvia os assobios e o estouro das balas nas salas de baixo, os gritos imperiosos e raivosos dos oficiais e dos sargentos, os lamentos agudos dos feridos, o barulho da queda dos móveis e do entulho.

– Vamos! Coragem! – gritava, seguindo com o olhar o tamborzinho lá longe. – Avante! Corre! Parou, maldito menino! Ah! Recomeça a correr...

Um oficial veio dizer-lhe, quase sem fôlego, que os inimigos, sem interromper os tiros, estavam sacudindo um pano branco para intimar a rendição.

– Não responda! – gritou o capitão, sem desviar o olhar do menino, que já estava em terreno plano mas não corria mais, e parecia se arrastar com dificuldade. – Mas vai! Mas corre! – dizia o capitão apertando os dentes e os punhos. – Mata-te, morre, desgraçado, mas vai! – E xingou horrivelmente:

– Ah! Aquele infame, covarde, sentou-se pra descansar!

O menino, de fato, cuja cabeça então o capitão tinha visto aparecer acima de um campo de trigo, tinha desaparecido, como se tivesse caído. Mas depois de um momento, sua cabeça reapareceu; finalmente, sumiu por detrás de uns arbustos e o capitão não o viu mais.

E desceu correndo. Choviam as balas; as salas estavam atulhadas de feridos, alguns dos quais giravam como bêbados, agarrando-se aos móveis; as paredes e o chão estavam manchados de sangue; havia corpos atravessados nas portas; o tenente tinha o braço direito despedaçado por uma bala; a fumaça e a poeira cobriam tudo.

– Coragem! O socorro está chegando! Um pouco mais de coragem!

Os austríacos tinham se aproximado ainda mais; já se viam suas caras raivosas através da fumaça, já se ouviam o estrondo de suas armas e seus gritos ferozes, que insultavam, exigiam a rendição, ameaçavam um massacre. Alguns soldados, apavorados, retiravam-se da janela; os sargentos os empurravam de novo para a frente. Mas o fogo da defesa enfraquecia, o desânimo aparecia em todos os rostos, não era mais possível opor resistência. Num dado momento, os tiros dos austríacos diminuíram, e uma voz forte gritou, primeiro em alemão, depois em italiano:

– Rendam-se!

– Não! – berrou o capitão, de uma janela. E o fogo recomeçou mais intenso e mais furioso dos dois lados. Outros soldados caíram. Mais de uma janela estava sem defensor. O momento fatal era iminente. O capitão gritava, com a voz espremida entre os dentes:

– Não vão chegar! Não vão chegar! – e corria em volta, furioso, agitando o sabre, resolvido a morrer. Nisso um sargento, subindo ao sótão, gritou bem alto:

– Estão chegando!

– Estão chegando! – repetiu o capitão com um grito de alegria.

Ao ouvir aquele grito, todos – sãos, feridos, sargentos, oficiais – correram para as janelas, e a resistência enfureceu-se outra vez.

Dali a poucos momentos, notou-se como que uma incerteza e um princípio de desordem entre os inimigos.

Imediatamente, com entusiasmo, o capitão juntou um pelotão numa sala térrea, para avançar para fora da casa com as baionetas em riste. Depois voou de novo lá para cima. Assim que chegou, ouviu-se um barulho enorme, acompanhado de um "viva!" formidável, e pôde-se ver pelas janelas, por entre a fumaça, avançarem os chapéus de duas pontas dos soldados italianos e um rebrilhar de lâminas agitando-se no ar por sobre as cabeças, os ombros e as costas de um esquadrão que vinha rastejando.

Então o pelotão saiu da casa com as baionetas em riste; os inimigos vacilaram, desordenaram-se, voltaram atrás, o terreno ficou deserto, a casa foi libertada e, pouco depois, dois batalhões de infantaria italiana e dois canhões ocupavam a colina.

O capitão, com os soldados que restavam, se reuniu ao seu regimento, combateu ainda por um tempo e foi levemente ferido na mão esquerda pelo estilhaço de uma bala, no último assalto a baioneta.

O dia terminou com a vitória dos nossos.

Mas no dia seguinte, recomeçando o combate, os italianos foram superados, apesar de sua corajosa resistência, pelo número muito superior de austríacos, e na manhã do dia 26 tiveram que tomar tristemente o caminho da retirada.

O capitão, mesmo ferido, fez a caminhada a pé com os soldados; iam cansados e silenciosos e, ao cair da tarde, chegaram a Goito, às margens do Rio Mincio. O oficial procurou imediatamente o seu tenente, que tinha sido recolhido por uma ambulância com o braço despedaçado, e devia ter chegado lá antes dele. Indicaram-lhe uma igreja, onde haviam instalado apressadamente um hospital de campanha. Foi até lá. A igreja estava lotada de feridos, deitados sobre duas fileiras de leitos e de colchões estendidos pelo chão; dois médicos e vários auxiliares iam e vinham, atarefados; ouviam-se gemidos e gritos sufocados.

Mal entrou, o capitão parou e olhou à volta toda, procurando seu oficial.

Naquele momento, ouviu que alguém o chamava com uma voz fraquinha, bem perto dele:

– Senhor capitão!

Ele se virou: era o tamborzinho sardo.

Estava estendido numa maca apoiada sobre cavaletes, coberto até o peito com um pano de cortina desbotado, de xadrez vermelho e branco; tinha apenas os braços e a cabeça de fora; pálido e abatido, mas sempre com olhos brilhantes, como duas negras pedras preciosas.

– Ah! És tu? – perguntou-lhe o capitão, espantado, mas brusco. – Bravo. Tu cumpriste o teu dever.

– Fiz o possível – respondeu o tamborzinho.

– Foste ferido – disse o capitão, continuando a procurar com os olhos o seu tenente nos leitos próximos.

– Pois é, isso acontece! – disse o menino, que criava coragem ao falar assim, como se ter sido ferido pela primeira vez não fosse nada, para poder atrever-se a abrir a boca diante daquele capitão. – Não me adiantou nada correr encurvado, eles me viram logo. Se não tivessem me atingido, eu tinha chegado uns vinte minutos antes. Por sorte encontrei logo um capitão do Estado Maior para entregar-lhe o bilhete. Mas foi uma descida feia depois do carinho que me fez aquela bala! Quase morri de sede, fiquei com medo de não conseguir chegar mais, fui chorando de raiva de pensar que, a cada minuto que eu me atrasasse, lá em cima ia mais um soldado pro outro mundo. Basta, eu fiz o que pude. Estou contente. Mas veja só, com licença, senhor capitão, o senhor está perdendo sangue.

De fato, da palma da mão mal enfaixada do capitão escorriam pelos dedos algumas gotas de sangue.

– Quer eu lhe aperte a faixa, senhor capitão? Estenda a mão um pouquinho.

O capitão estendeu a mão esquerda e avançou a direita para ajudar o menino a desmanchar o nó e a refazê-lo; mas o garoto, levantando-se um pouco do travesseiro, empalideceu e teve de deixar cair a cabeça de novo.

– Basta, chega! – disse o capitão, olhando para o menino e retirando a mão enfaixada, que ele queria segurar. – Cuida de ti mesmo, em vez de pensar nos outros, que mesmo os ferimentos leves, se não forem bem cuidados, podem tornar-se graves.

O tamborzinho balançou a cabeça.

– Mas tu – disse o capitão, olhando-o atentamente – deves ter perdido muito sangue, para estar tão fraco.

– Muito sangue? – respondeu o menino, com um sorriso. – Perdi mais que sangue. Olhe.

E levantou a coberta.

O capitão deu um passo para trás, horrorizado.

O menino só tinha uma perna: a perna esquerda tinha sido amputada acima do joelho, e o coto estava enfaixado em panos ensanguentados.

Naquele momento passou um médico militar, pequeno e gordo, em mangas de camisa.

– Ah! Senhor capitão – disse rapidamente, apontando para o tamborzinho –, está aí um caso triste: uma perna que teria sido salva facilmente se ele não a tivesse forçado daquela maneira louca, uma maldita infecção, foi preciso cortá-la. Ah, mas... isso é que é um menino corajoso, eu lhe garanto: não derramou nenhuma lágrima, não deu um grito! Enquanto operava, palavra de honra que me senti muito orgulhoso por ele ser um menino italiano. Esse é de boa raça, por Deus!

E foi-se embora correndo.

O capitão franziu as suas grandes sobrancelhas brancas e olhou fixamente o tamborzinho, estendendo de novo a coberta por cima dele; depois, lentamente, quase sem pensar, e sempre olhando para o garoto, levou a mão à cabeça e levantou o quepe em sinal de respeito.

– Senhor capitão! – exclamou o menino, espantado. – O que está fazendo, senhor capitão?! Para mim!

E então aquele rude soldado, que nunca tinha dito uma palavra amável a um inferior seu, respondeu com voz incrivelmente carinhosa e doce:

– Eu sou apenas um capitão; tu és um herói.

Depois abraçou o tamborzinho e o beijou três vezes sobre o coração.

O amor pela pátria

Terça-feira, 24

Já que a história do tamborzinho mexeu com o seu coração, vai ser fácil para você fazer bem a redação na prova desta manhã: Por que você ama a Itália? Por que eu amo a Itália? Não apareceram logo centenas de respostas na sua cabeça? Eu amo a Itália porque minha mãe é italiana, porque o sangue que me corre nas veias é italiano, porque é italiana a terra em que estão enterrados os mortos que minha mãe chora e que meu pai venera, porque a cidade onde nasci, a língua que falo, os livros que me educam, porque meu irmão, minha irmã, meus colegas, o grande povo no meio do qual eu vivo e a bela natureza que me cerca, tudo o que eu vejo, que amo, que estudo, que admiro, é italiano. Ah, você ainda não pode sentir esse afeto inteiro. Sentirá quando for adulto, quando voltar de uma longa viagem, depois de uma longa ausência e, debruçando-se uma manhã no parapeito da varanda, vir no horizonte as grandes montanhas azuis do seu país; você sentirá então uma onda impetuosa de carinho que lhe encherá os olhos de lágrimas e lhe arrancará um suspiro do coração. Você sentirá, em alguma grande cidade longínqua, no meio de uma multidão desconhecida, um impulso da alma que empurrará você para perto de um operário desconhecido, de quem você ouviu por acaso uma palavra na sua língua. Você o sentirá na mágoa e no orgulho que farão seu sangue subir à cabeça, quando ouvir um insulto ao seu país saindo da boca de um estrangeiro. Você o sentirá ainda mais violento e mais altivo no dia em que a ameaça de um povo inimigo lançar uma tempestade de fogo sobre a sua pátria, e verá vibrarem as armas por todos os lados, os jovens correrem para se alistar, os pais beijarem os filhos, dizendo: – Coragem! -, e as mães dizerem adeus aos jovens, gritando: – Vençam! – Você sentirá como uma alegria divina se tiver a sorte de ver passar pela sua cidade os regimentos desfalcados, exaustos, esfarrapados, terríveis, mas com o esplendor da vitória no olhar, as bandeiras rasgadas pelas balas, seguidos por uma caravana estropiada de gente corajosa que levantará bem alto as cabeças enfaixadas e as muletas e tipoias, no meio e uma multidão enlouquecida que os cobrirá de flores, de bênçãos e de beijos. Você compreenderá então o amor à pátria, sentirá então o que é a pátria, Enrico. É uma coisa tão grande e sagrada que eu, – seu pai, que recebo você com um grito de alegria quando volta da escola, você, que é meu sangue e minha alma – se um dia eu visse você voltar salvo da uma batalha combatida pela pátria e descobrisse que você se salvou porque se escondeu covardemente da morte, eu receberia você com um soluço de angústia, não poderia nunca mais amá-lo, e morreria com aquele punhal no coração.

Seu pai

Inveja
Quarta-feira, 25

Também a redação sobre a pátria quem fez melhor que todos foi o Derossi. E o Votini, que tinha certeza de que ficaria com a primeira medalha! Eu até que podia gostar do Votini, embora seja meio vaidoso e se arrume demais; mas me chateia, agora que me sento no mesmo banco que ele, ver a baita inveja que tem do Derossi. Gostaria de passar na frente dele, estuda bastante pra isso, mas não consegue, de jeito nenhum, que o Derossi é dez vezes melhor do que ele em todas as matérias, e o Votini se morde de inveja. O Carlo Nobis também tem inveja do Derossi; mas tem um orgulho tão grande que, por isso mesmo, não deixa ninguém perceber. Mas o Votini, ao contrário, se trai, reclama das próprias notas, em casa, e diz que o professor é injusto; e quando o Derossi responde às perguntas tão rápido e tão bem, como sempre, ele fecha a cara, abaixa a cabeça, finge que não ouviu, faz força pra rir, mas ri amarelo. E como todo mundo sabe disso, quando o professor elogia o Derossi, a turma inteira se vira pra olhar pro Votini, que fica mordido; e o Pedreirinho lhe faz um focinho de coelho. Esta manhã, por exemplo, a coisa foi feia. O professor entrou na sala e anunciou o resultado da prova:

– Derossi, dez e a primeira medalha.

O Votini deu um grande espirro. O professor olhou pra ele: dava pra entender logo.

– Votini – disse-lhe –, não deixe a serpente da inveja entrar-lhe no corpo: é uma serpente que rói o cérebro e corrompe o coração.

Todo mundo olhou pra ele, fora o Derossi; o Votini quis responder, mas não pôde: ficou petrificado, com a cara branca feito cal. Depois, enquanto o professor dava aula, ele começou a escrever com uma letra bem grande num pedaço de papel: *Eu não tenho inveja de quem ganha a primeira medalha por meio de proteção e injustiças.* Era um bilhete que queria mandar ao Derossi. Então notei que os vizinhos do Derossi cochichavam entre si, e que um deles recortava com o canivete uma grande medalha de papel, onde haviam desenhado uma cobra preta. Mas o Votini também percebeu. Quando o professor saiu da sala por alguns minutos, os vizinhos do Derossi saíram das carteiras e foram apresentar, solenemente, a medalha de papel ao Votini. Toda a classe se preparava pra uma grande palhaçada. O Votini já estava tremendo. Derossi gritou:

– Me deem aqui!

– Isso, é melhor – responderam os outros –, é você que deve levar pra ele.

Derossi pegou a medalha e rasgou em mil pedacinhos. Naquele momento, o professor voltou e retomou a aula. Eu fiquei de olho no Votini, que estava vermelho como uma brasa. E vi que ele pegou o papel que tinha escrito, devagarinho, como se estivesse distraído, amassou escondido, meteu na boca, mastigou um pouco e depois cuspiu debaixo do banco... Na saída da escola, passando na frente do Derossi, o Votini, que estava um pouco confuso, deixou cair o mata-borrão.[22] O Derossi, gentilmente, apanhou-o e pôs na mochila do Votini, e ainda o ajudou a afivelar a correia. Votini nem se atreveu a levantar a cabeça.

---

[22] Folha de papel especial que absorve o excesso de tinta, usada antigamente para evitar borrões causados pelas canetas-tinteiro. (N.T.)

A mãe do Franti

Sábado, 28

O Votini é incorrigível. Ontem, na aula de religião, na presença do diretor, o professor perguntou ao Derossi se sabia de cor aquelas duas estrofes do livro de leitura: *Aonde quer que eu olhe, eu te vejo, meu Deus.*

Derossi respondeu que não, e o Votini imediatamente disse:

– Eu sei! – com um sorrisinho de pirraça pro Derossi. Mas foi ele quem se deu mal, pois não conseguiu recitar a poesia porque, de repente, a mãe do Franti entrou na sala, agitada, com o cabelo grisalho todo despenteado, toda molhada de neve, empurrando diante de si o filho, que tinha sido suspenso da escola por oito dias.

Que triste cena a gente viu! A pobre mulher quase caiu de joelhos na frente do diretor, de mãos juntas, suplicando:

– Ai, senhor diretor, pelo amor de Deus, aceite de novo o menino na escola! Há três dias que ele está em casa, escondido por mim, mas Deus me defenda se o pai dele descobrir, ele mata o menino; tenha pena, eu não sei mais o que fazer! Eu lhe peço do fundo do coração!

O diretor tentou levá-la pra fora, mas ela resistiu, sempre pedindo e chorando.

– Ai! Se o senhor soubesse o desgosto que esse filho já me deu, teria piedade de mim! Me faça esse favor! Eu espero que ele mude. Eu não vou viver muito, senhor diretor, já tenho a morte aqui no peito, mas antes de morrer queria ver meu filho mudado porque... – e caiu em prantos – é o meu filhinho, eu quero bem a ele, morrerei desesperada; aceite-o só mais uma vez, senhor diretor, pra que não aconteça uma desgraça na família! Faça isso por pena de uma pobre mulher!

E cobriu o rosto com as mãos, soluçando. Franti não estava nem aí, olhando pro chão. O diretor olhou pra ele, ficou pensando um pouco, depois disse:

– Franti, vá para o seu lugar.

Então a mulher tirou as mãos do rosto, aliviada, e começou a dizer "obrigada, obrigada", sem deixar o diretor falar mais nada; depois se dirigiu pra porta, enxugando os olhos e dizendo descontroladamente:

– Meu filho, eu te imploro. Tenham paciência, vocês todos. Obriga-da, senhor diretor, o senhor fez um ato de caridade. Seja bom, viu, filho!

Bom dia, meninos. Obrigada, até logo, senhor professor. E desculpem muito esta pobre mãe.

Já na porta, ainda lançou um olhar suplicante ao filho e foi embora, recolhendo o xale que se arrastava pelo chão, pálida, encurvada, com a cabeça trêmula; ainda a ouvimos tossir pela escada. O diretor olhou fixo pro Franti, no meio do maior silêncio da classe, e lhe disse com um tom de fazer tremer:

– Franti, você mata a sua mãe!

Todos se viraram pra olhar pro Franti. E o infame sorriu.

Esperança
Domingo, 29

Foi bonito ver, Enrico, o impulso com que você se lançou nos meus braços voltando da aula de religião. Sim, o professor lhe disse coisas grandes e consoladoras. Deus, que nos lançou uns nos braços dos outros, não nos separará para sempre; quando eu morrer, quando o seu pai morrer, não diremos aquelas tremendas e desesperadas palavras:

– Mamãe, papai, Enrico, não verei você nunca mais!

Nós nos reveremos em uma outra vida, na qual será compensado quem sofreu muito nesta aqui, na qual quem sofreu muito nesta terra reencontrará as pessoas que amou, em um mundo sem culpas, sem pranto e sem morte. Mas precisamos tornar-nos dignos, todos, dessa outra vida. Escute, filho: cada boa ação que você faz, cada gesto de carinho seu para quem o ama, cada gesto gentil que você faz a um colega seu, cada pensamento

generoso é como um impulso para cima, para esse outro mundo. E também toda desgraça pode nos levar para o alto, toda dor, porque toda dor pode ser a penitência de uma culpa, toda lágrima apaga uma mancha.

Proponha a você mesmo ser melhor e mais amoroso hoje do que ontem. Diga cada manhã: "Hoje quero fazer alguma coisa pela qual a minha consciência me aprove e meu pai fique contente; alguma coisa que faça este ou aquele colega, ou o professor, ou meu irmão, ou outra pessoa gostarem mais de mim." E peça a Deus que te dê a força de por em prática o seu propósito: "Senhor, eu quero ser bom, nobre, corajoso, gentil, sincero, ajude-me, faça com que cada noite, quando minha mãe me dá o último beijo do dia, eu possa dizer-lhe: esta noite você está beijando um menino melhor e mais digno do que aquele que você beijou ontem." Pense sempre naquele Enrico sobrenatural e feliz que você poderá ser depois desta vida. E reze. Você não pode imaginar que doçura sente, quanto fica contente uma mãe quando vê o seu filho com as mãos postas, rezando. Quando eu vejo você rezar, acho impossível que não haja alguém vendo e ouvindo você. Então eu creio mais firmemente que existe uma bondade suprema e uma misericórdia infinita, eu amo você ainda mais, trabalho com mais ardor, aguento as dificuldades com mais força , perdoo com toda a minha alma e penso na morte serenamente. Oh, Deus grande e bom! Ouvir de novo, depois da morte, a voz de minha mãe, reencontrar as minhas crianças, rever o meu Enrico, o meu Enrico bendito e imortal, e apertá-lo em um abraço que não se soltará nunca mais, nunca mais, eternamente! Oh, reze, rezemos, amemo-nos, sejamos bons, levemos na alma essa celeste esperança, meu filhinho adorado.

Sua mãe

Fevereiro

Uma medalha bem merecida
Sábado, 4

Esta manhã o inspetor escolar, um senhor com a barba branca, vestido de preto, veio distribuir as medalhas. Entrou com o diretor, pouco antes do fim das aulas, e sentou-se perto do professor. Interrogou vários alunos, depois entregou a primeira medalha a Derossi; antes de entregar a segunda, ficou um momento ouvindo o professor e o diretor, que falavam baixinho com ele. Nós todos nos perguntávamos:

– Pra quem será que ele vai dar a segunda?

Logo o inspetor disse, em voz alta:

– Quem mereceu a segunda medalha desta semana foi o aluno Pedro Precossi: mereceu pelos deveres de casa, pelas lições, pela caligrafia, pelo comportamento, por tudo.

A turma toda se virou pra olhar o Precossi, e via-se que todo mundo estava contente. Precossi levantou-se, tão atrapalhado que não sabia pra onde ir.

– Venha cá – disse o Inspetor.

Precossi pulou do banco e foi até a mesa do professor. O inspetor olhou com atenção aquela carinha cor de cera, aquele pequeno corpo ensacado em roupas arregaçadas e grandes demais, aqueles olhos bons e tristes, que fugiam dos dele, mas que deixavam adivinhar uma história de sofrimentos, depois disse com voz cheia de carinho, pregando-lhe a medalha no ombro:

– Precossi, a medalha é para você. Nenhum é mais digno dela do que você. Não a dou somente à sua inteligência e à sua boa vontade, eu a dou ao seu coração, à sua coragem, ao seu caráter de valente e bom filho. Não é verdade – acrescentou, virando-se pra classe – que ele a merece também por isso?

– Sim, sim – respondemos todos a uma só voz.

Precossi engoliu seco e passeou por todos nós um olhar feliz, que expressava um imenso agradecimento.

– Vai, então – disse o inspetor –, caro menino! E Deus o proteja!

Era hora da saída. Nossa classe saiu antes das outras. Assim que a gente passou a porta, quem foi que vimos lá no saguão, perto da entrada? O pai do Precossi, o ferreiro, pálido, como de costume, com a cara fechada, com o cabelo caindo nos olhos, com o boné atravessado, meio bambo das pernas. O professor viu-o logo e cochichou no ouvido do inspetor; este procurou depressa o Precossi, pegou-o pela mão e o levou até o pai. O menino tremia. O professor e o diretor também se aproximaram; muitos meninos juntaram-se em volta dele.

– O senhor é o pai deste menino, não é? – perguntou o inspetor ao ferreiro, com ar alegre, como se fossem amigos. E sem esperar a resposta, continuou:

– Eu lhe dou meus parabéns. Olhe: ele ganhou a segunda medalha, à frente de 54 colegas; ele a mereceu em redação, em matemática, em tudo. É um menino cheio de inteligência e de boa vontade, que vai longe; um menino valente, de quem todo mundo gosta e admira; pode orgulhar-se dele, eu lhe garanto.

O ferreiro, que tinha ouvido aquilo de boca aberta, olhou fixo para o inspetor e o diretor, e depois pro filho, que estava na frente dele, com os olhos baixos, tremendo. Então, como se lembrasse e compreendesse, pela primeira vez, o tanto que havia feito o pobre menino sofrer, e toda a bondade, toda a paciência heroica do filho, mostrou de repente no rosto certa admiração abobada, depois um ar carrancudo de dor e, finalmente, um carinho violento e triste. Com um rápido gesto, agarrou a cabeça do Precossi e a apertou sobre o peito. Nós todos passamos na frente deles.

Convidei o Precossi a vir à minha casa na quinta-feira, com Garrone e Crossi; outros o cumprimentaram; alguns lhe fizeram um carinho, outros tocavam a medalha, todos lhe disseram alguma coisa. E o pai olhava espantado, apertando no peito a cabeça do filho, que soluçava.

Bons propósitos
Domingo, 5

A medalha que o Precossi ganhou me deu o maior remorso. E eu que ainda não ganhei nenhuma! Já faz um tempo que não estudo direito, estou chateado comigo mesmo, e o professor, meu pai e minha mãe estão descontentes. Já nem tenho prazer em me divertir, como antes, quando estudava com vontade e depois pulava da mesa e corria, alegre, para as minhas brincadeiras, como se fizesse um mês que não brincava. Nem me alegro mais, como antes, de me sentar à mesa com minha família. Sinto sempre como que uma sombra de desânimo, uma voz dentro que me diz o tempo todo:

– Não está certo, não está certo.

À tardinha, vejo passar pela praça tantos meninos que voltam do trabalho, no meio de grupos de operários, todos cansados mas alegres, apressando o passo, impacientes pra chegar logo em casa e jantar, e falando alto, rindo e se dando tapas nas costas com as mãos pretas de carvão ou brancas de cal... Fico pensando que trabalharam desde a madrugada até àquela hora; e, com eles, tantos outros ainda menores, que passam o dia todo por cima dos telhados, na frente das fornalhas, no meio das máquinas, dentro d'água e debaixo da terra, tendo apenas um pouco de pão pra comer... e quase sinto vergonha, eu, que esse tempo todo não fiz nada mais do que rabiscar de má vontade quatro pagininhas de caderno. É, estou chateado, chateado! Bem vejo que meu pai está de mau humor e tem vontade de conversar comigo a respeito disso, mas se inibe e espera...

Meu pai querido, você, que trabalha tanto! Aqui é tudo seu, tudo o que vejo pela casa, tudo o que toco, tudo o que me veste e me alimenta, tudo o que me instrui e me diverte, é tudo fruto do seu trabalho – e eu não trabalho! Tudo lhe custou preocupação, privações, desgosto, cansaço – e eu não me esforço! Ah não, é injusto demais, e me dá muita pena. Eu quero começar a partir de hoje a mudar, quero estudar, como o Stardi, com os punhos e os dentes cerrados, com todas as forças da minha vontade e do meu coração; quero vencer o sono à noite, pular da cama de manhã bem cedo, martelar o meu cérebro sem descanso, combater sem dó a preguiça, esforçar-me, sofrer também, nem que eu fique doente; mas parar de uma vez de me arrastar nessa vidinha frouxa e indolente que me desmoraliza e entristece os outros. Ânimo, Enrico, ao trabalho! Ao trabalho com toda a alma e com todos os nervos! Ao trabalho que torna o repouso agradável, as brincadeiras gostosas, o jantar alegre; ao trabalho que vai me devolver o sorriso do meu professor e o beijo do meu pai.

O trenzinho
Sexta-feira, 10

Precossi veio aqui em casa ontem, com o Garrone. Acho que se fossem dois filhos de príncipes não teriam sido recebidos com mais festa. Era a primeira vez que o Garrone vinha, porque é um pouco encabulado e tem vergonha de que a gente veja que já é tão grande e ainda está no terceiro ano. Fomos todos abrir a porta quando eles tocaram a campainha. O Crossi não veio porque o pai chegou da América, finalmente, depois de seis anos. Minha mãe logo beijou o Precossi, e meu pai apresentou-lhe o Garrone, dizendo:

– Veja só: este não é somente um bom menino, é um homem sério e um cavalheiro.

Garrone abaixou sua grande cabeça raspada, sorrindo escondido pra mim. Precossi estava com sua medalha e contente porque o pai recomeçou a trabalhar, há cinco dias que não bebe, e agora quer que o filho sempre lhe faça companhia na oficina; parece outra pessoa.

Fomos brincar, e eu tirei das caixas todas as minhas coisas. Precossi ficou louco pelo meu trem de ferro, com a locomotiva de corda que anda sozinha e que ele nunca tinha visto. Devorava com os olhos os vagõezinhos vermelhos e amarelos. Eu lhe dei a chave de dar corda, ele se ajoelhou pra brincar e não levantou mais a cabeça. Eu nunca o tinha visto tão contente. Sempre dizendo "desculpe, desculpe" a troco de nada, fazia uma cerca com as mãos pra que a gente não parasse a máquina, e depois pegava e recolocava os vagõezinhos com o maior cuidado, como se fossem de vidro; tinha medo de embaçá-los com o hálito e ficava limpando um por um, olhando-os por todos os lados e sorrindo. Nós todos, de pé, ficamos olhando pra ele: aquele pescocinho fino, aquelas pobres orelhinhas que uma vez eu já tinha visto sangrar, aquela jaquetona com as mangas arregaçadas, de onde saíam dois braços de doente, que tantas vezes tinham de se levantar pra defender o rosto das surras... Ah! Naquele momento, eu tinha vontade de jogar aos pés dele todos os meus brinquedos e todos os meus livros; seria capaz de arrancar da minha boca o último pedaço de pão pra dar a ele e de me despir pra vesti-lo, seria capaz de me ajoelhar pra lhe beijar as mãos.

– Pelo menos o trenzinho eu quero lhe dar – pensei.

Mas antes tinha de pedir permissão ao meu pai. Justo naquele momento, senti que alguém punha um pedacinho de papel na minha mão e olhei. Meu pai tinha escrito, a lápis: *O Precossi gostou muito do seu trem. Ele não tem nenhum brinquedo. Isso não diz nada ao seu coração?* Imediatamente, agarrei a máquina e os vagões com as duas mãos e pus tudo nos braços dele, dizendo:

– Pegue, é pra você.

Ele me olhou sem entender nada.

– É seu – eu disse –, estou lhe dando de presente.

Então ele olhou meu pai e minha mãe, ainda mais espantado, e me perguntou:

– Mas por quê?

Meu pai disse:

– Enrico quer lhe dar este presente porque é seu amigo, porque gosta muito de você... pra comemorar a sua medalha.

Precossi perguntou timidamente:

– É pra eu levar pra casa?

– Claro! – respondemos todos.

Quando chegou a hora de irem embora, ficou parado na porta sem coragem de levar o trenzinho. Estava feliz! Pedia desculpas, com os lábios tremendo, e ria. O Garrone ajudou-o a embrulhar o trem no lenço e, como se curvou, a gente ouviu esmigalharem-se os biscoitos que trazia sempre nos bolsos.

– Um dia – me disse o Precossi – você vem lá na oficina pra ver meu pai trabalhar. Daí eu lhe dou uns pregos.

Minha mãe pôs um raminho de flores numa casa de botão da jaqueta do Garrone, pra ele levar pra mãe, em nome dela. O Garrone lhe disse "obrigado" com o seu vozeirão, sem descolar o queixo do peito, mas sua alma nobre e boa estava inteira brilhando nos olhos dele.

Arrogância
Sábado, 11

E pensar que o Carlo Nobis fica limpando a manga, com a maior frescura, quando o Precossi passa perto e encosta nele! Aquele ali é a arrogância em pessoa porque o pai é um ricaço. Mas o pai do Derossi também é rico! O Carlo queria ter um banco só pra ele, de medo que nós o sujemos; olha todos de cima, tem sempre um sorrisinho de desprezo nos lábios: ai de quem esbarrar num pé dele quando a gente sai em fila de dois a dois! Por um nada ele começa a xingar ou ameaça pedir pro pai vir reclamar da gente na escola. E olhe que o pai já o fez passar a maior vergonha quando ele chamou o filho do carvoeiro de maltrapilho! Nunca vi um cara tão cheio de si! Ninguém fala com ele, ninguém lhe dá nem "até logo" na saída, não há nem um cachorro que lhe sopre alguma coisa quando não sabe a lição. E ele não suporta ninguém e finge desprezar, acima de todos, o Derossi, porque é o primeiro, e o Garrone, porque todos gostam dele. Mas o Derossi não olha pra ele nem de longe, e Garrone, quando lhe disseram que o Nobis andava falando mal dele, respondeu:

– Aquele ali tem um orgulho tão besta que não merece nem os meus tabefes.

Mas um dia o Coretti, quando viu que ele sorria com desprezo do seu bonezinho de pele de gato, lhe disse:

– Chegue um pouco mais perto do Derossi, pra ver se você aprende a ser nobre!

Ontem mesmo ele se queixou com o professor só porque o Calabrês encostou o pé numa perna dele. O professor perguntou ao Calabrês:

– Você fez de propósito?

– Não, senhor – respondeu ele, francamente.

E o professor:

– Você é sensível demais, Nobis.

E Nobis, com aquele seu ar:

– Vou contar pro meu pai.

Daí o professor ficou irado:

– O seu pai não vai lhe dar razão, como não deu das outras vezes. E além disso, aqui na escola, não é só o professor que julga e castiga.

Depois acrescentou suavemente:

– Vamos, Nobis, mude esse seu jeito, seja bom e simpático com seus colegas. Olhe só, há filhos de operários e de fidalgos, de ricos e de pobres, e são todos amigos, tratam-se como irmãos, como de fato são. Por que você também não faz como os outros? Não custaria nada você se tornar mais amigo de todos, você mesmo viveria mais contente!... E daí, não vai me responder nada?

Nobis, que tinha ficado ouvindo com seu sorrisinho enjoado de sempre, respondeu friamente:

– Não, senhor.

– Sente-se – disse o professor. – Tenho muita pena de você. Você é um menino sem coração.

Parecia que tudo ia parar por aí; mas o Pedreirinho, que fica no primeiro banco, virou a cara redonda pro Nobis, que senta no último, e fez um focinho de coelho tão bem e tão engraçado, que toda a classe caiu numa sonora gargalhada. O professor quis brigar com ele, mas foi obrigado a tapar a boca com a mão pra esconder o riso. Até o Nobis deu uma risadinha, mas daquelas bem forçadas.

Os acidentados no trabalho
Segunda-feira, 13

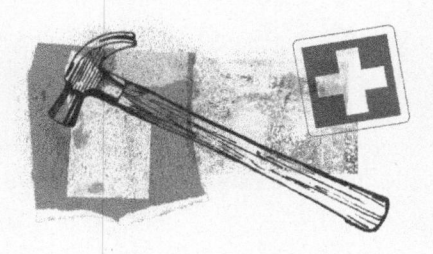

Nobis faz um bom par com o Franti: não se comoveram, nem um nem outro, essa manhã, diante da terrível cena que se passou bem debaixo dos nossos olhos. Saindo da escola, fiquei com meu pai olhando uns bagunceiros do segundo ano, que estavam ajoelhados esfregando o gelo com as capas e bonés, pra poderem escorregar mais, quando vimos um grande grupo de pessoas vindo pela rua, com passo apressado, todos sérios, parecendo assustados e falando em voz baixa. Entre eles vinham três guardas municipais; atrás dos guardas, dois homens que carregavam uma maca. Meninos correram de todo lado pra ver. O grupo avançava em nossa direção. Havia um homem deitado na maca, branco como um cadáver, com a cabeça caída sobre um ombro, os cabelos despenteados e ensanguentados, perdendo sangue pela boca e pelas orelhas; perto da maca vinha uma mulher, com um bebê nos braços, que parecia louca e de vez em quando gritava:

– Está morto! Está morto! Está morto!

Atrás da mulher vinha um menino soluçando, com uma pasta debaixo do braço.

– O que foi que aconteceu? – perguntou meu pai.

Alguém respondeu que era um pedreiro, caído de um quarto andar enquanto trabalhava. Os carregadores da maca pararam um momento. Muita gente virou a cara, horrorizada. Vi a professorinha da pluma vermelha amparando minha professora da 1ª série quase desmaiada. Na mesma hora, senti que alguém me tocava no cotovelo: era o Pedreirinho, pálido, tremendo da cabeça aos pés. Ele pensava no pai, com certeza. Eu também pensei nele. Eu, pelo menos, tenho meu coração em paz, quando estou na escola e sei que o meu pai está em casa, sentado a uma mesa, longe de qualquer perigo; mas quantos dos meus colegas ficam pensando que seus pais trabalham em cima de uma ponte altíssima ou perto das engrenagens de uma máquina, e que um gesto, um passo em falso pode lhes custar a vida! São como tantos filhos de soldados, quando os pais estão em alguma batalha. O Pedreirinho olhava, olhava e tremia cada vez mais forte; meu pai percebeu e lhe disse:

– Vai pra casa, garoto, vai logo pra perto do seu pai, você vai encontrá-lo são e salvo; vai!

O Pedreirinho se foi, virando pra trás a cada passo. Enquanto isso, a multidão pôs-se em movimento e a mulher gritava de um jeito que cortava o coração:

– Está morto! Está morto! Está morto!

– Não, não, não está morto! – lhe diziam. Mas ela não ouvia e arrancava os cabelos.

Nisso, ouvi uma voz dizendo, em tom de desprezo:

– E você tem coragem de rir! – e vi um homem barbudo falando com o Franti, que continuava rindo. Então o homem jogou o boné do menino no chão com um safanão e disse:

– Descubra a cabeça quando passa um acidentado no trabalho, seu malcriado!

A multidão já tinha se dispersado, e via-se um longo rastro de sangue no meio da rua.

O prisioneiro
Sexta-feira, 17

Ah! O que vou contar é certamente o caso mais estranho do ano inteiro! Ontem, de manhã, fomos até perto de Moncalieri, pra ver uma casa de campo que meu pai pretende alugar no próximo verão, porque este ano não vamos passar as férias em Chieri. Descobrimos que quem guardava a chave era um professor que serve de secretário para o proprietário. Ele nos levou pra ver a casa, e depois até a sala dele, onde nos ofereceu uma bebida. Em cima da mesa, no meio dos copos, havia um tinteiro de madeira em forma de cone, esculpido de maneira muito curiosa. Vendo que meu pai o olhava, interessado, o professor disse:

– Este tinteiro é precioso pra mim. Se o senhor soubesse a história dele! – e contou-a.

Há muitos anos, ele era professor em Torino e passou um inverno inteiro dando aulas para os presos, na prisão judiciária. Dava aulas na capela do presídio, um edifício redondo; em volta dele, nas paredes altas e nuas, há umas janelinhas quadradas fechadas com duas barras de ferro cruzadas, dando cada uma para uma minúscula cela. O professor dava aula passeando pela capela fria e escura, e seus alunos ficavam dentro das celas, encostados àqueles buracos, com os cadernos apoiados nas grades. Não se viam mais do que os rostos na sombra, esqueléticos e contraídos, as barbas arrepiadas e grisalhas, os olhos fixos de assassinos e ladrões. Entre eles havia um, na cela número 78, que prestava mais atenção do que os outros e estudava muito; olhava o professor com olhos cheios de respeito e gratidão. Era um jovem de barba negra, mais desgraçado do que malvado, um marceneiro que, num impulso de raiva, tinha atirado uma plaina contra o patrão, que o perseguia havia algum tempo, e lhe tinha feito um ferimento mortal na cabeça; por isso, estava condenado a vários anos de prisão. Em três meses, tinha aprendido a ler e a escrever e lia continuamente. Quanto mais aprendia, mais parecia melhorar e arrepender-se do seu crime.

Um dia, no final da aula, ele fez um sinal pro professor chegar perto da janelinha, e anunciou, com tristeza, que na manhã seguinte iria embora de Torino: fora transferido pra cumprir o resto da pena em Venezia. Despedindo-se, pediu com voz humilde e comovida que o professor o deixasse tocar-lhe a mão. Quando o professor retirou a mão, viu que estava banhada de lágrimas. Desde então, nunca mais o viu.

Passaram-se seis anos.

– Eu nem pensava mais naquele desgraçado — disse o professor — quando, ontem de manhã, apareceu em minha casa um desconhecido malvestido, com uma grande barba negra já um pouco grisalha, que me disse:

– É o senhor o professor fulano de tal?

– Quem é você? – perguntei.

– Sou o preso do número 78 – respondeu –, há seis anos, o senhor me ensinou a ler e escrever. Não se lembra de que na última aula o senhor me deu a mão? Acabo de cumprir minha pena e estou aqui... para pedir-lhe que me faça o favor de aceitar uma lembrança minha, uma coisinha que fiz na prisão. Pode aceitá-la como recordação, senhor professor?

Fiquei ali, sem palavras. Ele pensou que eu não quisesse aceitar, e me olhou como se dissesse: "Seis anos de sofrimento, então, não bastaram para purificar minhas mãos!" Olhava-me com uma expressão de dor tão viva que eu imediatamente estendi a mão e peguei o objeto. É este aqui.

Observamos atentamente o tinteiro: parecia ter sido trabalhado com a ponta de um prego, com uma enorme paciência; em cima, ele esculpira uma caneta atravessada sobre um caderno, e em volta, lia-se: *Ao meu professor. Lembrança do número 78 - Seis anos*. Embaixo, em letras menores: *Estudo e esperança...*

O professor não disse mais nada, e fomos embora. Mas durante todo o caminho de Moncalieri a Torino eu não pude mais tirar da cabeça a imagem daquele prisioneiro, encostado na janelinha, aquele adeus ao professor, aquele pobre tinteiro esculpido na prisão, que dizia tanta coisa. De noite, sonhei com ele, e ainda esta manhã continuei pensando... muito longe de imaginar a surpresa que me esperava na escola!

Mal sentei no meu novo banco, ao lado do Derossi, e copiei o problema de aritmética da prova mensal, comecei a contar pro meu colega toda a história do prisioneiro e do tinteiro, explicando como era, com a caneta sobre o caderno e com aquela inscrição em volta: *Seis anos!* O Derossi teve um sobressalto ouvindo essas palavras e começou a olhar ora pra mim ora pro Crossi, o filho da verdureira, que senta no banco à nossa frente, de costas para nós, todo concentrado no seu problema.

– Fique quieto! – disse o Derossi; em seguida, baixinho, apertando meu braço: – Você não sabe? O Crossi, antes de ontem, me disse que tinha visto de relance um tinteiro de madeira nas mãos do pai dele, que voltou da América; um tinteiro em forma de cone, trabalhado à mão, com um caderno e uma caneta. É o mesmo: seis anos! Ele dizia que o pai estava na América, mas estava era na prisão! O Crossi era pequeno no tempo do crime, não se lembra, a mãe dele o enganou, ele não sabe de nada; não vamos deixar escapar nem uma sílaba dessa história!

Eu fiquei mudo, com os olhos pregados no Crossi. E então o Derossi resolveu o problema e passou o resultado por debaixo do banco para o Crossi; deu-lhe uma folha de papel; pegou da mão dele *O enfermeiro de Tata*, o conto mensal que o professor lhe tinha dado para passar a limpo, pra fazer no lugar dele; deu-lhe dois lápis de presente, fez-lhe um carinho no ombro, me fez prometer pela minha honra que não ia dizer nada a ninguém; e, quando saímos da escola, me disse apressadamente:

– Ontem o pai veio buscá-lo, deve vir hoje também: faça o que eu fizer.

Saímos pra rua. O pai de Crossi estava lá, um pouco à parte: um homem com a barba preta, já um pouco grisalha, malvestido, com um rosto pálido e preocupado. Derossi apertou a mão do Crossi de modo que todos vissem, e lhe disse bem alto:

– Até amanhã, Crossi! – e lhe passou a mão no queixo.

Eu fiz a mesma coisa. Mas fazendo esse gesto, o Derossi ficou vermelho, e eu também. O pai de Crossi nos olhou atentamente, com um olhar benevolente, mas no qual transparecia uma expressão de inquietação e de suspeita que nos deu um frio no coração.

CONTO MENSAL

O enfermeiro de Tata

Na manhã de um dia chuvoso de março, um menino vestido como um camponês, todo ensopado e enlameado, com uma trouxa de pano debaixo do braço, apresentou-se ao porteiro do hospital central de Napoli e perguntou pelo seu pai, mostrando uma carta. Tinha um belo rosto oval, moreno e pálido, os olhos pensativos e dois grossos lábios entreabertos que deixavam ver os dentes branquíssimos. Vinha de um povoado nos arredores de Napoli. Seu pai, que tinha saído de casa um ano atrás para procurar trabalho na França, tinha voltado para a Itália e desembarcado poucos dias antes em Napoli, onde, adoecendo de repente, mal tinha tido tempo de escrever um bilhete para a família, avisando que chegara mas que tinha de internar-se no hospital. Sua mulher, desolada com aquela notícia, não podia sair de casa porque tinha uma menininha doente e a outra ainda de peito. Então, mandou o filho maior a Napoli, com algum dinheiro para dar assistência ao pai, o seu Tata, como se diz lá. O menino tinha caminhado 14 quilômetros.

O porteiro deu uma olhada na carta, chamou um enfermeiro e lhe disse que levasse o menino até o pai.

– Que pai? – perguntou o enfermeiro.

O menino, tremendo de medo de ter uma triste notícia, disse o nome.

O enfermeiro não se lembrava daquele nome.

– Um velho operário que veio do exterior? – perguntou.

– Operário, sim – respondeu o menino, cada vez mais ansioso –, mas não tão velho. Que chegou do estrangeiro, sim.

– Entrou no hospital quando? – perguntou o enfermeiro.

O menino deu uma olhada na carta.

– Acho que faz cinco dias.

O enfermeiro ficou pensando um pouco; depois, como se lembrasse de repente, falou:

– Ah! – disse – Na quarta enfermaria, a cama do fundo.

– Está muito doente? Como está? – perguntou o menino, aflito.

O enfermeiro o olhou, sem responder. Depois disse:

– Vem comigo.

Subiram dois lances de escada, andaram até o fundo de um largo corredor e pararam diante da porta aberta de uma enfermaria, onde havia duas filas de leitos.

– Vem – repetiu o enfermeiro, entrando. O menino animou-se e o seguiu, lançando olhares amedrontados, à direita e à esquerda, para as caras pálidas e emagrecidas dos doentes, alguns deles de olhos fechados, parecendo mortos, outros olhando pro teto com os olhos arregalados e fixos, como que assustados. Muitos gemiam como crianças. A enfermaria era escura, o ar estava impregnado de um cheiro forte de medicamentos. Duas irmãs de caridade passavam pelas camas com frascos de remédio nas mãos.

Chegando ao fundo da enfermaria, o enfermeiro parou à cabeceira de um leito, abriu a cortina e disse:

– Está aqui o seu pai.

O menino caiu em pranto, e, deixando cair o pacote que trazia, deitou a cabeça no ombro do doente, agarrando-lhe o braço imóvel, estendido sobre a coberta. O doente não mexeu.

O menino se levantou, olhou o pai e começou a chorar outra vez. Então o doente lhe lançou um longo olhar, e pareceu que o reconhecia. Mas seus lábios não se moveram. Pobre Tata, como estava mudado! O filho nunca o teria reconhecido. Os cabelos tinham embranquecido, a barba crescera, o rosto estava inchado, com a pele esticada e brilhante, de um tom vermelho escuro; os olhos espremidos, os lábios engrossados, a fisionomia toda alterada, não parecia mais o rosto de seu pai, salvo a testa e o arco das sobrancelhas. Respirava com dificuldade.

– Tata, meu Tata! – disse o menino. – Sou eu, não me reconhece? Sou o Cicillo, o seu Cicillo, vim lá de casa, a mamãe me mandou. Olhe bem pra mim, não me reconhece? Diga uma palavra!

Mas o doente, depois de ter olhado bem pra ele, fechou os olhos.

– Tata! Tata! Que é que você tem? Sou o seu filho, o seu Cicillo.

O doente não se mexeu mais e continuou a respirar com muita dificuldade.

Então, chorando, o menino puxou uma cadeira, sentou-se e ficou esperando, sem tirar os olhos do rosto do pai. "Um médico há de passar pra fazer uma visita", pensava. "Ele me dirá alguma coisa."

E meteu-se em pensamentos tristes, lembrando coisas do seu bondoso pai: o dia da partida, quando lhe tinha dado o último adeus de cima do navio, as esperanças que a família tinha posto naquela viagem, a desolação da mãe quando chegou aquela carta; e pensou na morte, viu o pai morto, a mãe vestida de luto, a família na miséria. Ficou assim muito tempo. Quando uma mão leve lhe tocou um ombro, ele estremeceu: era uma freira.

– O que é que o meu pai tem? – perguntou imediatamente.

– É seu pai? – disse a irmã, docemente.

– Sim, é meu pai, eu vim. O que é que ele tem?

– Coragem, garoto – respondeu a irmã –, o médico já vem. – E se afastou, sem dizer mais nada.

Meia hora depois, o menino ouviu tocar uma campainha e viu o médico entrar na enfermaria, acompanhado de um assistente; a freira e um enfermeiro vinham atrás dele. Começaram a visita, parando junto de cada cama. Aquela espera parecia eterna para o menino, e a cada passo que dava o médico, ele ficava mais nervoso. Finalmente chegaram ao leito vizinho. O médico era um velho alto e encurvado, com uma cara séria. Quando ele ia deixando a cama ao lado, o menino se levantou e começou a chorar.

O médico olhou pra ele.

– É o filho do doente – disse a irmã –, chegou do interior hoje de manhã.

O médico pôs uma mão no ombro do menino, depois se inclinou para o doente, mediu-lhe o pulso, sentiu a testa e fez algumas perguntas à irmã, que respondeu:

– Nada de novo.

O médico ficou um pouco pensativo e depois disse:

– Continue como antes.

Então o menino tomou coragem e perguntou com voz de choro:

– O que é que meu pai tem?

– Anime-se, filho – respondeu o médico, pondo de novo uma mão no ombro do garoto. – Tem uma erisipela facial. É grave, mas ainda há esperança. Cuide dele. A sua presença vai lhe fazer bem.

– Mas ele nem me reconhece! – exclamou o menino, em tom desolado.

– Vai te reconhecer... amanhã, talvez. Tenhamos esperança, tenha coragem.

O menino gostaria de perguntar mais, mas não se atreveu. O médico passou adiante. Então o garoto começou sua vida de enfermeiro. Sem poder fazer mais nada, acomodava as cobertas do doente, de vez em quando lhe pegava a mão, espantava os mosquitos, inclinava-se sobre o pai a qualquer gemido, e quando a freira trazia água, dava-lhe na boca o copo ou a colher. O doente olhava às vezes pra ele, mas não dava sinal de que o reconhecia. Apenas o seu olhar detinha-se cada vez mais longamente no garoto, especialmente quando ele enxugava os olhos com o lenço.

Assim, passou-se o primeiro dia. À noite, o menino dormiu deitado sobre duas cadeiras, num canto da enfermaria, e de manhã retomou o seu ofício, cuidadoso. Naquele dia, pareceu que os olhos do doente mostravam um princípio de consciência. Ouvindo a voz carinhosa do menino, parecia que os olhos do homem brilhavam, por um momento, com uma vaga expressão de agradecimento; uma vez, ele mexeu um pouco os lábios como se quisesse dizer alguma coisa. Depois de cada breve cochilo, quando abria de novo os olhos, parecia procurar o seu pequeno enfermeiro. O médico, que já tinha voltado duas vezes, notou um pouco de melhora. Ao anoitecer, levando o copo à boca do pai, o menino teve a impressão de ver um levíssimo sorriso nos lábios inchados. E então começou a animar-se, a esperar. E, com a esperança de ser compreendido, mesmo que confusamente, começou a falar longamente com o pai: falava da mãe, das irmãzinhas, do dia de voltar para casa, e animava-o com palavras carinhosas. Mesmo desconfiando, muitas vezes, que o pai não entendia, continuava falando, porque achava que, mesmo não compreendendo, o doente ouvia com certo prazer a sua voz, com aquele tom estranho de carinho e de tristeza. Assim passou-se o segundo dia, o terceiro e o quarto, alternando-se leves melhoras e pioras repentinas.

O menino ficava inteiramente concentrado nos cuidados com o pai, mal engolindo, duas vezes por dia, um pouco de pão com queijo que a freira lhe trazia; quase nem via o que acontecia em volta dele, os doentes moribundos, as freiras passando de repente, no meio da noite, o choro e os gestos de desolação dos visitantes que saíam sem esperança, todas aquelas cenas dolorosas e lúgubres da vida de um hospital, que em qualquer outra ocasião o teriam assustado e amedrontado.

Passavam-se as horas e os dias, e ele estava sempre lá com seu Tata, atento, cuidadoso, palpitante a cada suspiro e a cada olhar do pai, agitado, sem descanso, entre esperanças que lhe aumentavam o ânimo e angústias que lhe enregelavam o coração.

No quinto dia, de modo imprevisto, o doente piorou.

O médico, interrogado, sacudiu a cabeça, como se dissesse que era o fim, e o menino deixou-se cair na cadeira, rompendo em soluços. Mas uma coisa o consolava. Mesmo pior, tinha a impressão de que o doente estava, devagarzinho, recuperando um pouco de lucidez. Ele olhava para o menino cada vez mais fixamente e com uma crescente expressão de doçura; não queria mais tomar água ou remédio se não fossem dados por ele e, cada vez mais vezes, movia os lábios como se quisesse pronunciar uma palavra. Às vezes fazia isso tão vivamente que o filho lhe agarrava o braço com força, com grande esperança, e lhe dizia em tom quase alegre:

– Coragem, coragem, Tata, você vai ficar bom e a gente vai-se embora, vamos voltar pra casa, pra junto da mamãe, aguenta mais um pouquinho!

Eram quatro horas da tarde; o menino tinha justamente sentido um desses ímpetos de carinho e de esperança, quando ouviu um ruído de passos vindo da porta mais próxima da enfermaria e depois uma voz forte dizendo:

– Adeus, irmã!

Aquela voz fez o garoto pular, com um grito preso na garganta. Na mesma hora, entrou na enfermaria um homem com uma grande trouxa na mão, seguido de uma freira.

O menino soltou um grito agudo e ficou pregado no lugar.

O homem virou-se, olhou-o um momento, e gritou:

– Cicillo! – correndo para ele.

O menino caiu entre os braços do pai, sufocado. As irmãs, os enfermeiros, o assistente vieram correndo e ficaram ali, cheios de espanto.

O menino estava sem voz.

– Ah, meu Cicillo! – exclamou o pai, depois de ter olhado com atenção o doente, beijando repetidamente o menino. – Cicillo, meu filhinho, como é isso? Trouxeram você ao leito de outro paciente! E eu que me desesperava de não ver você, depois que a mamãe escreveu que tinha vindo. Pobre Cicillo! Há quantos dias você está aqui? Que confusão foi essa? Eu escapei por pouco. Agora estou ótimo, viu? E a mamãe? E a Concetella? E o nenê, como vão? Eu tive alta do hospital. Vamos embora. Oh, meu Deus! Quem haveria de pensar!

O menino custou a soltar quatro palavras pra dar notícia da família.

– Ah, como estou contente! – gaguejou. – Como estou contente! Que dias horríveis passei! – E não parava de beijar o pai.

Mas não saía do lugar.

– Então vamos – disse o pai. – Chegaremos ainda esta noite em casa. Vamos embora. – E puxou o garoto para si.

O menino se voltou para olhar o seu doente.

– Então? Você vem ou não vem? – perguntou o pai, espantado.

O menino olhou ainda uma vez para o doente, que, naquele instante, abriu os olhos e o olhou fixamente.

Então lhe saiu da alma um jorro de palavras.

– Não, Tata, espere... olhe... não posso. Por causa desse velhinho. Há cinco dias que estou aqui. Ele fica me olhando. Eu pensava que era você. Gostei dele. Ele me olha, eu lhe dou de beber, ele me quer sempre perto... Agora está muito mal, tenha paciência, não tenho coragem, não sei, me dá pena demais, eu volto pra casa amanhã, deixe-me ficar aqui mais um pouco, não está certo abandoná-lo, veja só como ele olha pra mim, eu não sei quem ele é, mas precisa de mim, morreria sozinho, deixe-me ficar aqui, Tata!

– Bravo, garotinho! – gritou o assistente.

O pai ficou perplexo, olhando o menino; depois olhou o doente.

– Quem é ele? – perguntou.

– Um trabalhador da roça, como o senhor – respondeu o assistente –, veio do estrangeiro e foi internado no hospital no mesmo dia que o senhor. Quando o trouxeram, estava inconsciente e não pôde dizer nada. Talvez tenha uma família e filhos longe daqui. Deve pensar que o seu filho é um dos filhos dele.

O doente continuava olhando para o menino.

O pai disse a Cicillo:

– Fique.

– Não será por muito tempo – murmurou o assistente.

– Fique – repetiu o pai. – Você tem coração. Eu vou rápido pra casa, pra aliviar sua mãe. Fique com este dinheiro para o que precisar. Adeus, meu filho valente. A gente se vê logo.

Deu-lhe um abraço, olhou bem pra ele, deu-lhe outro beijo na testa e partiu.

O menino voltou para perto da cama e o enfermo pareceu tranquilizar-se. E Cicillo recomeçou a se fazer de enfermeiro, não mais chorando, mas com a mesma dedicação, com a mesma paciência de antes; recomeçou a dar de beber ao velho, a ajeitar-lhe as cobertas, a acariciar-lhe a mão, a falar carinhosamente pra lhe dar coragem. Cuidou dele todo aquele dia e a noite inteira, e ainda continuou junto dele o dia seguinte. Mas o doente estava cada vez mais grave: o rosto ia ficando arroxeado, a respiração, cada vez mais ofegante. Mais e mais agitado, gritos roucos escapavam-lhe da boca, o inchaço tornava-se monstruoso. Na visita da tarde, o médico disse que não passaria daquela noite. Então Cicillo redobrou os cuidados e não tirou mais os olhos do homem nem um minuto. E o doente olhava para ele, olhava e movia os lábios com grande esforço, como se quisesse dizer alguma coisa; de vez em quando, uma expressão de extraordinário carinho passava por seus olhos, que iam diminuindo cada vez mais, quase se fechando. Aquela noite o menino velou até ver, pela janela, os primeiros sinais do dia e uma das freiras chegar. A irmã aproximou-se da cama, deu uma olhada no doente e saiu a passos rápidos. Pouco depois, voltou com o médico assistente e com um enfermeiro, que trazia uma lanterna.

– Está nas últimas – disse o médico.

O menino apertou a mão do doente. Este abriu os olhos, olhou bem para ele e fechou-os de novo.

Naquele momento, Cicillo teve a impressão de que o homem lhe apertava a mão.

– Apertou a minha mão! – exclamou.

O médico ficou um momento inclinado sobre o doente, depois se levantou. A irmã desprendeu o crucifixo da parede.

– Está morto! – gritou o menino.

– Vá, filho – disse o médico. – A sua santa tarefa está terminada. Vá e tenha boa sorte, que você merece. Deus protegerá você. Adeus.

A irmã, que tinha se afastado um momento, voltou com um raminho de violetas, tiradas de um copo que estava na beirada da janela, e ofereceu-o ao menino, dizendo:

– Não tenho mais nada para lhe dar. Leve isto como lembrança do hospital.

– Obrigado – respondeu o menino, apanhando o buquezinho com uma mão e enxugando os olhos com a outra –, mas eu vou tão longe, a pé... vão murchar.

E, desamarrando o buquê, espalhou as violetas sobre o leito, dizendo:

– Eu vou deixá-las como recordação ao meu pobre morto. Muito obrigado, irmã. Muito obrigado, doutor.

Depois, virando-se outra vez para o morto:

– Adeus...

Enquanto procurava um nome para chamá-lo, veio-lhe do coração aos lábios o nome carinhoso que lhe havia dado por cinco dias:

– Adeus, pobre Tata!

Dizendo isso, pôs sua trouxinha de roupa debaixo do braço e foi-se embora com passos lentos, morto de cansaço. Estava nascendo o dia.

A oficina
Sábado, 18

Precossi veio ontem à tarde convidar-me para ir ver sua oficina, que fica uma rua abaixo da minha; hoje de manhã, saindo com meu pai, pedi pra passar lá um momento. Quando estávamos chegando à oficina, saiu de lá de dentro, correndo, com a grande capa que cobre suas mercadorias esvoaçando, o Garoffi; levava um pacote na mão. Ah! Agora já sei onde vai buscar limalha de ferro, que troca por dois jornais velhos, esse mercenário do Garoffi!

Chegando à porta, vimos o Precossi sentado numa pilha de tijolos, estudando a lição, com o livro nos joelhos. Levantou-se imediatamente e nos fez entrar: era um salão coberto de pó de carvão, com as paredes forradas de martelos, tenazes, barras, ferragens de todas as formas; num canto, ardia o fogo de uma fornalha soprada por um fole manuseado por um menino. O Precossi pai estava junto da bigorna, e um rapaz segurava uma barra de ferro no fogo.

– Ah! Chegou – disse o ferreiro assim que nos viu, levantando o boné – o bravo menino que dá de presente os trens da estrada de ferro! Veio nos ver trabalhar um pouco, não é? Pois é pra já.

Sorria dizendo isso, e não tinha mais aquela cara carrancuda, aqueles olhos de meter medo, como antes. O rapaz lhe estendeu uma longa barra de ferro aquecida numa ponta, e o ferreiro apoiou-a sobre a bigorna. Fazia uma daquelas barras decorativas para as grades de um balcão. Levantou um grande martelo e começou a bater, empurrando a parte do ferro em brasa de um lado e de outro entre a ponta e o meio da bigorna e girando-a de vários modos. Era uma maravilha ver como, sob os golpes rápidos e certeiros do martelo, o ferro se curvava, se retorcia, tomando, pouco a pouco, a forma graciosa de uma folha encaracolada; era como se ele estivesse modelando com as mãos um pedaço de massa. Enquanto isso, o filho olhava pra nós, com certo ar de orgulho, como se dissesse:

— Vejam como meu pai trabalha!

— Viu como se faz, senhorzinho? – perguntou-me o ferreiro, quando terminou, estendendo-me a barra de ferro, que parecia o báculo de um bispo. Depois a deixou de lado e colocou outra no fogo.

— Realmente muito benfeito – disse meu pai. E acrescentou:

— Quer dizer que... aqui se trabalha, hem? Recuperou a vontade...

— Recuperei, sim – respondeu o ferreiro, enxugando o suor e ficando um pouco vermelho. – E sabe quem me devolveu a vontade de trabalhar?

Meu pai fingiu que não estava entendendo.

– Aquele valente menino – continuou o ferreiro, apontando o filho –, aquele valente filho ali, que estudava e honrava o pai, enquanto o pai... andava na farra e o tratava como uma besta. Quando vi aquela medalha... Ah! O meu pequeno, deste tamanhinho, vem aqui pra eles olharem bem pro seu focinho!

O filho veio correndo, o ferreiro o levantou, colocou-o em pé, em cima da bigorna, segurando-o pelas axilas, e lhe disse:

– Limpa um pouco a fachada desse besta do teu pai.

Então o Precossi cobriu de beijos o rosto preto de carvão do pai até que ficou, ele também, todo preto.

– Assim está bom – disse o ferreiro, recolocando o filho no chão.

– Assim está bom mesmo, Precossi! – exclamou meu pai, contente.

E dizendo "até logo" ao ferreiro e ao filho, me levou pra fora. Quando eu ia saindo, o Precossinho me disse:

– Desculpe – e meteu no meu bolso um pacote de pregos. Eu o convidei pra vir ver o Carnaval da janela de nossa casa.

Meu pai foi me dizendo pelo caminho:

– Você lhe deu de presente o seu trem de ferro, mas, mesmo que fosse de ouro e coberto de pérolas, ainda seria pouco pra presentear aquele santo filho que conseguiu ressuscitar o coração do pai...

O palhacinho
Segunda-feira, 20

A cidade está em rebuliço por causa do Carnaval, que já está quase acabando. Em cada praça estão fincadas barracas de saltimbancos e carrosséis; bem debaixo da nossa janela há um circo de lona, onde uma pequena companhia veneziana se apresenta, com cinco cavalos. O circo fica no meio da praça; num canto, há três grandes carroções onde os saltimbancos dormem e se fantasiam; três casinhas com rodas, janelinhas e um fogão cada uma, que estão sempre fumaçando; entre uma e outra janelinha, bercinhos de bebês ficam pendurados. Há uma mulher que dá de mamar a um bebê, faz a comida e dança na corda bamba. Pobre gente! São chamados de "mambembes" como se fosse uma ofensa, mas estão ganhando seu pão honestamente, divertindo a gente. E como se esforçam! Passam o dia inteiro correndo entre o circo e os carroções, vestidos só com uma malha, com este frio, comem duas colheradas às pressas, de pé, entre uma apresentação e outra... Às vezes, quando o circo já está cheio, bate uma ventania que arranca as lonas, apaga as tochas e adeus, espetáculo! Têm de devolver o dinheiro e trabalhar a noite toda pra recolocar a barraca de pé. Há dois meninos trabalhando com eles. Meu pai reconheceu o menor enquanto atravessava a praça: é o filho do dono do circo, o mesmo que nós vimos, fazendo acrobacias sobre o cavalo, no ano passado, num circo da Praça Vittorio Emanuele. Cresceu, deve ter agora uns oito anos; é um belo menino, com uma carinha redonda e morena de moleque, uma porção de cachos pretos que lhe escapam do chapéu em forma de cone. Está vestido de palhaço, metido dentro de uma espécie de saco branco com mangas, bordado de preto, e usa sapatilhas de pano. É um diabinho. Todos gostam dele. Faz de tudo. A gente o vê enrolado num xale, de manhã cedinho, levando o leite pra sua casinha de madeira; depois vai buscar os cavalos na cocheira da Rua Bértola; carrega o nenê no colo; transporta cavaletes, rodas, barras, cordas; limpa os carroções, acende o fogo e, nos momentos de descanso, está sempre agarrado com a mãe. Meu pai fica sempre olhando pra ele pela janela, e não para de falar dele e da família do circo, que tem jeito de ser boa gente e de ter muito amor pelos filhos.

Uma tarde nós fomos ao circo; estava muito frio e não havia quase ninguém, mas o palhacinho fazia de tudo pra alegrar aquela pouca gente: dava saltos mortais, agarrava-se na cauda dos cavalos, plantava bananeiras e saía andando com as pernas pro ar, tudo sozinho, e cantava, sempre sorridente, com sua carinha bonita e morena. O pai dele, vestido com uma casaca vermelha e calções brancos, com botas de cano alto e um chicote na mão, observava, mas parecia triste. Meu pai ficou com pena e comentou no dia seguinte com o pintor Delis, que veio nos visitar:

– Aquela pobre gente se mata de trabalhar, mas ganha tão pouco!

Disse também que gostava demais daquele garotinho. O que se poderia fazer por eles? O pintor teve uma ideia.

– Escreva um belo artigo na *Gazeta* – disse-lhe –, você, que sabe escrever. Conte os milagres do palhacinho que eu faço o retrato dele: todo mundo lê a *Gazeta* e, pelo menos uma vez, vai haver muito público.

Assim fizeram. Meu pai escreveu um artigo, bonito e cheio de humor, contando o que a gente via pela janela e que dava vontade de conhecer e de agradar o pequeno artista; o pintor desenhou um retratinho muito parecido e gracioso. Foram publicados sábado à tarde.

Na apresentação de domingo, apareceu uma multidão no circo. Estava anunciado: *Espetáculo em benefício do palhacinho. Palhacinho* era como estava escrito na *Gazeta*. Meu pai me levou pra primeira fila. Perto da entrada tinham pregado a página do jornal. O circo estava lotado; muitos espectadores tinham a *Gazeta* na mão e a mostravam ao palhacinho, que ria e corria para junto de um e de outro, todo feliz. Também o dono estava contente. Imagine! Nenhum jornal jamais lhe tinha dado essa honra! E a caixa do dinheiro encheu-se... Meu pai sentou-se perto de mim. Entre os espectadores, encontramos muitas pessoas conhecidas. Perto da entrada dos cavalos, em pé, estava o professor de ginástica, aquele que esteve combatendo com Garibaldi; em frente a nós, na segunda fila, o Pedreirinho, com sua carinha redonda, sentado junto daquele gigante do pai dele... Mal me viu, me fez o focinho de coelho. Um pouco mais pra lá, vi o Garoffi, que contava os espectadores, calculando nos dedos quanto a companhia de circo devia estar ganhando. Também nas cadeiras da primeira fila, não longe de nós, o Robetti, aquele que salvou o menininho do ônibus, com as muletas entre os joelhos, encostado no pai, capitão de artilharia, que tinha um braço nos ombros do filho. A apresentação começou. O palhacinho fez maravilhas em cima do cavalo, no trapézio e na corda bamba, e cada vez que pulava no chão, todos batiam palmas, e muitos acariciavam os cachos do cabelo dele. Depois vários outros também se apresentaram, acrobatas, malabaristas e cavaleiros, vestidos de trapos e brilhantes como prata. Mas quando o menino não estava, parecia que as pessoas se aborreciam. A certa altura, vi o professor de ginástica, de pé, na entrada dos cavalos, cochichando no ouvido do dono do circo; este, então, olhou os espectadores à volta toda, como se procurasse alguém. Seu olhar parou em nós. Meu pai percebeu que o professor tinha contado que era ele o autor do artigo, e, para não receber agradecimentos, escapou pra fora do circo, dizendo:

— Fica, Enrico; eu espero você lá fora.

O palhacinho, depois de ter trocado algumas palavras com o pai, fez ainda mais um exercício: de pé sobre o cavalo a galope, trocou de roupa quatro vezes, fantasiando-se de peregrino, de marinheiro, de soldado, de acrobata... E cada vez que passava perto de mim, me olhava bem. Depois, quando desceu, começou a dar a volta no picadeiro com o chapéu de palhaço nas mãos, e todos jogavam lá dentro moedinhas e confeitos. Eu já tinha preparado duas moedas; mas quando ele chegou diante de mim, em vez de estender o chapéu, puxou-o para trás, me olhou e passou adiante. Fiquei chateado. Por que aquela desfeita? O espetáculo terminou, o dono agradeceu ao público, e toda a gente se levantou, amontoando-se em direção à saída. Eu estava misturado com a multidão, e já ia quase saindo quando senti que pegavam na minha mão. Era o palhacinho, com sua bela carinha morena e seus cachos negros, que me sorria; tinha as mãos cheias de confeitos. Então eu entendi. Ele me disse:

– Você aceita estes confeitos do palhacinho?

Fiz sinal de que aceitava, e peguei três ou quatro.

– Então – ele continuou –, tome lá um beijo.

– Dê-me dois – respondi e lhe estendi o rosto.

Ele limpou com a manga a cara enfarinhada, passou um braço em volta do meu pescoço e me estampou dois beijos nas bochechas, dizendo:

– Tome, e leve um pro seu pai também.

O último dia de Carnaval
Terça-feira, 21

Que triste cena nós vimos hoje no corso dos mascarados! Acabou tudo bem, mas podia ter dado numa grande desgraça. Na Praça San Carlo, toda decorada com festões amarelos, vermelhos e brancos, com uma multidão espremida, máscaras de todas as cores giravam; passavam carros dourados e embandeirados, decorados como palcos de teatro e barcos, cheios de arlequins e de guerreiros, cozinheiros, marinheiros, pastorinhas... Era tal a confusão que não se sabia pra que lado olhar; uma barulheira de trombetas, cornetas e pratos de romper os tímpanos. Os mascarados dos carros bebiam e cantavam, fazendo piadas com as pessoas que estavam na rua e nas janelas; estas respondiam aos berros e atiravam, furiosamente, laranjinhas e confetes. Por cima dos carros alegóricos e da multidão, até onde se podia ver, bandeirinhas esvoaçavam, capacetes brilhavam, penachos tremulavam, cabeçorras de papelão agitavam-se, toucados gigantescos, tubas enormes, armas extravagantes, tambores, chocalhos, boinas vermelhas e garrafas: todos pareciam malucos. Quando o nosso coche entrou numa praça, vimos na nossa frente um carro magnífico, puxado por quatro cavalos cobertos de mantas bordadas a ouro, todo enfeitado com guirlandas de rosas artificiais. Sobre esse carro iam 14 ou 15 senhores, fantasiados de nobres da corte da França, todos vestidos de seda brilhante, com grandes perucas brancas, espadim e chapéu emplumado debaixo do braço, e um chumaço de fitas e rendas no peito: lindíssimo. Cantavam todos juntos uma canção francesa e jogavam doces pra gente, e a massa aplaudia e gritava. De repente, à nossa esquerda, vimos um homem levantar acima da multidão uma menininha de uns cinco ou seis anos. A pobrezinha chorava desesperadamente, agitando os braços, como se tivesse uma convulsão. O homem correu até o carro dos senhores, um deles se inclinou e o outro disse bem alto:

– Pegue essa menina, perdeu-se da mãe na multidão, levante-a nos braços; a mãe não pode estar longe e vai ver, não há outra maneira.

O senhor levantou a menina nos braços; todos os outros pararam de cantar, a garotinha berrava e se debatia, o senhor tirou a máscara; o carro continuou a andar lentamente. Enquanto isso, como soubemos depois, na outra extremidade da praça, uma pobre mulher meio enlouquecida abria caminho na multidão a cotoveladas e empurrões, gritando:

– Maria! Maria! Maria! Perdi a minha filhinha! Foi roubada de mim! Sufocaram a minha menina!

E já fazia uns 15 minutos que se angustiava, desesperada daquele jeito, andando pra cá e pra lá, apertada pela massa de gente, que custava a abrir-lhe o caminho. O senhor do carro, enquanto isso, mantinha a garota abraçada contra as fitas e rendas do peito, girando o olhar pela praça, e tentando aquietar a pobre criatura, que tapava o rosto com as mãos, não sabendo onde estava, e soluçava de cortar o coração. O senhor estava comovido, via-se que aqueles gritos lhe tocavam a alma; todos os outros ofereciam laranjas e confeitos à menina; mas ela rejeitava tudo, sempre mais assustada e agitada.

– Procurem a mãe! – gritava o senhor pra multidão – procurem a mãe dela! – E todos se viravam pra direita e pra esquerda; mas a mãe não aparecia. Finalmente, a poucos passos da entrada da Rua Roma, viu-se uma mulher avançar para o carro... Ah! Nunca mais eu vou esquecer essa mulher! Não parecia mais uma criatura humana, com os cabelos soltos, a cara deformada, as roupas rasgadas, atirou-se pra frente soltando um urro que não se sabia se era de alegria, de angústia ou de raiva, e estendeu as mãos como duas garras para agarrar a filha. O carro parou.

– Olhe ela aqui – disse o senhor, entregando a menina depois de dar-lhe um beijo, e a pôs entre os braços da mãe, que a apertou ao peito com uma fúria... Mas uma das duas mãozinhas ficou um segundo entre as mãos do senhor, e ele tirou da mão direita um anel de ouro com um grande diamante e o enfiou, com um rápido movimento, num dedo da garotinha:

– Pegue – disse –, será o seu dote de casamento. A mãe ficou ali como encantada, a multidão rompeu em aplausos, o senhor recolocou a máscara, seus colegas recomeçaram a cantar e o carro avançou lentamente, no meio de uma tempestade de palmas e vivas.

Os meninos cegos
Quinta-feira, 23

Nosso professor está muito doente, e no lugar dele mandaram o professor do quarto ano, que foi professor no Instituto dos Cegos; é o mais velho de todos, com a cabeça tão branca que parece usar uma peruca de algodão; fala como se cantasse uma canção melancólica, mas fala bem e sabe muito.

Assim que entrou na sala, vendo um menino com um olho tapado, aproximou-se do banco e lhe perguntou o que tinha.

– Cuidado com os olhos, menino – disse.

Então, Derossi lhe perguntou:

– É verdade, professor, que o senhor foi professor dos cegos?

– Sim, por vários anos – respondeu.

Derossi disse, a meia-voz:

– Conte-nos alguma coisa.

O professor foi sentar-se à mesa.

– Vocês dizem "cegos, cegos" – começou o professor – como se dissessem "doentes, pobres" ou sei lá o quê. Mas compreendem bem o significado dessa palavra? Pensem um pouco. Cegos! Não ver nada, nunca! Não distinguir o dia da noite, não ver nem o céu, nem o sol, nem os próprios pais, nada de tudo o que está à nossa volta e que se pode tocar; estar mergulhados numa escuridão perpétua e como se estivessem fechados numa caverna nas entranhas da terra. Experimentem fechar os olhos um pouco e pensar que vão ficar assim para sempre: logo sentirão uma terrível aflição e vai parecer impossível aguentar, terão a impressão de que vão começar a gritar, a ficar loucos ou morrer. E, no entanto... quando se entra pela primeira vez no Instituto dos Cegos, durante o recreio, ao ouvi-los tocar violinos e flautas por todo lado, falar alto e rir, subindo e descendo as escadas a passos rápidos e girando livremente pelos corredores e dormitórios, nunca se diria que têm essa desventura. Há jovens de 16 ou 18 anos, robustos e alegres, que levam sua cegueira com certa desenvoltura, quase com atrevimento, mas se compreende, pela expressão dos rostos, que devem ter sofrido muito antes de se acostumar. Há outros, de rosto pálido e suave, nos quais se percebe uma grande mas triste resignação... Ah! Meus filhos, pensem que alguns desses meninos perderam a vista em poucos dias, que outros a perderam depois de anos de martírio e cirurgias terríveis, e que muitos vieram ao mundo assim, nascidos em uma noite que para eles nunca teve madrugada. Imaginem quanto devem ter sofrido e quanto devem sofrer quando pensam assim, confusamente, na diferença que há entre eles e os que veem, e perguntam a si mesmos:

– Por que essa diferença, se nós não fizemos nada pra merecer isso? – Eu, que passei vários anos entre eles, quando me lembro daquela classe, de todos aqueles olhos para sempre fechados, ou todas aquelas pupilas sem olhar e sem brilho, e depois vejo vocês... parece-me impossível que todos aqui não se sintam felizes. Pensem: existem cerca de vinte e seis mil cegos na Itália! Vinte e seis mil pessoas que não vêem a luz, compreendem? Um exército que levaria quatro horas a passar se viesse desfilar diante das nossas janelas!

O professor calou-se; não se ouvia um pio na sala. Derossi perguntou se era verdade que os cegos têm o tato mais apurado que nós.

O professor disse:

– É verdade. Todos os outros sentidos se refinam neles, justamente porque devem, juntos, substituir a visão; por isso, são mais e melhor exercitados do que naqueles que enxergam. De manhã, no dormitório, alguém pergunta:

– Faz sol? – e o mais rápido para se vestir logo puxa a cortina e corre para o pátio, agitando as mãos no ar, para sentir o calor do Sol, e corre a dar a boa notícia:

– Faz sol!

– Pela voz de uma pessoa, eles têm ideia da estatura dela; nós julgamos o humor de uma pessoa pelos olhos, eles julgam pela voz; lembram as entonações e os sotaques durante anos e anos. Percebem se há mais de uma pessoa numa sala, mesmo se só uma delas estiver falando e as outras estiverem imóveis. Pelo tato, percebem se uma colher está mal lavada ou bem limpa. As meninas distinguem um novelo de lã colorida de outro com cor natural. Passando dois a dois pelas ruas, reconhecem quase todas as lojas pelo cheiro, até aquelas que, para nós, não têm cheiro nenhum. Jogam pião e, ouvindo o assobio que ele faz quando gira, vão direto apanhá-lo sem nunca se enganar. Sabem fazer uma roda correr com uma vareta, jogam bolinhas de gude, pulam corda, constroem casinhas com pedrinhas, colhem violetas como se as vissem, fazem muito bem, e rapidamente, esteiras e cestinhos, trançando a palha de várias cores, de tanto que exercitaram o tato! O tato é a vista deles. Um dos seus maiores prazeres é tocar os objetos, apertar, descobrir a forma das coisas pegando nelas. É comovente vê-los, quando visitam o museu industrial e os deixam mexer no que quiserem. Com que festa se lançam sobre as peças geométricas, as miniaturas de casas, as ferramentas! Com que alegria apalpam, esfregam, reviram entre as mãos todos os objetos, para ver como são feitos. E dizem que estão vendo!

Garoffi interrompeu o professor pra perguntar se era verdade que os meninos cegos aprendem a fazer contas melhor do que os outros.

O professor respondeu:

– É verdade. Aprendem a fazer contas e a ler. Há livros impressos especialmente para eles, com o texto em relevo: passam os dedos por cima, reconhecem as letras e as palavras, leem correntemente as frases. Só vendo como ficam vermelhos quando cometem um erro. E escrevem também, mas sem tinta. Escrevem num papel grosso e rijo, com um punçãozinho de metal que faz pontinhos côncavos e arrumados conforme um alfabeto especial; esses pontinhos ficam em relevo do outro lado do papel, de modo que, virando a folha e esfregando os dedos sobre ele, podem ler o que escreveram e também a escrita de outros.[23] É assim que fazem redações e trocam cartas. Escrevem números e fazem cálculos do mesmo jeito. E fazem contas de cabeça com uma facilidade incrível, porque não se distraem vendo as coisas que estão em volta, como nós. E se vocês vissem como adoram quando alguém lê para eles, como prestam atenção, como se lembram de tudo, como discutem entre eles, até os pequenininhos, sobre as histórias e as palavras! Sentados quatro ou cinco na mesma carteira, sem se virar um para o outro, conversam o primeiro com o terceiro, o segundo com o quarto, em voz alta e todos ao mesmo tempo, sem perder uma só palavra, de tão agudos e atentos que são os seus ouvidos. Dão mais importância às provas do que vocês, podem crer, e são mais carinhosos com seus professores. Reconhecem o professor pelos passos e pelo cheiro; percebem se está de bom ou de mau humor, se está se sentindo bem ou mal apenas pelo som de uma palavra dele. Querem que o professor os toque quando os encoraja e os elogia, e lhe apalpam as mãos e os braços para expressar sua gratidão. E também são muito amigos entre si, são bons colegas. Na hora do recreio, estão sempre em grupos. Na seção das meninas, por exemplo, formam grupos segundo o instrumento que tocam, as violinistas, as pianistas, as flautistas, e não se largam nunca. Quando gostam de alguém, é difícil que se cansem da amizade. Encontram um grande conforto na amizade. Entre eles, julgam-se honestamente. Têm um conceito claro e profundo do bem e do mal. Ninguém se entusiasma tanto quanto eles ao ouvir contar uma ação generosa ou um grande acontecimento.

Votini perguntou se eles tocam bem.

---

[23] O professor está descrevendo a escrita Braille, que era uma novidade naquela época e até hoje é utilizada pelos deficientes visuais. (N.T.)

– Amam a música ardentemente – respondeu o professor. – É a alegria deles, a música é a vida deles. As criancinhas cegas, mal entram no Instituto, são capazes de ficar três horas imóveis, em pé, ouvindo tocarem. Aprendem facilmente, tocam com paixão. Quando o professor diz a um que ele não tem jeito pra música, fica tristíssimo, mas se põe a estudar desesperadamente. Ah! Se vocês ouvissem a música lá dentro, se os vissem tocando, com o rosto brilhando para o alto, com um sorriso nos lábios, vibrando de emoção, quase em êxtase, escutando aquela harmonia que eles mesmos espalham na escuridão infinita que os cerca, como vocês também sentiriam que consolação divina é a música! E se alegram, brilham de felicidade quando um professor diz:

– Você vai ser um artista.

– Para eles, o primeiro em música, aquele que é o melhor de todos no piano ou no violino, é como um rei: é querido, adorado. Se nascer uma briga entre dois deles, vão pedir a ele que resolva; se dois amigos ficam de mal, é ele que promove as pazes. Os menorzinhos, a quem ele ensina a tocar, consideram-no como um pai. Antes de ir dormir, vão todos lhe dizer boa-noite. E falam continuamente de música. Quando já estão na cama, tarde da noite, quase todos cansados do estudo e do trabalho, e meio sonolentos, ainda conversam baixinho sobre as óperas, maestros, instrumentos, orquestras. Para eles, é um castigo tão grande ficar sem leitura ou sem aula de música, sofrem tanto com isso, que quase ninguém tem coragem de castigá-los desse jeito. Para o coração desses meninos, a música é como a luz para nossos olhos.

Derossi perguntou se se podia ir visitá-los.

– Podemos – respondeu o professor –, mas vocês, meninos, não devem ir por enquanto. Irão mais tarde, quando forem capazes de compreender todos os desafios que eles enfrentam, o tamanho daquela desventura e de sentir toda a solidariedade que eles merecem. É uma realidade triste, filhos. Veem-se, às vezes, alguns meninos sentados junto de uma janela aberta, sentindo o ar fresco, com o rosto imóvel, e parece que estão olhando a grande planície verde e as lindas montanhas azuis que vocês podem ver... Pensar que eles não veem nada, que não verão, nunca, nada de toda aquela imensa beleza, aperta o coração da gente como se nós mesmos tivéssemos ficado cegos naquele momento. Ainda dão menos dó os cegos de nascença, que, nunca tendo visto o mundo, não lamentam nada porque não possuem imagens de coisa alguma. Mas há meninos que ficaram cegos há poucos meses, que ainda se lembram de tudo, que compreendem bem tudo o que perderam e sentem mais a dor de perceber, cada dia um pouco, escurecerem-se em sua mente as imagens mais queridas, de sentir como se estivesse morrendo na sua memória a imagem das pessoas que mais amam. Um desses meninos me disse um dia, com uma tristeza impossível de descrever: "Eu queria recuperar a vista pelo menos uma vez, um momento apenas, pra rever o rosto da minha mãe, que já não lembro mais."

– Quando as mães vão visitá-los, eles tocam o rosto delas, passam-lhes as mãos da testa ao queixo e às orelhas, para sentir como são, e quase não se conformam de não poder vê-las; eles as chamam pelo nome repetidamente, como se estivessem pedindo que se tornem visíveis pelo menos uma vez. Quantas pessoas que os visitam partem chorando, mesmo homens adultos, de coração duro! E quando a gente sai de lá, quase sente que não merece o privilégio de poder ver as pessoas, as casas, o céu. Ah, eu tenho certeza de que não há nenhum entre vocês que não saia de lá disposto a privar-se de um pouco da sua própria vista para dar pelo menos um vislumbre a todos aqueles pobres garotos, para os quais o sol não tem luz e a mãe não tem rosto!

A doença do professor
Sábado, 25

Ontem à tarde, saindo da escola, fui visitar o meu professor doente. Adoeceu de tanto trabalhar. Cinco horas de aula por dia, depois uma hora de ginástica, depois outras duas horas de escola noturna, o que quer dizer dormir pouco, comer às pressas e correr até perder o fôlego da manhã até à noite; resultado: arruinou a saúde. É o que diz minha mãe.

Ela ficou me esperando no portão; subi sozinho e encontrei, na escada, o professor da barbona preta, Coatti, aquele que assusta a todos e não castiga ninguém. Ele me olhou com os olhos arregalados e deu um rugido de leão, de brincadeira, mas sem rir. Eu ainda ria quando toquei a campainha no quarto andar, mas fiquei logo sério; a empregada me fez entrar em um quarto pobre, meio escuro, onde o meu professor estava deitado numa caminha de ferro, com a barba crescida de vários

dias. Pôs uma mão na testa, acima dos olhos, para me ver melhor, e exclamou, com a sua voz afetuosa:

– Ah, Enrico!

Eu me aproximei da cama, ele pôs uma mão no meu ombro e disse:

– Que bom, filho. Fez bem em vir visitar o seu velho professor. Não estou nada bem, como está vendo, meu caro Enrico. E como vai a escola? Como vão os colegas? Tudo bem, não é? Mesmo sem mim... Vocês não sentem falta de mim, não é verdade? Do seu velho professor...

Eu queria dizer que não, mas ele me interrompeu:

– Deixa, deixa pra lá, eu sei que vocês não me querem mal. – E deu um suspiro.

Olhei para umas fotografias coladas na parede.

– Está vendo? – ele disse. – São todos alunos que me deram seus retratos, de mais de vinte anos até agora. Bons meninos, são as minhas lembranças. Quando eu morrer, meu último olhar será para ali, para todos aqueles moleques entre os quais passei a vida. Você também vai me dar o seu retrato, quando acabar o ensino fundamental, não é?

Pegou uma laranja da mesa de cabeceira e me pôs na mão.

– Não tenho mais nada pra lhe dar – disse –, é um presente de doente.

Fiquei olhando pra ele com o coração triste, não sei por quê.

– Olhe... – ele recomeçou –, eu espero sair dessa; mas, se não me curar... trate de melhorar em matemática, que é o seu ponto fraco; faça um esforço! Basta esforçar-se no começo, porque, às vezes, não é falta de capacidade, é um preconceito, é só como uma cisma sua contra a matemática.

Enquanto falava, respirava forte, via-se que estava sofrendo.

– Estou com um febrão – suspirou –, acho que estou mal. Vou me despedir, então. Insista na matemática, nos problemas. Não consegue da primeira vez? Descanse um pouco e tente de novo. Não consegue ainda? Mais um pouco de descanso e recomece. E para diante, mas tranquilamente, sem se afobar, sem esquentar a cabeça. Vá. Lembranças à sua mãe. E não precisa mais subir por essas escadas, que logo vamos nos encontrar lá na escola. Se não nos encontrarmos, lembre-se de vez em quando do seu professor do terceiro ano, que te quer muito bem.

Ouvindo essas palavras, tive vontade de chorar.

– Abaixe a cabeça – ele disse.

Fiz isso, e ele me deu um beijo no cabelo. Depois falou:

– Vá – e virou o rosto pra parede. E eu voei escada abaixo, porque precisava muito abraçar minha mãe.

A rua
Sábado, 25

Eu estava vendo da janela, esta tarde, quando você vinha voltando da casa do professor e deu um encontrão numa mulher. Veja melhor como anda pela rua. Ali também há deveres. Se você presta atenção aos seus passos e gestos quando está numa casa particular, por que não deveria fazer a mesma coisa na rua, que é a casa de todos? Lembre-se disso, Enrico. Todas as vezes que você encontrar um velho, um pobre, uma mulher com um nenê no colo, uma pessoa de muletas, um homem curvado debaixo de uma carga, uma família vestida de luto, ceda-lhes a passagem com respeito: a gente deve respeitar a velhice, a miséria, o amor materno, a doença, o cansaço, a morte.

Cada vez que você vir um coche indo para cima de uma pessoa, puxe-a, se for uma criança; avise, se for um homem; pergunte sempre o que aconteceu

*a uma criança que está chorando, apanhe do chão a bengala que caiu
da mão do velho. Se duas crianças estão brigando, separe-as, se são dois
homens, afaste-se, não fique assistindo ao espetáculo da violência brutal,
que ofende e endurece o coração. E quando passa um homem amarrado
entre dois policiais, não se junte à curiosidade cruel da multidão: pode ser
um inocente. Pare de falar e de rir com seu colega quando encontrar uma
ambulância, que talvez carregue um moribundo, ou um cortejo fúnebre,
porque amanhã pode ser que esteja saindo um deles da sua própria casa.
Olhe com reverência todos os meninos dos institutos que passam em fila:
os cegos, os mudos, os subnutridos, os órfãos, as crianças de rua: pensa
que são o sofrimento e a caridade humana que passam. Sempre que vir
alguém com uma deformidade repugnante ou ridícula, faça de conta
que não reparou nisso. Se houver algum fogo aceso por onde você passar,
apague sempre, porque pode custar a vida de alguém. Responda sempre
com gentileza à pessoa que lhe pede passagem. Não ria dos outros, não
corra sem necessidade, não grite. Respeite a rua. A educação de um povo
se julga antes de tudo pelo jeito com que se comporta na rua. Onde você
encontrar maldade pela rua, vai encontrar maldade também dentro das
casas. E observe bem as ruas, a cidade onde você vive. Se amanhã você
estiver desgarrado, bem longe, vai ficar feliz de ter sua terra presente na
memória, de poder passear por ela inteira em pensamento – a sua cidade,
a sua pequena pátria, aquela que foi por tantos anos o seu mundo, onde
você deu os primeiros passos ao lado da sua mãe, sentiu as primeiras
emoções, abriu sua inteligência para as primeiras ideias, encontrou seus
primeiros amigos. Ela também foi uma mãe para você: instruiu, amou e
protegeu você. Estude sua cidade pelas ruas e pelas pessoas, tenha amor
por ela e, quando ouvir alguém injuriá-la, saia em sua defesa.*

Seu pai

Março

As classes noturnas
Quinta-feira, 2

Meu pai me levou ontem para ver as classes noturnas da minha escola; estavam todas iluminadas, com os trabalhadores já começando a entrar. Quando chegamos, encontramos o diretor e os professores furiosos porque pouco antes uma pedrada tinha quebrado o vidro de uma das janelas: o bedel correu lá fora e agarrou um menino que passava; mas então apareceu o Stardi, que mora em frente da escola, e disse:

– Não foi este, vi com os meus olhos: foi o Franti que atirou, e ainda me disse: – *Ai de você se disser alguma coisa!* –, mas eu não tenho medo dele.

O diretor disse que o Franti vai ser expulso pra sempre. Enquanto isso, acolhia os operários que entravam em grupos de dois ou três. Já haviam entrado mais de duzentos. Eu nunca tinha visto como é bacana uma escola noturna! Há meninos acima de 12 anos e homens barbados, que voltam do trabalho carregando livros e cadernos; havia dois carpinteiros, dois foguistas com a cara negra de fuligem, dois pedreiros com as mãos brancas de caliça, dois padeiros com os cabelos enfarinhados, e dava pra sentir o cheiro de verniz, de cordas, de peixe, de óleo, cheiros de todos os ofícios. Entrou também um pelotão de trabalhadores da artilharia, fardados como soldados, conduzidos por um cabo. Sentavam-se rapidamente nas carteiras, levantavam a trave em que nós apoiamos os pés, debaixo da mesa, e imediatamente inclinavam-se sobre os livros e cadernos. Alguns chegavam perto dos professores, com os cadernos abertos para pedir explicações. Vi aquele professor jovem e bem-vestido – "o advogadinho" – com três ou quatro operários em volta da mesa, fazendo correções à caneta; e também o professor que manca de uma perna, dando risada com um tintureiro que tinha trazido o caderno todo manchado de tintura vermelha e azul-marinho. Estava até o meu professor, já bem de saúde, que amanhã volta também pra nossa classe. As portas das salas estavam abertas. Fiquei espantado, quando começaram as aulas, de ver como todos estavam atentos, concentrados. Além de tudo, dizia o diretor, para não chegarem atrasados à aula, nem passavam em casa para jantar, e vinham pra escola com fome. Os menores, porém, depois de meia hora de aula já estavam caindo de sono, e um ou outro até adormecia com a cabeça apoiada na carteira; o professor o acordava, pinicando-lhe uma orelha com o lápis. Mas os grandes não, mantinham-se acordados, com a boca aberta, sem dar uma piscada, ouvindo a aula. Achei estranho ver todos aqueles barbudos nas nossas mesmas carteiras. Subimos também até o andar de cima. Eu corri até a porta da minha sala e vi, no meu lugar, um homem com uns bigodões e uma mão enfaixada, que deve ter se machucado em alguma máquina; mas assim mesmo ele dava um jeito para escrever, devagarinho. Mas o que eu mais gostei de ver foi, no lugar do Pedreirinho, exatamente no mesmo banco e no mesmo canto, o pai dele, aquele homem grande como um gigante, encolhido, com o queixo apoiado nos punhos e os olhos grudados no livro, tão atento que quase nem respirava. E não é por acaso: foi ele mesmo quem pediu ao diretor, na primeira noite em que veio pra escola:

– Senhor Diretor, faça-me o favor de me colocar no mesmo lugar em que estuda o meu focinho de coelho – porque ele sempre chama o filho assim...

O meu pai me fez ficar lá até o fim, e vimos, na rua, muitas mulheres com bebês no colo, esperando os maridos. Na saída, faziam uma troca: os trabalhadores pegavam os bebês nos braços e as mulheres se encarregavam dos livros e cadernos, e voltavam para casa assim. Por um tempo, a rua ficou cheia de gente e de barulho. Depois tudo silenciou e não se via mais ninguém a não ser a figura comprida e cansada do diretor afastando-se.

A luta
Domingo, 5

Era de se esperar: Franti, expulso pelo diretor, quis vingar-se, e esperou Stardi em uma esquina, depois da saída da escola, quando ele passa com a irmã que vai buscar todo dia numa escola da Rua Dora Grossa. Minha irmã Silvia, saindo da aula, viu tudo e voltou à escola, assustadíssima. Olhe só o que aconteceu: Franti, com seu boné achatado sobre uma orelha, correu na ponta dos pés atrás de Stardi e, pra provocá-lo, deu um puxão na trança da irmã dele, um puxão tão forte que quase jogou a menina de costas no chão. A garota deu um grito, o irmão virou-se. Franti, que é muito mais alto e mais forte que Stardi, com certeza pensava: "Ou ele nem pia, ou lhe dou uma surra."

Mas Stardi não parou pra pensar e, pequeno e entroncado como é, pulou pra cima daquele grandão e começou a socá-lo. Mas não podia com ele e apanhava mais do que batia. Na rua só havia meninas, ninguém podia separá-los. Franti jogou-o por terra; mas o outro pulou em pé de novo, e Franti batia como se fosse numa porta: em um momento

arrancou-lhe metade da orelha, amassou-lhe um olho, fez sangrar o nariz. Mas o Stardi, durão, rugia:

— Você pode até me matar, mas vai pagar caro.

Franti, de cima pra baixo, aos pontapés e bofetões, e Stardi de baixo pra cima, aos socos e chutes. Uma mulher gritou da janela:

— Coragem, pequeno!

Outras diziam:

— O menino está defendendo a irmã.

— Coragem! Dê-lhe duro! — E gritavam pro Franti:

— Bruto! Covarde!

Mas Franti também estava enfurecido; passou uma rasteira, Stardi caiu, e ele foi pra cima:

— Se entregue!

— Não!

—Se entregue!

— Não! — e Stardi se pôs em pé como um raio, agarrou Franti pela cintura e, com um esforço furioso, jogou-o na calçada e caiu com um joelho em cima do peito dele.

— Ah! O bandido está com uma faca! — gritou um homem correndo para desarmar o Franti.

Mas Stardi, fora de si, já tinha agarrado o braço dele com as duas mãos e torceu-lhe o pulso de tal jeito que a faca tinha caído; a mão do Franti sangrava. Enquanto isso, tinha-se juntado muita gente que fez os meninos se separarem e levantarem do chão.

Franti deu o fora, estropiado; e Stardi ficou lá, com o rosto arranhado, o olho roxo — mas vencedor — perto da irmã, que chorava, enquanto algumas meninas recolhiam os livros e os cadernos espalhados pela rua.

— Valente, o pequeno — diziam em volta dele — que defendeu a irmã!

Mas Stardi, mais preocupado com sua pasta do que com sua vitória, pôs-se logo a examinar os livros e cadernos, um a um, pra ver se não faltava nenhum, ou se algum estava estragado; limpou-os com a manga, guardou o lápis, pôs tudo em ordem e depois, tranquilo e sério como sempre, disse à irmã:

— Vamos logo, que eu tenho de fazer um problema de quatro operações.

Os pais dos meninos
Segunda-feira, 6

Esta manhã o Stardi pai estava esperando o filho, de medo que ele encontrasse o Franti outra vez, mas dizem que o Franti não vai aparecer mais porque foi preso. Havia muitos pais esta manhã. Entre outros, o revendedor de lenha, pai de Coretti, que é a cara do filho, magro, alegre, com uns bigodinhos pontudos e uma fitinha de duas cores na lapela da jaqueta. Eu já conheço quase todos os pais dos meninos, que vejo sempre por ali.

Há uma avó encurvada, com uma touca branca, que, chova ou caia neve ou haja uma tempestade, vem quatro vezes por dia trazer e buscar seu netinho do primeiro ano, e lhe traz o capote, ajuda-o a vesti-lo, ajeita-lhe a gravata, sacode a poeira e alisa os amassados da roupa dele, olha os cadernos... Logo se vê que ela não pensa em outra coisa, que não acha nada mais bonito no mundo do que aquele neto.

Também vem, muitas vezes, o capitão de artilharia, pai de Robetti, aquele das muletas, que salvou um garotinho do ônibus; e como todos os colegas do seu filho lhe fazem gestos de amizade, ele devolve também a todos um gesto de carinho ou uma saudação; não esquece nenhum e, pelo jeito, fica mais contente e agradece mais aos garotos que parecem mais pobres e vestem roupas mais simples.

Às vezes, porém, a gente vê coisas tristes: um senhor que não vinha mais havia um mês porque perdeu um filho; mandava a empregada buscar o outro; mas voltou ontem pela primeira vez e, revendo a classe, os colegas do seu pequeno morto, encostou-se em um canto e rompeu em soluços, cobrindo o rosto com as mãos. O diretor o pegou pelo braço e o levou pra sala dele. Há pais e mães que sabem o nome de cada um dos colegas de seus filhos. Há garotas da escola ao lado da nossa, e estudantes de classes mais adiantadas que vêm esperar os irmãos. Há um senhor idoso, que foi coronel e que apanha do chão e devolve os cadernos ou lápis que os meninos deixam cair. Veem-se também senhoras bem-vestidas que conversam sobre as coisas da escola com as outras que andam de lenço na cabeça e balaio no braço, dizendo:

– Ah! Dessa vez o problema foi terrível!

– Houve uma aula de gramática que não acabava mais esta manhã!

E quando há um menino doente em uma classe, todas sabem; quando um doente melhora, todas se alegram. Justamente esta manhã, vi oito ou dez mães em volta da mãe de Crossi, a verdureira, a pedir notícias de um garotinho da classe de meu irmão, que mora vizinho a ela e está correndo perigo de morrer. Parece que a escola torna todas elas iguais e amigas.

O número 78
Quarta-feira, 8

Ontem à tarde eu vi uma cena comovente. Havia vários dias que a verdureira, cada vez que passava perto do Derossi, olhava e tornava a olhar pra ele com uma expressão de grande carinho, porque Derossi, depois ter descoberto a história do tinteiro e do número 78, passou a querer muito bem ao seu filho, Crossi, o mesmo do cabelo vermelho e do braço morto, e o ajuda a fazer os trabalhos da escola, sugere as respostas, lhe dá papel, penas, lápis – enfim, age como se fosse seu irmão, quase para compensá-lo pela desgraça do pai, que lhe acontece sem que ele saiba.

Havia vários dias que a verdureira ficava olhando para o Derossi e parecia não querer tirar os olhos dele, porque é uma boa mulher, que vive apenas para seu filho; para ela, o Derossi, que o ajuda a sair-se bem na escola, o Derossi, que é de uma família importante e o melhor aluno da escola, parece ser um rei ou um santo. A mãe do Crossi ficava assim, olhando pro Derossi, e parecia que queria lhe dizer alguma coisa mas tinha vergonha. Ontem de manhã, porém, ela finalmente tomou coragem e o parou em frente a um portão, dizendo:

– Desculpe, moço, você que é tão bom, que quer tão bem ao meu filho, faça-me o favor de aceitar esta pequena lembrança de uma pobre mãe – e tirou fora do balaio de verduras uma caixinha de cartolina branca e dourada.

Derossi ficou vermelho e recusou, dizendo, decididamente:

– Dê a lembrança ao seu filho; eu não aceito nada.

A mulher ficou magoada e pediu desculpas, gaguejando:

– Eu não imaginava que pudesse ofendê-lo... são apenas uns caramelos.

Mas Derossi repetiu que não queria, sacudindo negativamente a cabeça.

E então, timidamente, ela tirou da cesta um molhinho de rabanetes e disse:

– Aceite pelo menos estes, que estão fresquinhos, e leve para sua mãe.

Derossi sorriu e respondeu:

– Não, muito obrigado, não quero nada; farei sempre tudo o que puder pelo Crossi, porém não posso aceitar nada; mas agradeço do mesmo modo.

– Mas não ficou ofendido? – perguntou a mulher, ansiosamente.

Derossi disse "não, não", sorrindo e foi-se embora, enquanto ela exclamava, toda contente:

– Oh, que menino bom! Nunca vi um menino assim tão bom e tão bonito!

E pareceu que a história acabava ali. Mas eis que, pelas quatro da tarde, em vez da mãe do Crossi, quem chega é o pai, com aquele rosto pálido e melancólico. Fez Derossi parar e, pelo modo como olhou pra ele, logo entendi que suspeitava que Derossi sabia do seu segredo. Olhou-o fixamente e disse, com voz triste e afetuosa:

– Você quer bem ao meu filho... Por que gosta tanto dele?

Derossi ficou vermelho, afogueado. Gostaria de responder:

– Gosto dele porque tem sido infeliz; também porque o senhor, seu pai, tem sido mais desgraçado do que culpado, pagou nobremente pelo seu delito e é um homem de coração.

Não se animou a dizê-lo, porém, porque, no fundo, ainda sentia medo e quase aversão diante daquele homem que havia derramado o sangue de outro e passado seis anos na cadeia. Mas o outro adivinhou tudo e, baixando a voz, quase tremendo, disse ao ouvido de Derossi:

– Você quer bem ao filho, mas não quer mal... não despreza o pai, não é verdade?

– Ah, não! Não! Muito pelo contrário! – exclamou Derossi num impulso, de coração.

Então o homem fez um gesto impetuoso, como se fosse abraçar o menino, mas não se atreveu e, em vez disso, apenas pegou, com dois dedos, um dos cachos de seu cabelo louro, esticou-o e soltou-o; depois levou a palma da mão aos lábios e beijou-a, olhando bem para o Derossi com os olhos úmidos, como se quisesse dizer que aquele beijo era para ele. Em seguida pegou o filho pela mão e foi-se embora com passos rápidos.

Um pequeno morto
Segunda-feira, 13

O menininho que mora no mesmo pátio que a verdureira, o colega do meu irmão, morreu. A professora Delcati veio sábado à tarde, toda aflita, dar a notícia ao professor. Imediatamente, Garrone e Coretti se ofereceram para ajudar a levar o caixãozinho. Era um menininho valente, tinha ganhado a medalha na semana passada; era muito amigo do meu irmão, e tinha lhe dado de presente um pequeno cofre em forma de porquinho, meio rachado. Quando se encontrava com ele, minha mãe sempre lhe fazia um carinho. Usava um boné com duas tiras de pano vermelho. O pai dele é carregador na estrada de ferro. Ontem à tarde, domingo, 4h30, nós fomos até à casa dele para acompanhar o corpo até à igreja. A família mora no térreo. No pátio já havia muitos meninos da classe dele, com suas mães e com velas nas mãos, cinco ou seis professoras e alguns vizinhos. A professora da pluma vermelha e a professora Delcati estavam lá dentro e, por uma janela aberta, vimos que elas estavam chorando. Ouviam-se os fortes soluços da mãe do menino. Duas senhoras, mães de dois colegas de escola do morto, tinham trazido coroas de flores.

Às cinco em ponto, fomos pra igreja. Na frente do cortejo, um menino carregava uma cruz; depois vinha o padre, depois o caixãozinho coberto com um pano preto, tão pequeno, coitadinho do menino! Presas ao caixão estavam as duas coroas de flores, a medalha e três menções honrosas que o menino tinha ganhado durante o ano. Garrone, Coretti e dois outros garotos, vizinhos do prédio, carregavam o caixão. Em seguida, vinha a professora Delcati, que chorava como se o pequeno morto fosse filho dela. Logo atrás, as outras professoras, seguidas pelos meninos, alguns bem pequenos, que traziam raminhos de violetas em uma mão e olhavam o féretro, espantados, dando a outra mão às mães, que levavam as velas para eles. Ouvi um deles dizer:

– E agora? Ele não vai mais pra escola?

Quando o caixão saiu do pátio, ouviu-se, pela janela, um grito desesperado: era a mãe do garotinho. Mas logo a levaram para dentro

do quarto. Chegando à esquina, encontramos os alunos de um colégio, que passavam em fila dupla e, vendo o caixãozinho com a medalha e as professoras, tiraram seus bonés em sinal de respeito. Pobre menino: estava bem até há pouco tempo, mas, em quatro dias de doença, morreu. No último dia, ainda se esforçou para se levantar e fazer o dever de gramática, e queria ter sempre a sua medalha junto dele, na cama, de medo que alguém a tomasse... Adeus, garoto. A gente vai se lembrar sempre de você na escola Baretti.

A véspera do 14 de março

Hoje foi um dia mais alegre que ontem. Treze de março! Véspera da distribuição dos prêmios no teatro Vittorio Emanuele, a grande e linda festa de todos os anos. Mas, dessa vez, não foram escolhidos ao acaso os meninos que subirão ao palco para apresentar os certificados dos prêmios aos senhores que vão distribuí-los. O diretor entrou na sala, esta manhã, quase na hora da saída e disse:

– Meninos, uma boa notícia.

Depois chamou o calabrês:

– Coraci!

O garoto levantou-se.

– Você quer ser um dos que entregam os certificados dos prêmios às autoridades, amanhã, no teatro?

O calabrês respondeu que sim.

– Que ótimo – disse o Diretor –, assim haverá também um representante da Calábria. O município, este ano, quer que os dez ou doze meninos que apresentam os prêmios sejam de todas as partes da Itália e das diversas unidades das escolas públicas. Temos vinte escolas com cinco sucursais: sete mil alunos. Em um número tão grande não foi difícil encontrar um menino de cada região italiana. Numa escola havia dois representantes das ilhas: um da Sardenha e outro da Sicília. Outra escola apresentou um pequeno florentino, filho de um escultor em madeira; havia um romano, em uma das escolas, e acharam-se ali mais vários vênetos, lombardos e da Emilia-Romagna; de outra escola vem um napolitano, filho de um oficial; nós apresentamos um genovês e um calabrês – você, Coraci. Com os piemonteses, serão doze. É bonito, não acham? Serão os seus irmãos de todas as partes da Itália que lhes darão os prêmios. Prestem atenção: subirão ao palco todos os doze juntos. Recebam-nos com um grande aplauso. São ainda meninos, mas representam o país como se fossem adultos: uma bandeira tricolor, mesmo pequena, é símbolo da Itália tanto quanto uma bandeira bem grande, não é verdade? Aplaudam calorosamente, então. Mostrem que os seus pequenos corações também se acendem, que também as suas almas de dez anos exaltam-se diante da santa imagem da pátria.

Tendo dito isso, o diretor foi-se embora e o professor falou, sorrindo:

– Portanto, Coraci, você é o deputado da Calábria.

Então todos bateram palmas, rindo, e quando já estávamos na rua, cercaram o Coraci, agarraram-no pelas pernas e braços, levantaram-no bem alto e carregaram-no em triunfo, gritando:

– Viva o deputado da Calábria! – assim, de brincadeira, mas não por zombaria: ao contrário, para festejá-lo de coração, porque é um menino amigo de todos; e ele sorria. E foram carregando o Coraci assim até à esquina, onde toparam com um senhor de barba negra, que começou a rir. O calabrês disse:

– É meu pai.

Então os meninos passaram o filho para os braços dele e escaparam pra todo lado.

A distribuição dos prêmios
Março, 14

Pelas duas da tarde, o enorme Teatro Vittorio Emanuele estava lotado; plateia, galeria, camarotes, palco, tudo cheíssimo; milhares de rostos, senhoras elegantes, operários, mulheres do povo, alunos, professores, mães, pais, crianças. Era uma agitação de cabeças e de mãos, um tremular de plumas, de fitas e de cachos, um zum-zum incessante e festivo que alegrava a todos. O teatro estava enfeitado com festões de pano vermelho, branco e verde. Na plateia, tinham armado duas escadinhas: uma à direita, pela qual os alunos premiados deviam subir ao palco; a outra à esquerda, por onde deviam descer, depois de receber o prêmio. Na parte da frente do palco, havia uma fileira de poltronas vermelhas, e do encosto da poltrona central pendiam duas coroinhas de louros; ao fundo, um conjunto de bandeiras; de um lado, uma mesa verde, sobre a qual estavam os certificados, atados com fitinhas tricolores.

A banda de música estava embaixo, na plateia, junto do palco; os professores e as professoras enchiam toda a metade da primeira galeria, reservada pra eles; os bancos e corredores da plateia estavam apinhados com centenas de meninos cantores, segurando folhas com letras de música. No fundo e em toda a volta, iam e vinham professores e professoras que arrumavam em fila os premiados; por toda parte, pais e mães lhes davam uma última penteada nos cabelos ou um último toque nas gravatinhas.

Mal entrei com meus pais na nossa frisa, avistei, na frisa em frente, a professorinha da pluma vermelha, que ria, com suas lindas covinhas nas bochechas. Com ela estavam a professora de meu irmão, a "freirinha", toda vestida de preto, e a minha boa professora do primeiro ano – mas tão pálida, coitadinha, e tossindo tanto, que se ouvia no teatro inteiro. Logo encontrei na plateia o querido cabeção do Garrone e a cabecinha loura do Nelli, encostado no ombro dele. Um pouco mais adiante, vi o Garoffi, com seu nariz de coruja, que se apressava a recolher as listas impressas com os nomes dos premiados (e já tinha juntado uma pilha delas...) pra depois negociá-las de algum jeito que amanhã saberemos. Perto da porta estava o vendedor de lenha com sua mulher, ambos vestidos pra festa, junto ao menino deles, que ganhou o terceiro prêmio do segundo ano; fiquei espantado de não ver-lhe o bonezinho de pelo de gato e o pulôver cor de chocolate: dessa vez, estava muito bem-arrumado. Em uma galeria, vi o Votini, por um rápido momento, com um grande colete de rendas, mas logo sumiu. Em um camarote ao lado do palco, cheio de gente, estava o capitão de artilharia, pai de Robetti, o das muletas.

Às duas horas em ponto, a banda começou a tocar, e subiram ao mesmo tempo, pela escadinha da direita, o prefeito, o delegado, o assessor, o provedor e muitos outros senhores, todos vestidos de preto, que foram se sentar nas poltronas vermelhas, na parte dianteira do palco. A banda parou de tocar. Adiantou-se o diretor das escolas de canto com uma batuta em mão. A um sinal seu, todos os meninos da plateia se puseram de pé; a outro sinal, começaram a cantar. Eram setecentos, e cantavam uma canção lindíssima. Como é bonito ouvir setecentas vozes de meninos cantando juntos! Todos escutávamos, imóveis: era um canto doce, límpido, lento, que parecia um canto de igreja. Quando se calaram, aplaudimos; depois, silêncio. A distribuição de prêmios já ia começar. Meu pequeno professor do segundo ano, que devia ler os nomes dos premiados, já estava na frente do palco, com sua cabeça vermelha e seus olhos vivos. Esperava-se que entrassem os 12 meninos que trariam os certificados. Os jornais já haviam dito que seriam meninos de todas as províncias da Itália. Todos os presentes sabiam disso e esperavam por eles, olhando curiosamente para o lado por onde deviam entrar, assim como o prefeito e as outras autoridades. O teatro inteiro estava calado.

De repente, eles chegaram correndo ao palco, e ficaram enfileirados, os doze, sorridentes. O público, três mil pessoas, levantou-se de um salto, prorrompendo em um aplauso que parecia uma trovoada. Os meninos, por um momento, pareceram meio desnorteados.

– Eis a Itália! – disse uma voz vinda do palco.

Logo reconheci Coraci, o calabrês, vestido de preto, como sempre. Um senhor da prefeitura, que estava perto de nós e os conhecia a todos, informava à minha mãe:

– Aquele pequeno lourinho é o representante de Venezia. O romano é aquele alto de cabelo crespo.

Dois ou três vestiam roupas caras; os outros, filhos de trabalhadores, estavam vestidos com muito cuidado. O florentino, que era o menorzinho, usava uma faixa azul em volta da cintura. Passaram todos diante do prefeito, que abraçou um por um, enquanto o senhor que estava ao seu lado lhe dizia, baixinho e sorrindo, os nomes das cidades onde tinham nascido:

– Firenze, Napoli, Bologna, Palermo...

A cada um que passava, a plateia batia palmas. Depois, correram todos à mesa verde para pegar os certificados, e o professor começou a ler a lista das escolas e das classes e os nomes dos premiados, que começaram a subir e a desfilar diante das autoridades e do público.

Mal subiram os primeiros, ouviu-se, de trás do cenário, uma levíssima música de violinos que não cessou durante todo esse desfile: uma melodia suave e sempre igual, parecendo um murmúrio de vozes calmas. Enquanto isso, os premiados passavam um a um diante das pessoas sentadas no palco; estas lhes estendiam os certificados e a cada um diziam alguma coisa ou faziam gesto de carinho. Da plateia e das galerias, a meninada aplaudia cada vez que passava um muito pequeno ou um que, pela roupa, parecesse mais pobre, e também os que tinham longas cabeleiras encaracoladas ou estavam vestidos de vermelho ou de branco. Passavam os do primeiro ano, que, chegada a sua vez, se confundiam e não sabiam mais pra que lado ir, fazendo rir todo o teatro. Passou um que não media mais de três palmos, com um grande laço de fita vermelha nas costas e que, caminhando todo atrapalhado, tropeçou no tapete e caiu; o prefeito recolocou-o em pé e todos riram e bateram palmas. Outro rolou pela escadinha: ouviram-se gritos, mas não se machucou. Passaram garotos de todo jeito, uns com caras de moleques, outros assustados, outros vermelhos como pimentões, outros, pequenos palhaços que riam de todo mundo e, mal desciam à plateia, eram agarrados e levados embora pelos pais.

Quando chegou a vez da nossa escola, aí, sim, foi que mais me diverti! Passaram muitos que eu conhecia. Passou Coretti, de roupa nova da cabeça aos pés, com seu belo sorriso alegre, mostrando todos os dentes brancos – e sabe-se lá quantas toneladas de lenha já tinha carregado pela manhã! O prefeito, quando lhe deu o certificado, pondo-lhe a mão no ombro, perguntou-lhe o que era um sinal vermelho que tinha na testa. Eu procurei os pais dele na plateia e vi que estavam rindo, cobrindo a boca com a mão para disfarçar. Depois passou Derossi, vestido de azul-marinho, com botões brilhantes, com seu cabelo louro e cacheado, ágil, desenvolto, com a testa alta, tão bonito e simpático que dava vontade de lhe dar um abraço, e todos aqueles senhores quiseram falar com ele e apertar-lhe a mão.

Depois o professor gritou:

– Giulio Robetti! – e viu-se avançar o filho do capitão de artilharia, com suas muletas. Centenas de meninos sabiam do que tinha acontecido com ele; a notícia se espalhou e, em um segundo, estourou uma salva de palmas e gritos que fizeram tremer o teatro. Os homens se puseram de pé, as senhoras começaram a agitar seus lenços, e o coitado do menino parou no meio do palco, atordoado e trêmulo. O prefeito puxou-o para si e lhe deu o prêmio e um abraço; depois, soltando a coroinha de louros que estava presa no espaldar da sua poltrona, pendurou-a numa das traves da muleta de Robetti. E acompanhou-o até o camarote ao lado do palco, onde estava o capitão, seu pai, que levantou o filho nos braços e carregou-o para dentro, por entre os vivas do público. Enquanto isso, continuava aquela suave música de violinos, e os alunos das várias escolas continuaram a passar: os da escola da Consolata, quase todos filhos de feirantes; os da escola de Vanchiglia, filhos de operários; os da escola Boncompagni, dos quais muitos são filhos de agricultores; e os da escola Raineri, que foi a última.

Logo que acabou a distribuição dos prêmios, os setecentos meninos da plateia cantaram outra canção belíssima; depois, discursou o prefeito e, em seguida, o assessor, que terminou sua fala dizendo aos meninos:

– Não saiam daqui sem enviar uma saudação a todos os que se esforçam tanto por vocês, que consagram a vocês todas as forças da inteligência e do coração, dão a vida por vocês. Olhem para eles!

E fez um gesto mostrando a galeria em que estavam os professores. Então, de toda parte, meninos se levantaram e agitaram os braços, gritando vivas às professoras e aos professores, os quais responderam agitando as mãos, os chapéus, os lenços, todos de pé e emocionados. A banda tocou ainda uma vez e o público mandou um último viva aos doze meninos de todas as províncias da Itália, que se enfileiraram na beirada do palco, de mãos dadas, sob uma chuva de flores.

Uma briga
Segunda-feira, 20

Briguei com Coretti esta manhã, mas não foi por inveja de ele ter ganho um prêmio e eu não. Não foi por inveja. Mas eu estava errado, assim mesmo. O professor o tinha colocado ao meu lado; eu estava escrevendo no caderno de caligrafia quando ele me deu uma cotovelada que me fez borrar o caderno e manchar também o conto mensal que eu tinha de passar a limpo para o Pedreirinho, que está doente. Fiquei com raiva e disse um palavrão. Ele me respondeu sorrindo:

– Não fiz de propósito.

Eu o conheço tão bem que devia acreditar; mas fiquei chateado porque ele sorriu e pensei: "Ah! Agora que ganhou o prêmio, está se achando o máximo!" Pouco depois, para vingar-me, dei-lhe um cutucão que o fez rasgar a página. Então, todo vermelho de raiva, Coretti me disse:

– Você, sim, fez de propósito! – disse e levantou a mão, mas o professor viu, e ele baixou-a. Mas acrescentou:

– Espero você lá fora!

Fiquei mal; a raiva esfriou, me arrependi. "Não, Coretti não pode ter feito de propósito. Ele é um menino bom", pensei. Lembrei-me de quando o tinha visto na casa dele, como trabalhava, como cuidava da mãe doente; e, depois, da festa que eu tinha feito quando ele esteve na minha casa, como meu pai tinha ficado contente. Eu daria tudo pra não ter dito aquele palavrão, não ter feito aquela covardia! E pensava no conselho que meu pai me teria dado: "Você está errado? Então, peça-lhe desculpas."

Mas eu não tinha coragem de fazer isso, tinha vergonha de me humilhar. Olhava pra ele pelo canto do olho, via a sua malha descosturada no ombro, talvez porque tivesse carregado muita lenha; sentia o quanto gostava dele e dizia a mim mesmo: "Coragem!" – mas a palavra "desculpe!" ficava presa na garganta. De vez em quando, ele me olhava atravessado, e

153

parecia mais magoado do que enraivecido. Mas então eu também olhava feio, pra mostrar que não estava com medo. Ele repetiu:

– Eu te pego lá fora!

E eu:

– Espere lá fora!

E pensava no que meu pai tinha dito uma vez:

– Se você não tem razão, defenda-se, mas não bata!

E dizia a mim mesmo: "Vou me defender, mas não vou bater." Mas estava chateado, triste, nem ouvia mais o que o professor estava dizendo.

Afinal, chegou a hora da saída. Quando fiquei sozinho na rua, vi que Coretti me seguia. Parei e esperei com a régua na mão. Ele se aproximou, levantei a régua.

– Não, Enrico – disse ele, com seu sorriso simpático, afastando a régua com a mão –, vamos ser de novo amigos, como antes.

Fiquei espantado por um momento, depois senti como se uma mão me desse um empurrãozinho nas costas e me achei bem perto dele, que me abraçou e disse:

– A gente não vai brigar nunca mais, não é?

– Certo! Nunca mais! – respondi.

E nos separamos, contentes. Mas quando cheguei em casa e contei tudo ao meu pai, achando que ia gostar de saber, ele fechou a cara e disse:

– Você devia ter sido o primeiro a estender-lhe a mão, pois era você quem estava errado. Não devia levantar a régua contra um colega melhor do que você, contra o filho de um soldado! Daí, meu pai arrancou a régua da minha mão, quebrou-a em dois pedaços e atirou-a longe.

Minha irmã
Sexta-feira, 24

Por que, Enrico, depois que nosso pai já tinha repreendido você por ter-se portado mal com o Coretti, ainda foi me fazer aquela grosseria? Você não imagina como me magoou. Não sabe que, quando você era pequeno, eu ficava horas e horas junto do seu berço, em vez de ir brincar com minhas amigas? E que quando você estava doente eu me levantava da cama toda a noite pra ver se estava com febre? Não sabe, você, que ofende a sua irmã, que se uma desgraça tremenda nos acontecesse, eu assumiria o papel de mãe para você e haveria de te querer bem como a um filho? Você não sabe que, quando nosso pai e nossa mãe não estiverem mais aqui, serei eu a sua melhor amiga, a única com quem você vai poder falar dos nossos mortos e da sua infância? Que, se fosse preciso, Enrico, eu iria trabalhar pra ganhar o seu pão e pagar os seus estudos? Que eu amarei você para toda a vida e que, quando você for grande, acompanharei você sempre, em pensamento, quando estiver longe – sempre, porque crescemos juntos e temos o mesmo sangue? Ah, Enrico, tenha certeza: quando for adulto, se lhe acontecer uma desgraça, se você se sentir sozinho, vai me procurar, sem dúvida, vai chegar e me dizer:

– Silvia, minha irmã, deixe-me ficar perto de você, falemos de quando éramos felizes, lembra-se? Falemos da nossa mãe, da nossa casa, daqueles bons tempos que já vão longe...

Ah, Enrico, você sempre encontrará sua irmã com os braços abertos. Sim, querido Enrico. E perdoe-me a censura que estou lhe fazendo agora. Não me lembro de nenhum dos seus erros, e, se você me der outros desgostos, não me importa. Você será sempre meu irmão; do mesmo jeito, não me lembrarei nunca senão de ter carregado você, ainda nenê, nos braços, de ter amado pai e mãe com você, de ter visto você crescer, de ter sido, por tantos anos, a sua mais fiel companheira. Mas escreva-me alguma coisa boa neste mesmo caderno e eu virei ler antes de dormir. Enquanto isso, pra lhe mostrar que não estou com raiva de você e vendo que estava cansado, passei a limpo o conto mensal que você ia copiar para o Pedreirinho: olhe na gaveta esquerda da sua mesinha. Copiei tudo esta noite, enquanto você dormia. Escreva-me uma boa palavra, Enrico, estou pedindo.

Tua irmã Silvia

– Silvia, não sou digno de beijar suas mãos.
Enrico

Sangue romanholo

Naquela noite, a casa de Ferruccio estava mais quieta que de costume. O pai, que tinha uma merceariazinha, tinha ido fazer compras em Forlì, e sua mulher tinha ido com ele para levar a filha, Luigina, ao médico que ia operar-lhe um olho doente. Só iam voltar no dia seguinte.

Faltava pouco para a meia-noite. A empregada que vinha trabalhar de dia já tinha ido embora ao anoitecer. Em casa só haviam ficado a avó, com as pernas paralisadas, e Ferruccio, um menino de 13 anos. Era uma casinha térrea, à beira da estrada, a pouca distância de um povoado, não muito longe de Forlì, cidade da Romanha. Ali por perto só havia uma casa desabitada, destruída por um incêndio havia dois meses, em cuja parede ainda se via o letreiro de uma pousada. Atrás da casinha havia uma pequena horta rodeada por uma cerca viva, com um portãozinho rústico; a porta do armazém, que servia também de porta da casa, dava para a estrada. À volta toda se estendiam, pelo campo deserto, vastas plantações de amoreiras.

Pouco antes da meia-noite, chovia e ventava. Ferruccio e a avó, ainda acordados, estavam na sala de jantar; entre esta e a horta havia um quartinho de despejo. Ferruccio só havia voltado para casa às 11 da noite, depois de uma escapadela de muitas horas, e a avó não tinha pregado o olho esperando por ele, muito ansiosa, presa a uma grande poltrona de braços onde costumava passar o dia todo, e muitas vezes também a noite inteira, já que tinha dificuldade para respirar deitada.

Chovia, e o vento lançava a chuva contra as vidraças. Era uma noite escuríssima. Ferruccio tinha chegado cansado, enlameado, com a jaqueta rasgada e a marca de uma pedrada na testa: tinha brigado a pedradas com os colegas, como sempre, e ainda por cima se metera num jogo, perdera todo o seu dinheiro e deixara cair o boné em uma vala.

Mesmo com um único candeeiro alumiando a cozinha, colocado num canto da mesa, perto da poltrona, a coitada da avó viu logo em que estado se encontrava o neto, adivinhou uma parte e obrigou-o a confessar o resto das suas estripulias.

Ela amava aquele menino de todo o coração. Quando soube de tudo, começou a chorar.

– Ah! não – disse, depois de um longo silêncio –, você não tem coração, não tem pena da sua avó. Não tem vergonha de aproveitar desse jeito a ausência do seu pai e da sua mãe pra me dar desgosto. Você me deixou sozinha o dia inteiro! Não teve nem um pouco de dó de mim. Ouça bem, Ferruccio! Você se meteu por um mau caminho que vai levar a um fim muito triste. Já vi outros começarem como você e acabarem muito mal. Começa-se por fugir de casa, meter-se em brigas com outros meninos, perder dinheiro; depois, pouco a pouco, das pedradas passa-se às facadas, do jogo aos outros vícios e dos vícios... ao furto.

Ferruccio ficou ouvindo, parado em pé, a três passos de distância, apoiado a um armário, com o queixo encostado no peito, as sobrancelhas franzidas, ainda esquentado pela raiva da briga. Tinha uma mecha de belos cabelos castanhos caída na testa e os olhos azuis imóveis.

– Do jogo ao furto – repetiu a avó, continuando a chorar. – Pense, Ferruccio. Pense naquele desgraçado que vivia aqui, aquele Vito Mozzoni, que agora é um marginal lá na cidade; que aos 24 anos já esteve duas vezes na prisão e fez morrer de tristeza a pobre da mãe dele, que eu conhecia muito bem, e fez o pai fugir para a Suíça por desespero. Pense nesse sujeito perverso, a quem seu pai tem até vergonha de responder "bom dia", sempre às voltas com criminosos piores do que ele, até o dia em que for trancado no presídio pra sempre. Pois saiba que eu o conheci menino, começou como você. Pense que pode levar seu pai e sua mãe ao mesmo fim que tiveram os pais dele.

Ferruccio ficou calado. Não tinha mau coração, ao contrário; as suas estripulias resultavam de excesso de energia e de atrevimento, e não de maldade. Seu pai o tinha acostumado mal justamente por achar que ele, no fundo, era capaz dos melhores sentimentos e também que, quando fosse posto à prova, seria capaz de uma ação corajosa e generosa. Por isso lhe deixava a rédea solta e esperava que criasse juízo por si mesmo. O rapaz não era malvado, mas era teimoso e, mesmo quando ficava com o coração apertado de arrependimento, era-lhe muito difícil abrir a boca para dizer as palavras que lhe dariam o perdão, como estas: – Sim, errei, não faço mais, prometo, perdoe-me. – Às vezes sentia seu coração cheio de carinho, mas o orgulho não deixava que o mostrasse.

– Ah, Ferruccio! – continuou a avó, vendo-o assim mudo. –Você não me diz nem uma palavra de arrependimento! Veja em que estado eu estou, quase já poderia ser enterrada. Você deveria ter pena de ainda me fazer sofrer, de fazer chorar a mãe da sua mãe, assim velhinha, perto do fim da vida; a sua pobre avó, que sempre quis tanto bem a você; que passava noites e noites inteiras embalando você quando era pequenino, que deixava de comer para brincar com você, você nem sabe! Eu sempre dizia: – Este será a minha alegria! – E agora você me faz morrer! Eu daria de boa vontade este pouco de vida que me resta para ver você voltar a ser bom, obediente como naquele tempo... Quando eu levava você ao Santuário, lembra, Ferruccio? Você enchia meus bolsos com pedrinhas e folhinhas e eu trazia você pra casa no colo, adormecido? Naquele tempo, você gostava da sua avó. E agora que estou paralítica e preciso de carinho como de ar para respirar, porque já não tenho mais nada neste mundo, pobre mulher meio morta que eu sou, meu Deus!...

Ferruccio já estava quase correndo para junto da avó, vencido pela emoção, quando teve a impressão de ouvir alguma coisa, um barulhinho no quarto ao lado, aquele que dava para a horta. Mas não percebeu se eram as tábuas sacudidas pelo vento ou outra coisa. Prestou atenção. Chovia a cântaros. O barulho se repetiu. A avó também ouviu.

– O que é isso? – perguntou a avó depois de um momento, desassossegada.

– A chuva –, murmurou o menino.

– Então, Ferruccio – disse a velhinha, enxugando os olhos –, prometa que você vai ser bom, que não vai fazer sua avó chorar nunca mais...

De novo um leve barulho interrompeu-a.

– Eu acho que não é a chuva! – exclamou, empalidecendo – Vá ver o que é!

Mas logo acrescentou:

– Não, fique aqui! – e segurou Ferruccio pela mão.

Ficaram os dois quase sem respirar. O único barulho que ouviam era o da água. Mas logo estremeceram, com a impressão de ouvir pés se arrastando no quartinho.

– Quem está aí? – perguntou o menino, quase sem fôlego.

Ninguém respondeu.

– Quem está aí? – perguntou Ferruccio de novo, enregelado de medo.

Mal pronunciou aquelas palavras, ambos soltaram um grito de terror. Dois homens haviam pulado para dentro da sala; um agarrou o menino e lhe tapou a boca com a mão; o outro apertou o pescoço da velhinha. O primeiro disse:

– Calem a boca, se não quiserem morrer!

E o segundo reforçou:

– Calados! – e levantou uma faca.

Um e outro tinham a cara coberta por um lenço escuro, com dois buracos para os olhos.

Por um momento só se ouvia a respiração ofegante dos quatro e o rumor da chuva; a avó parecia sufocada, com os olhos esbugalhados.

O homem que segurava o menino disse-lhe ao ouvido:

– Onde é que seu pai guarda o dinheiro?

O menino respondeu com um fio de voz, batendo os dentes:

– Lá... no armário.

– Venha comigo – disse o homem.

E o arrastou para o quartinho, sempre o agarrando pela garganta. Havia uma lanterna apagada no chão.

– Onde é o armário? – perguntou.

O menino, sufocado, apontou o armário.

Então, o homem jogou o menino de joelhos, em frente ao armário, prendendo-lhe o pescoço entre as próprias pernas para poder calá-lo se ele gritasse, segurando a faca entre os dentes e a lanterna com uma mão. Tirou do bolso, com a outra mão, um ferro pontudo, enfiou-o na fechadura, revirou, quebrou e escancarou a porta, remexeu tudo furiosamente, encheu os bolsos, fechou, tornou a abrir, remexeu de novo. Depois agarrou o rapazinho outra vez pelo pescoço e o arrastou para sala, onde o outro ladrão ainda mantinha a velhinha imobilizada, tremendo, com a cabeça torcida e a boca aberta.

Este perguntou em voz baixa:

– Achou?

O companheiro respondeu:

– Achei.

E acrescentou:

– Olhe a saída.

O que segurava a avó correu à saída da horta para ver se não vinha ninguém, e disse lá do quartinho, com uma voz que parecia um assobio:

– Pode vir.

O outro, que ainda prendia Ferruccio, mostrou a faca ao menino e à velhinha que tinha aberto os olhos, e disse:

– Nem um pio, senão eu volto e degolo vocês!

E ficou olhando para os dois, fixamente, por um momento.

Naquele ponto, ouviu-se ao longe, pela estrada, um canto de muitas vozes.

O ladrão virou rapidamente para a saída e, pelo seu movimento violento, caiu-lhe o lenço do rosto.

A avó deu um grito: – Mozzoni!

– Maldita! – rugiu o ladrão, vendo-se reconhecido. – Vai ter de morrer!

E avançou com a faca levantada contra a velhinha, que desmaiou imediatamente. O assassino desferiu seu golpe, mas, com um movimento rapidíssimo e um grito desesperado, Ferruccio precipitou-se sobre a avó e protegeu-a com seu próprio corpo.

O assassino fugiu, esbarrando na mesa e derrubando o candeeiro, que se apagou.

O menino escorregou lentamente para o chão, caiu de joelhos e assim ficou, com os braços em torno da cintura da avó e a cabeça no seu colo.

Passaram-se uns minutos, em total escuridão; o canto dos camponeses afastou-se lentamente pelo campo. A velhinha voltou a si.

– Ferruccio! – chamou com voz fraquinha, batendo os dentes.

– Vovó – respondeu o menino.

A velhinha fez um esforço para falar; mas o terror lhe paralisava a língua. Ficou um pouco em silêncio, tremendo violentamente, até que conseguiu perguntar:

– Não estão mais?

– Não.

– Não me mataram – murmurou a velhinha com voz sufocada.

– Não... está salva, - disse Ferruccio, com voz rouca. – Está salva, vovó querida. Levaram o dinheiro, mas o papai... tinha levado quase tudo com ele.

A avó deu um suspiro.

– Vovó – disse Ferruccio, sempre ajoelhado, abraçando-lhe a cintura – vovozinha... você gosta de mim, não é?

– Ah Ferruccio! Meu pobre filhinho! – respondeu ela, pondo mãos na cabeça dele –, que susto você deve ter levado! Oh, Deus de misericórdia! Acenda o fogo... Não, fiquemos no escuro, ainda estou com medo.

– Vovó – recomeçou o menino –, eu sempre tenho lhe dado desgosto...

– Não, Ferruccio, não fale dessas coisas; eu não penso mais nisso, já esqueci tudo, gosto tanto de você!

– Eu sempre lhe dei desgosto – continuou Ferruccio, com esforço, com a voz trêmula –, mas... sempre lhe quis bem. Você me perdoa?... Perdoe-me, vovó.

– Sim, filho, eu perdoo, perdoo de todo o coração. Imagine se não perdoo. Levante-se, meu menino. Não gritarei com você nunca mais. Seja bom, seja muito bom! Vamos acender o fogo. Vamos tomar coragem. Levante-se, Ferruccio.

– Obrigado, vovó – disse o menino, com a voz cada vez mais fraca. – Agora... estou contente. Você vai lembrar-se de mim... não é? Vai se lembrar sempre de mim... do seu Ferruccio.

– Ferruccio meu! – exclamou a avó, espantada e inquieta, passando-lhe as mãos nos ombros e inclinando a cabeça para olhar o rosto do neto.

– Lembre-se de mim – murmurou ainda o menino, com uma voz que parecia um sopro. – Dê um beijo para minha mãe... para meu pai ... para Luigina... Adeus, vovó...

– Em nome o céu, o que é que você tem? – gritou a velhinha apalpando aflita a cabeça do menino que tombava no seu colo; depois, gritou desesperadamente, o mais alto que pode:

– Ferruccio! Ferruccio! Ferruccio! Meu menino! Meu amor! Anjos do céu, ajudai-me!

Mas Ferruccio não respondeu mais. O pequeno herói, o salvador da mãe de sua mãe, atingido por uma facada nas costas, tinha entregado sua bela e ousada alma a Deus.

O Pedreirinho agonizante
Terça-feira, 28

O pobre Pedreirinho está gravemente doente. O professor nos disse para ir visitá-lo, e combinamos ir juntos Garrone, Derossi e eu. Stardi também queria ir, mas, como o professor nos deu, para trabalho de casa, a descrição do Monumento a Cavour, ele disse que tinha de ir ver o monumento, para fazer a descrição mais exata. Então, só para testar, convidamos também aquele presunçoso do Nobis, que respondeu: "Não", mais nada. O Votini também se recusou, talvez por medo de manchar a roupa com caliça. Fomos depois da saída da tarde. Chovia a cântaros. Na rua, Garrone parou e disse, com a boca cheia de pão:

– O que é que a gente vai comprar pra ele? – e sacudia duas moedas no bolso.

Cada um de nós deu duas moedas e compramos três laranjas grandes. Subimos ao sótão onde ele mora. Diante da porta, Derossi retirou a medalha da lapela e guardou no bolso. Perguntei por quê. Ele respondeu:

– Não sei, pra não parecer... acho mais delicado entrar sem medalha.

Batemos, a porta foi aberta pelo pai do Pedreirinho, aquele homenzarrão que parece um gigante; tinha o rosto alterado, parecendo assustado.

– Quem são vocês? – perguntou.

Garrone respondeu:

– Somos colegas de escola do Antonio, trazemos laranjas pra ele.

– Ah! pobre Tonino – exclamou o pedreiro, sacudindo a cabeça –, temo que ele já não possa mais comer as suas laranjas! E enxugou os olhos com as costas da mão. Fez-nos entrar em um quarto, onde vimos o Pedreirinho dormindo numa caminha de ferro: sua mãe estava recostada no leito, com o rosto escondido nas mãos, e se virou um pouco para ver-nos. De um lado estavam pendurados pincéis, uma picareta e uma peneira para cal; sobre os pés do doente, a jaqueta do pedreiro, branca de gesso.

O pobre menino estava abatido, branco, branco, com o nariz afilado e a respiração curta. O nosso querido Tonino, tão bom e alegre, meu coleguinha, que pena me deu, quanto eu não daria para vê-lo outra vez fazer o focinho de coelho, pobre Pedreirinho!

Garrone pôs uma laranja sobre o travesseiro dele, perto do rosto: o perfume acordou-o e ele logo a pegou, mas largou-a em seguida e olhou fixamente o Garrone.

– Sou eu – disse Garrone –, me reconhece?

O menino deu um sorriso que mal se via e a custo levantou a mão e a estendeu a Garrone, que a tomou entre as suas e encostou a face nela, dizendo:

– Coragem, coragem, Pedreirinho; você vai ficar bom logo, vai voltar pra escola e o professor vai pôr você sentado ao meu lado, está contente?

Mas o Pedreirinho não respondeu. A mãe rompeu em soluços:

– Oh, o meu pobre Tonino! O meu pobre Tonino! Tão valente e tão bom, e Deus quer tirá-lo de nós!

– Fique quieta! – gritou o pedreiro, desesperado – Fique quieta, pelo amor de Deus, ou eu perco a cabeça!

Depois nos disse, aflito:

– Vão embora, meninos, obrigado, vão embora. O que vocês podem fazer aqui? Obrigado, voltem pra casa.

Pedreirinho tinha fechado os olhos de novo e parecia morto.

– Precisa de alguma ajuda? – perguntou Garrone.

– Não, meu filho, obrigado – respondeu o pedreiro –, voltem para casa.

E, dizendo isso, empurrou-nos para fora e fechou a porta. Mas ainda não tínhamos descido nem metade da escada quando o ouvimos gritar:

– Garrone! Garrone!

Subimos correndo.

– Garrone! – gritou o pedreiro com o rosto mudado –, ele chamou o seu nome! Há dois dias que não falava, chamou você duas vezes, ele quer você, venha rápido. Ah, Santo Deus, se for um bom sinal!

– Até logo – nos disse Garrone –, eu fico.

E se enfiou na casa com o pai de Tonino.

Derossi tinha os olhos rasos d'água. Eu lhe disse:

– Está chorando pelo Pedreirinho? Ele falou, vai ficar bom.

– Creio que sim – respondeu Derossi –, mas não estava pensando nele... Pensava em como o Garrone é bom, que bela alma ele tem!

O Conde Cavour
Quarta-feira, 29

Você deve fazer a descrição do monumento ao Conde Cavour. Você pode fazê-la, mas por enquanto não pode entender bem quem foi o Conde Cavour. Por enquanto, saiba apenas isto: ele foi por muitos anos o primeiro ministro do Piemonte, foi ele quem mandou o exército piemontês para a Crimea para realçar, com a vitória de Cernaia, a nossa glória militar abatida pela derrota de Novara;[24] foi ele quem fez descer dos Alpes 150 mil franceses para expulsar os austríacos da Lombardia, foi ele quem governou a Itália no período mais solene da nossa revolução, que deu, naqueles anos, o mais forte impulso à santa luta pela unificação da pátria; ele, com sua inteligência luminosa, com a constância invencível, com um dinamismo mais que humano. Muitos generais passaram horas terríveis no campo de batalha; mas ele passou horas ainda mais terríveis no seu escritório, quando sua enorme obra estava em perigo de desmoronar a qualquer momento, como um frágil edifício no meio de um de terremoto; horas, noites de luta e de angústia passou, suficientes para deixar uma pessoa com as ideias completamente confusas ou com a morte no coração. E foi esse gigantesco e tempestuoso trabalho que lhe encurtou vinte anos da vida. Ele, porém, mesmo queimando da febre que havia de levá-lo à morte, lutava ainda desesperadamente contra a doença, para poder fazer alguma coisa por seu país.

– É estranho – dizia ele, com dor, no seu leito de morte –, não sei mais ler, não posso mais ler.

Enquanto lhe tiravam sangue e a febre aumentava, pensava na sua pátria e insistia, imperiosamente:

– Curem-me, que a minha mente está escurecendo e preciso de todas as minhas capacidades para tratar de assuntos graves.

Quando já estava no fim, toda a cidade se agitava e o rei estava à sua cabeceira, ele dizia com aflição:

– Tenho muitas coisas para lhe dizer, Senhor, muitas coisas que o senhor precisa ver; mas estou doente, não posso, não posso – e se lamentava.

Seu pensamento febril sempre voltava aos problemas do Estado, às novas províncias italianas que se tinham unido a nós; a tudo o que ainda estava por fazer, quando foi tomado pelo delírio:

– Eduquem a infância – exclamava, apesar da respiração entrecortada –, eduquem a infância e a juventude... Governem com liberdade.

O delírio crescia, a morte chegava e ele invocava com palavras ardentes o general Garibaldi, de quem muitas vezes discordara, e Venezia

---

[24] Como em muitas passagens deste livro, o autor refere-se aqui a vários episódios das longas lutas dos italianos de diferentes regiões do país, ocupadas por nações estrangeiras ou seus aliados, para conquistar a liberdade e a reunificação de toda a Itália como um só país, soberano, com suas próprias leis e governo. (N.T.)

e Roma, que ainda não estavam livres; tinha amplas visões do futuro da Itália e da Europa, sonhava com uma invasão estrangeira, perguntava onde estavam os batalhões do exército e os generais, agitava-se ainda por nós, pelo seu povo.

Sua grande dor, compreenda, não era de sentir faltar-lhe a vida, era de ver-se fugindo da pátria, que ainda precisava dele e pela qual tinha gasto em poucos anos as enormes forças do seu extraordinário corpo.

Morreu com um grito de batalha na garganta, e sua morte foi grande como sua vida. Agora pensa um pouco, Enrico, o que é o nosso trabalho, que nos pesa tanto, o que são as nossas dores, a nossa própria morte, comparados com os esforços, a preocupações enormes, as agonias tremendas daqueles homens cujo coração carrega o peso de um mundo! Pense nisso, filho, quando passar à frente daquela imagem de mármore, e diga no seu coração: – Glória!

Teu pai

Abril

Primavera
Sábado, 1

Primeiro de abril! Só mais três meses de aulas... Esta foi uma das mais belas manhãs do ano. Eu estava contente, na escola, porque Coretti tinha me convidado para ir, depois de amanhã, após as aulas, ver a chegada do rei, junto com ele e o pai, que conhece o rei; e também porque minha mãe tinha prometido me levar, no mesmo dia, para visitar a creche da Avenida Valdocco. Eu estava contente também porque o Pedreirinho está melhor e porque, ontem à tarde, o professor disse a meu pai, sobre mim:

– Vai bem, vai bem.

E, enfim, era uma bela manhã de primavera! Das janelas da escola via-se o céu azul, as árvores do jardim cobertas de brotos e as janelas das casas abertas de par em par, com as jardineiras e os vasos já verdejantes.

O professor não ria, porque não ri nunca, mas estava de bom humor, tanto que quase não se via mais aquela ruga reta no meio da testa dele. E explicava, com brincadeiras, um problema escrito no quadro. Via-se que sentia prazer em respirar o ar do jardim que entrava pela janela aberta, trazendo o cheiro de terra e de folhas e fazendo pensar em passeios no campo. Enquanto ele explicava, ouvia-se um ferreiro que batia na bigorna em uma rua próxima e uma mulher que cantava para o bebê dormir, numa casa em frente. Ao longe, no quartel de Cernaia, tocavam cornetas. Todos pareciam contentes, até mesmo o Stardi.

Em certo momento, o ferreiro começou a bater mais forte, a mulher, a cantar mais alto. O professor interrompeu-se e prestou atenção. Depois disse lentamente, olhando pela janela:

– O céu que sorri, uma mãe que canta, um homem que trabalha, meninos que estudam... Que coisa bonita!

Quando saímos da classe, vimos que os outros também estavam alegres: todos caminhavam em fila, batendo os pés e cantarolando, como na véspera de um feriado de quatro dias; as professoras brincavam; aquela da pluma vermelha saltitava atrás dos seus garotinhos, como uma estudante a mais; os pais dos meninos conversavam entre eles, rindo, e a mãe de Crossi, a verdureira, trazia o balaio cheio de buquezinhos de violetas que perfumavam todo o saguão. Nunca fiquei tão contente de ver minha mãe me esperando na rua como essa manhã. Eu corri ao encontro dela e lhe disse:

– Estou tão contente! O que será que me deixa tão contente esta manhã?

Minha mãe me respondeu, sorrindo, que era a bela estação e a consciência em paz...

O Rei Umberto
Segunda-feira, 3

Às dez em ponto, meu pai viu pela janela o Coretti, revendedor de lenha, e o filho, que me esperavam na praça, e me disse:

– Olhe eles lá, Enrico; vai ver o seu rei.

Desci rápido como um raio. Pai e filho estavam também mais animados do que de costume, e, esta manhã, achei-os ainda mais parecidos um com outro. O pai tinha posto na jaqueta sua medalha de honra, entre outras duas, comemorativas, e vinha com seus bigodinhos revirados e pontudos como alfinetes.

Caminhamos logo em direção à estação de trens, onde o rei devia chegar às 10h30. Coretti pai fumava um cachimbo e esfregava as mãos.

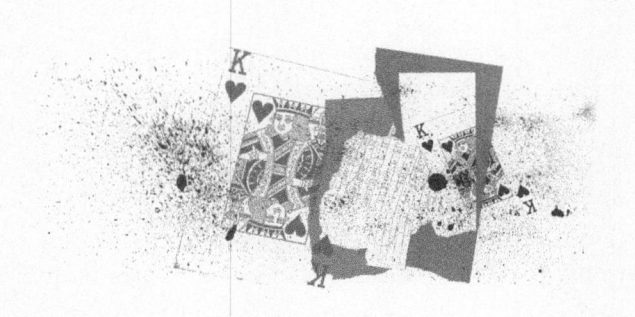

– Sabem – dizia – que nunca mais o vi desde a guerra de 1866? Simplesmente 15 anos e seis meses... Antes, passei três anos na França, depois em Mondovi, e aqui, onde poderia tê-lo visto, nunca aconteceu que eu estivesse na cidade quando ele vinha. Questão de acaso.

Ele chamava o rei de Umberto, simplesmente, como a um camarada: "Umberto comandava a 16ª divisão", "Umberto tinha 22 anos e tantos dias", "Umberto montava a cavalo assim assado".

– Quinze anos! – dizia alto, alargando o passo. – Desejo muito revê-lo. Quando o deixei, era príncipe, agora o encontro rei... E eu também mudei: passei de soldado a revendedor de lenha... – e ria.

O filho perguntou-lhe:

– Se ele visse você, o reconheceria?

Coretti se pôs a rir.

– Está maluco? – respondeu. – Não faltava mais nada! Ele, Umberto, era um só; nós éramos como um enxame de moscas. Imagine se ele podia olhar um por um!

Desembocamos na Avenida Vittorio Emanuele. Havia muita gente encaminhando-se à estação. Passava uma companhia de Alpinos, com suas cornetas. Passaram dois carabineiros a cavalo, a galope. Estava um tempo lindo.

– Sim! – exclamou Coretti pai, animando-se –, é um prazer enorme revê-lo, o meu general de divisão. Ah, como envelheci depressa! Parece que outro dia mesmo eu tinha a mochila nas costas e o fuzil entre as mãos, no meio daquela confusão, na manhã de 24 de junho, quando estávamos para entrar em combate. Umberto ia e vinha com seus oficiais, enquanto trovejavam os canhões ao longe. Todos o olhavam e diziam:

"Contanto que não venha uma bala também para ele!" Nunca poderia imaginar que dali a pouco eu me encontraria tão perto dele, diante das lanças dos austríacos, ali, a quatro passos um do outro, filhos. Era um dia lindo, o céu como um espelho, mas um calor! Venham, vamos ver se se pode entrar.

Tínhamos chegado à estação. Havia uma grande multidão, carruagens, guardas, carabineiros, associações com suas bandeiras. A banda de um regimento estava tocando. Coretti pai tentou entrar no pórtico, mas foi impedido. Então pensou em chegar até à primeira fila da multidão que abria alas junto à porta e, abrindo caminho a cotoveladas, conseguiu levar-nos pra frente. Mas a multidão, ondulante, empurrava a gente pra um lado e pro ouro. O vendedor de lenha encostou-se à primeira pilastra do pórtico, onde os guardas não deixavam ficar ninguém.

– Venham comigo – disse de repente e, puxando-nos pela mão, atravessou em dois saltos o espaço vazio e foi plantar-se lá, encostado no muro.

Correu logo um policial e lhe disse:

– Aqui não se pode ficar.

– Sou do quarto batalhão de 1849 – respondeu Coretti, tocando a medalha.

O policial olhou-o e disse:

– Fique.

– Eu não disse?! – exclamou Coretti triunfante – "quarto de 49" é uma palavra mágica! Então não tenho o direito de ver comodamente o meu general, eu, que estive no seu pelotão? Se daquela vez eu o vi de tão perto, acho que é justo poder vê-lo de perto agora também. E digo "general"! Na verdade, foi meu comandante de batalhão por mais de meia hora, porque, enquanto estava ali no meio de nós, quem comandava o batalhão era ele, e não o major Ubrich!

Enquanto isso, dentro e fora do saguão de desembarque havia uma grande agitação de senhores e oficiais; diante da porta, enfileiravam-se as carruagens, com cocheiros vestidos de vermelho.

Coretti perguntou ao pai se o príncipe Umberto segurava um sabre na mão quando estava no combate.

– Com certeza, tinha um sabre na mão – respondeu o ex-soldado – para aparar um golpe de lança, que podia atingi-lo como a um outro qualquer. Ah, aqueles demônios desenfreados! Vieram para cima de nós como a ira de Deus. Giravam, entre os grupos, os canhões, que pareciam furacões, arrebentando tudo. Era uma confusão de cavaleiros de Alessandria, de lanceiros de Foggia, de soldados da infantaria, de lanceiros a cavalo, de atiradores, um inferno tão grande que não se entendia nada. Eu quis gritar "Alteza! Alteza!", mas vi as lanças vindo para cima de nós; descarregamos os fuzis e uma nuvem de poeira escondeu tudo... Quando a poeira baixou, a terra estava coberta de cavalos e de cavaleiros feridos e mortos. Eu me virei para trás e vi Umberto no meio de nós, a cavalo, olhando à sua volta, tranquilo, com o ar de quem perguntava:

– Há algum ferido entre os meus meninos?

E nós gritamos:

– Viva! – cara a cara com ele, como loucos. Meu Deus, que momento!...

Eis que chega o trem.

A banda tocou, os oficiais acorreram, a multidão se levantou nas pontas dos pés.

– Eh, não vai sair já – disse um guarda –, agora vão lhe fazer um discurso.

Coretti pai não se aguentava mais.

– Ah! quando penso – disse –, vejo-o sempre lá. Está bem no meio dos doentes de cólera, dos terremotos e sei lá o que mais: também aí foi corajoso. Mas sempre guardo a lembrança de como o vi naquele dia, entre nós, com aquela cara tranquila. E tenho certeza de que ele também se recorda do quarto de 49, mesmo agora que é rei, e que ele gostaria de uma vez sentar-se à mesa com todos nós, aqueles que estavam com ele naquele momento. Agora tem generais e senhores e galões; mas naquela hora só tinha mesmo os pobres soldados. Se eu pudesse lhe dizer quatro palavras, olhos nos olhos! O nosso general de 22 anos, o nosso príncipe, que estava confiado às nossas baionetas... Quinze anos que não vejo... O nosso Umberto, olhe só. Ah! essa música me ferve o sangue, palavra de honra.

Uma explosão de gritos o interrompe, milhares de chapéus levantam-se no ar, quatro senhores vestidos de preto sobem no primeiro coche.

– É ele! – gritou Coretti, e ficou como que encantado.

Depois, disse baixinho:

– Minha Nossa Senhora, como ficou grisalho!

Nós três tiramos os chapéus: a carruagem avançava lentamente, no meio da multidão, que gritava e agitava os chapéus. Olhei para o Coretti pai. Parecia outro, mais alto, sério, um pouco pálido, firme, encostado à pilastra.

A carruagem chegou diante de nós, a um passo da pilastra.

– Viva! – gritaram muitas vozes. – Viva! – gritou Coretti, depois dos outros.

O rei olhou-o no rosto e pousou um momento o olhar sobre as três medalhas.

Então Coretti perdeu a cabeça e gritou:

– Quarto batalhão de 49!

O rei, que já tinha se virado para o outro lado, voltou-se de novo para nós, e olhando Coretti nos olhos, estendeu a mão para fora da carruagem.

Coretti saltou adiante e apertou-a. A carruagem passou, a multidão moveu-se e nos dividiu; perdemos de vista o Coretti pai. Mas foi só um momento. Logo o reencontramos, ofegante, com os olhos úmidos, chamando pelo nome do filho, com a mão para cima. O filho correu para ele, que gritou:

– Aqui, garoto, que tenho a mão ainda quente! – e passou a mão no rosto do filho, dizendo:

– Esta é uma carícia do rei.

E ficou ali como se estivesse perdido num sonho, olhando fixamente a carruagem que se afastava, sorrindo, com o cachimbo nas mãos, no meio de um grupo de curiosos que o olhavam.

– Ele foi do batalhão de 49 – diziam. – É um soldado que conhece o rei.

– Foi o rei que o reconheceu. Foi ele que lhe estendeu a mão.

– Entregou um pedido ao rei – disse alguém, alto.

– Não – respondeu Coretti, voltando-se bruscamente –, eu não lhe entreguei nenhum pedido. Eu lhe entregaria outra coisa, se ele me pedisse...

Todos o olharam. E ele disse, simplesmente:

– O meu sangue.

A creche
Terça-feira, 4

Minha mãe, como tinha prometido, levou-me ontem, depois do lanche, à creche da Avenida Valdocco, para recomendar à diretora uma irmãzinha do Precossi. Eu nunca tinha visto uma creche. Que graça! Duzentas criancinhas, meninas e meninos, tão pequenos que os nossos do jardim da infância parecem adultos perto destes. Chegamos justamente quando entravam em fila no refeitório. Ali havia duas mesas muito compridas, com muitos buracos redondos nos quais estavam encaixadas tigelas pretas, cheias de arroz com feijão, e uma colher de metal ao lado. Entrando, alguns caíam sentados e ficavam ali, no chão, até que as professoras corriam a puxá-los para cima. Muitos paravam diante da tigelinha errada, pensando que fosse a sua, e logo engoliam uma colherada, quando chegava uma professora e dizia:

– Para a frente!

Eles avançavam mais três ou quatro passos e, opa, outra colherada, a mesma coisa se repetia um pouco mais adiante, até chegarem ao lugar certo, depois de já ter papado ao acaso a metade de uma sopa.

Finalmente, à força de empurrar, de gritar "Vamos! Vamos!", conseguiram pô-los todos em ordem e começaram a oração. Mas os das filas de dentro, que, para rezar, deviam dar as costas às tigelinhas, torciam a cabeça para trás, de olho pra ninguém mexer na sua comida, e rezavam desse jeito, com as mãos juntas e os olhos para o céu, mas com o coração na comidinha.

Depois começaram a comer. Ah, que espetáculo divertido! Um comia com duas colheres, o outro com as mãos, muitos pegavam os feijões um por um e enfiavam no bolso; outros, ao contrário, derramavam tudo no aventalzinho e amassavam pra fazer uma pasta. Havia também os que ficavam olhando as moscas em vez de comer e os que tossiam, espalhando uma chuva de arroz à volta toda. Parecia um galinheiro. Mas era engraçado. Eram lindinhas as duas fileiras de menininhas, os cabelinhos amarrados no cocuruto da cabeça com fitas de todas as cores, vermelhas, verdes, azuis. Uma professora perguntou a uma fila de oito garotinhas:

– Onde nasce o arroz?

As oito escancararam a boca cheia de comida e responderam juntas, cantando:

– Nas-ce na á-gua.

Depois a professora ordenou:

– As mãos para cima! – Que graça ver levantarem-se aqueles bracinhos, que há poucos meses ainda estava presos em faixas,[25] e agitarem-se aquelas mãozinhas que pareciam borboletas brancas e cor-de-rosa

Depois foram para o recreio; antes, pegaram seus cestinhos, que estavam pendurados nas paredes, com o restante da refeição. Saíram e se espalharam pelo jardim, tirando, dos cestinhos, pãezinhos, ameixas pretas, um pedacinho de queijo, um ovo cozido, maçãs, um punhado de grão-de-bico cozido, uma asinha de frango. Num instante, o jardim ficou coberto de migalhas, como se tivessem espalhado alpiste para um bando de passarinhos. Comiam dos jeitos mais estranhos, como os coelhinhos, os camundongos, os gatos: roendo, lambendo, chupando. Um menininho, que tinha um biscoito comprido apontado para o peito, esfregava nele uma nêspera, como se lustrasse um sabre. Algumas meninas amassavam na mão o queijo mole, que grudava nos dedos, como leite, escorria para dentro das mangas e elas nem percebiam. Corriam umas atrás das outras com as maçãs e os pãezinhos presos nos dentes, como os cachorrinhos. Vi três que escarafunchavam o ovo cozido com um galhinho, como se procurassem algum tesouro lá dentro, deixavam cair a metade pelo chão, e depois catavam pedacinho por pedacinho, com grande paciência, como se fossem pérolas. E se algum tinha alguma coisa extraordinária, juntavam-se oito ou dez com as cabeças inclinadas para olhar dentro do cestinho, como se estivessem olhando a Lua refletida num poço. Haveria uns vinte deles em volta de um que parecia

---

[25] Naquela época, os bebês de poucos meses eram completamente enrolados em cueiros, faixas que prendiam e imobilizavam braços e pernas. (N.T.)

um novelo de lã, deste tamanhinho, que segurava um cartucho cheio de açúcar, todos a pedir-lhe permissão para enfiar seu pão no açúcar. Ele deixava alguns passarem o pão; outros, só deixava lamberem um pouquinho de açúcar na ponta do seu próprio dedo.

Enquanto isso, minha mãe também tinha vindo para o jardim e acariciava ora um, ora outro. Muitos se juntaram em volta dela, ou melhor, em cima dela, para pedir-lhe um beijo com a carinha virada para cima, como se estivessem olhando para o céu, abrindo e fechando a boca, como se pedissem a chupeta. Um deles ofereceu-lhe um gomo de laranja já meio mordido; outro, uma casquinha de pão, uma garotinha lhe deu uma folha, outra menina lhe mostrou com grande seriedade a ponta do dedo indicador, no qual, olhando bem, via-se uma bolhinha microscópica que tinha feito na véspera, botando o dedo na chama de uma vela. Punham-lhe debaixo dos olhos, como se fossem grandes maravilhas, insetos minúsculos, que não sei como conseguiam ver e catar, pedrinhas de açúcar, botões de camisa, florezinhas arrancadas dos vasos. Um garotinho com a cabeça enfaixada, que queria ser ouvido a todo custo, gaguejava não sei que história de um tombo, mas não dava para entender uma palavra. Outro quis que minha mãe se abaixasse e lhe disse ao ouvido:

– Meu pai fabrica escovas.

Nesse meio tempo aconteciam, aqui e ali, mil desastres, que faziam correr as professoras: meninas que choravam porque não conseguiam desmanchar um nó no lenço, outras que brigavam a unhadas e guinchos por causa de duas sementes de maçã, um menino que caiu de boca em cima de um banquinho derrubado e soluçava, sem poder levantar-se.

Antes de irmos embora, minha mãe pegou no colo três ou quatro deles; então, os outros correram de todo lado querendo que ela os pegasse também, com as carinhas pintadas de gema de ovo e de suco de laranja, uns a agarrá-la pelas mãos, outro a puxar o dedo dela para ver o anel, outro a puxá-la pela pulseira do relógio, outro, ainda, tentando pegá-la pelas tranças do cabelo.

– Cuidado – diziam as professoras –, vão estragar o seu vestido.

Mas minha mãe não se importava nem um pouco com o vestido e continuou a beijá-los; eles, cada vez mais, se agarravam a ela, os primeiros com os braços esticados como se quisessem encarapitar-se, os que estavam mais longe tentando passar pra frente do bolo, todos gritando:

– Adeus! Adeus! Adeus!

Finalmente, minha mãe conseguiu escapar do jardim. E então todos correram a enfiar o rosto entre os ferros da grade, para vê-la passar, e a esticar os braços para fora, oferecendo ainda pontinhas de pão, pedaços de nêsperas e casca de queijo, gritando, juntos:

– Adeus! Adeus! Adeus! Volte amanhã! Venha outra vez!

Minha mãe ainda passou a mão sobre aquelas cem mãozinhas esticadas, como se fossem uma guirlanda de rosas vivas, e, finalmente, viu-se a salvo na rua, toda coberta de migalhas e de manchas, amassada e despenteada, com uma mão cheia de flores e os olhos marejados de lágrimas, contente, como se tivesse saído de uma festa. Ouvia-se ainda o vozerio lá dentro do jardim, como um grande pipilar de passarinhos que diziam:

– Adeus! Adeus! Volte outra vez, senhora!

Na ginástica
Quarta-feira, 5

O tempo continuava lindo, e fizeram-nos passar da ginástica de solo, no saguão, à ginástica de aparelhos, no jardim.

O Garrone estava, ontem, na sala do diretor quando chegou a mãe de Nelli, aquela senhora loura e sempre vestida de preto, para pedir que o filho fosse dispensado desses novos exercícios. Cada palavra lhe custava um esforço enorme e ela falava com uma mão sobre a cabeça de seu menino.

– Ele não pode... – disse ao diretor.

Mas Nelli mostrava-se tão magoado de ser excluído dos aparelhos, de sofrer mais aquela humilhação...

– Você vai ver, mamãe – dizia –, eu vou fazer como os outros...

A mãe olhava pra ele, em silêncio, com um ar de pena e de carinho. Depois disse, hesitando:

– Tenho medo dos colegas dele. – Na verdade, queria dizer: – Tenho medo que caçoem dele.

Mas Nelli respondeu:

– Eu não ligo... e depois, tem o Garrone. Pra mim basta que ele não ria.

Então, deixaram que ele viesse. O professor, aquele da cicatriz no pescoço, que esteve na luta com Garibaldi, logo nos levou para as barras verticais, que são muito altas e nas quais a gente devia subir até o alto, ficando de pé sobre a barra transversal. Derossi e Coretti subiram como dois macacos; também o pequeno Precossi subiu fácil, embora atrapalhado pela jaquetona que lhe chega até os joelhos; para fazê-lo rir enquanto subia, todos repetiam seu refrão:

– Desculpe, desculpe!

O Stardi bufava, ficava vermelho como um peru, rangia os dentes, parecendo um cão raivoso, mas ou subia ou se arrebentava – e, de fato, chegou lá em cima. O Nobis também subiu e, quando chegou lá no alto, fez uma pose de imperador; o Votini escorregou duas vezes, apesar da sua bela roupa nova de risquinhas azuis, feita especialmente pra ginástica.

Para subir mais facilmente, todos tinham esfregado breu nas mãos. Claro que o fornecedor é aquele mercenário do Garoffi, que vende o breu em pó, dividido em saquinhos de papel, ganhando um bocado de dinheiro.

Depois foi a vez do Garrone, que subiu mastigando seu pão, como se aquilo não fosse nada; acho que ele seria capaz até de subir carregando um de nós nos ombros, de tão forte que é, aquele tourinho. Depois do Garrone, veio o Nelli. Assim que o viram agarrar-se às barras com aquelas mãos compridas e finas, muitos começaram a rir e a zoar; mas

o Garrone, braços cruzados no peito, só teve de dar uma olhada em volta, bem expressiva, para deixar claro que derrubaria qualquer um com quatro trancos, mesmo na frente do professor. Todo mundo parou de rir na hora. Nelli começou a içar-se a custo, as veias do rosto saltadas, a respiração forçada, o suor escorrendo da testa. O professor ordenou:

– Desça.

Mas ele não desceu: esforçava-se, teimava. Eu esperava de um momento a outro vê-lo escorregar abaixo, meio morto. Pobre Nelli! Pensei: "Se eu fosse como ele e minha mãe me visse assim, como ela sofreria, pobre da minha mãe..." Nesse momento, percebi o quanto gostava do Nelli: teria dado qualquer coisa pra ele conseguir subir, pra achar um jeito de suspendê-lo por baixo sem que ninguém visse. Enquanto isso, Garrone, Derossi, Coretti o animavam:

– Pra cima, pra cima, Nelli, força, falta só um pouquinho, coragem!

Nelli fez esforço violento, soltando um gemido, e chegou a dois palmos da trave.

– Bravo! – gritaram os outros.

– Coragem! Mais um impulso!

E olhe o Nelli agarrado à trave! Todos bateram palmas.

– Bravo! – disse o professor. – Mas agora basta, desça.

Mas Nelli quis subir até o alto como os outros; e, com um pouco mais de esforço, conseguiu apoiar os cotovelos, depois os joelhos e os pés na trave; enfim, levantou-se, de pé. Olhou finalmente para nós, ofegando e sorrindo. Recomeçamos a aplaudir, e ele então olhou pra rua. Eu me virei e, por trás das plantas que cobrem a grade do jardim, vi a mãe dele que passeava pela calçada, sem coragem de olhar. Nelli desceu e todos lhe fizeram muita festa: estava excitado, vermelho, com os olhos brilhando, não parecia o mesmo. Depois, na saída, quando a mãe o encontrou e lhe perguntou, inquieta, abraçando-o:

– Então, filho, como foi? Como foi? – todos os colegas responderam, juntos:

– Ele fez muito bem! Subiu como nós.

– Ele é forte, viu!

– É ágil. Fez igual aos outros.

Havia que ver, então, a alegria daquela senhora! Queria nos agradecer e não podia; apertou a mão de três ou quatro, fez um afago ao

Garrone e foi-se embora com o filho. Nós os vimos ainda um tempo caminhando, apressados, conversando e gesticulando, contentíssimos, os dois, como nunca se tinha visto...

O professor do meu pai
Terça-feira, 11

Que belo passeio fiz ontem com meu pai! Foi assim: anteontem, na hora do almoço, meu pai, lendo o jornal, de repente soltou uma exclamação de espanto:

– E eu que pensava que ele estava morto há vinte anos! Imaginem que o meu primeiro professor primário, Vincenzo Crosetti, ainda está vivo, com 84 anos?! Estou vendo aqui que o Ministério lhe deu a medalha de mérito por sessenta anos de ensino. Ses-sen-ta a-nos, imaginam? E ainda não faz dois anos que parou de ensinar. Coitado do professor Crosetti! Mora à distância de uma hora de trem daqui, na aldeia de Condove, a mesma em que morava a antiga jardineira de nossa casa de campo, em Chieri.

Fez uma pausa e acrescentou:

– Enrico, vamos visitá-lo.

Durante toda a tarde, não falou de outra coisa. O nome do professor trazia-lhe à memória mil coisas de quando era menino, dos primeiros colegas, da mãe falecida...

– Crosetti! – exclamava. – Tinha quarenta anos quando eu estava na sua classe. Parece que o estou vendo. Um homenzinho já um pouco curvo, de olhos claros, o rosto sempre barbeado. Severo, mas gentil. Ele nos queria bem como um pai, mas não deixava passar nada. Era da roça e tinha conseguido formar-se à custa de muito estudo e de sacrifícios. Um cavalheiro. Minha mãe gostava muito dele, e meu pai o tratava como a um amigo. Como é que, de Torino, veio parar em Condove? Não me reconhecerá mais, certamente. Não importa, eu o reconhecerei. Passaram-se 44 anos! Quarenta e quatro anos, Enrico! Iremos visitá-lo amanhã.

E ontem de manhã, às 9 horas, já estávamos na estação de trem de Susa. Eu teria gostado que o Garrone também fosse, mas ele não pôde porque a mãe está doente. Era um belo dia de primavera. O trem corria entre os pastos verdes e sebes em flor, e sentia-se um perfume no ar. Meu pai estava contente e, de vez em quando, passava o braço em volta do meu pescoço e me falava como a um amigo, olhando o campo.

– Pobre Crosetti! – dizia. – Depois de meu pai, foi ele o primeiro homem que se tornou meu amigo e que me fez bem. Nunca esqueci alguns dos seus bons conselhos nem algumas das suas repreensões duras, que me faziam voltar pra casa com um nó na garganta. Tinha as mãos grossas e curtas. Parece que ainda estou vendo quando ele entrava na sala de aula, encostava a bengala num canto e pendurava o casaco num cabide, sempre com o mesmo gesto. E todos os dias com o mesmo humor, sempre consciencioso, cheio de boa vontade e atenção, como se a cada dia viesse dar aula pela primeira vez. Lembro como se estivesse ouvindo agora quando me gritava:

– Bottini, ô, Bottini! O indicador e o dedo médio do lado de cima da caneta! – Deve ter mudado muito, depois de 44 anos.

Mal chegamos a Condove, fomos procurar a nossa antiga jardineira de Chieri, que agora tem uma lojinha numa ruela. Logo a encontramos com seus meninos; fez muita festa ao nos ver, deu notícias do marido, que deve estar voltando da Grécia, onde foi trabalhar por três anos, e da filha mais velha, que está no Instituto dos Surdos-mudos de Torino. Depois nos disse como chegar à casa do professor, que é conhecido de todos.

Saímos da aldeia e pegamos um caminho que subia, ladeado por cercas floridas.

Meu pai não falava mais: parecia concentrado em suas recordações, e de vez em quando sorria e balançava a cabeça.

De repente, parou e disse:

– Olhe ali. Aposto que é ele.

Vinha descendo em nossa direção, pela estradinha, um velhinho de barba branca, com um chapéu de aba larga, apoiando-se numa bengala: arrastava os pés e lhe tremiam as mãos.

– É ele – repetiu meu pai, apressando o passo.

Quando chegamos perto, paramos. O velho também parou e olhou para meu pai. Tinha a pele ainda fresca e os olhos claros e vivos.

– O senhor é o professor Vincenzo Crosetti? – perguntou meu pai, levantando o chapéu.

O velho também tirou o chapéu e respondeu:

– Sou eu – com uma voz um pouco trêmula, mas forte.

– Pois então – disse meu pai, pegando-lhe a mão –, permita que um antigo aluno aperte-lhe a mão e lhe pergunte como vai o senhor. Eu vim de Torino para visitá-lo.

O velho olhou para ele, espantado. Depois disse:

– Honra-me muito... não sei... Meu aluno quando? Desculpe, mas como é seu nome, por favor?

Meu pai disse seu nome, Alberto Bottini, o ano em que havia estado na classe dele, onde, e completou:

– O senhor não se lembrará de mim, é natural. Mas eu o reconheço tão bem!

O professor baixou a cabeça e olhou para o chão, pensando, e murmurou duas ou três vezes o nome do meu pai, que ficou olhando pra ele e sorrindo.

De repente o velho levantou o rosto, com os olhos arregalados e disse lentamente:

– Alberto Bottini? O filho do engenheiro Bottini? Que morava na Praça da Consolata?

– Esse mesmo – respondeu meu pai, estendendo-lhe as mãos.

– Então... – disse o velhinho –, permita-me, caro senhor, permita-me – e, dando uns passos pra frente, abraçou meu pai. Sua cabeça branca mal lhe chegava aos ombros. Meu pai apoiou a face na testa dele.

– Tenha a bondade de vir comigo – disse o professor.

E sem dizer nada, virou-se e retomou o caminho pra casa. Em poucos minutos, chegamos a um cercado, diante de uma casinha com duas portas. Em volta de uma das portas havia um murinho caiado de branco.

O professor abriu a segunda porta e nos fez entrar numa sala. Eram quatro paredes brancas; em um canto, uma cama de cavaletes com uma coberta de quadrados brancos e azuis; em outro canto, uma mesa com uma pequena estante de livros, quatro cadeiras e um velho mapa pregado na parede. Sentia-se um cheiro bom de maçãs.

Sentamo-nos os três. Meu pai e o professor olharam-se por algum tempo, em silêncio.

– Bottini! – exclamou depois o professor, fixando os olhos no chão de tijolos, onde o sol desenhava um xadrez. – Ah! Lembro-me bem. A senhora sua mãe era tão boa! Você, no primeiro ano, sentava-se no primeiro banco à esquerda, junto da janela. Veja só se não me lembro. Vejo ainda a sua cabeça cacheada.

Ficou pensando mais um pouco e continuou:

– Era um menino vivo, hem, muito vivo. No segundo ano ficou doente, com difteria. Recordo quando o trouxeram de volta à escola, magrinho, agasalhado com um xale. Passaram-se quarenta anos, não é verdade? É muita bondade sua lembrar-se do seu pobre professor. E, sabe, durante esses anos, outros antigos alunos meus vieram visitar-me aqui: um coronel, dois padres, vários senhores.

Perguntou a meu pai qual era a sua profissão. Depois disse:

– Alegro-me, de coração. Agradeço-lhe. Agora já fazia tempo que não via mais ninguém. E temo que você seja o último, caro amigo.

– Não diga isso! – exclamou meu pai. – O senhor está bem, é ainda saudável. Não deve dizer isso.

– Ah, não – respondeu o professor –, está vendo este tremor? – e mostrou as mãos. – Isto é um mau sinal. Começou há três anos, quando ainda dava aulas. No princípio não liguei; acreditava que ia passar. Mas ficou e foi aumentando. Chegou o dia em que não pude mais escrever. Ah! Aquele dia, aquela primeira vez que fiz um borrão no caderno de um aluno, foi um golpe para o meu coração, caro amigo. Ainda consegui continuar bem por um tempinho; logo, não pude mais. Depois de ensinar por sessenta anos, tive de dizer adeus à escola, aos alunos, ao trabalho. E foi duro, sabe, foi duro. A última vez que dei aula, me acompanharam todos até em casa, me fizeram uma festa; mas eu estava triste, compreendia que a minha vida estava acabada. Já no ano anterior tinha perdido a minha mulher e o meu único filho. Só me restam dois sobrinhos camponeses. Agora vivo de algumas centenas de liras da aposentadoria. Não faço mais nada; o dia parece que não vai acabar nunca. A minha única ocupação, veja, é de folhear os meus velhos livros didáticos, as coleções de revistas escolares, alguns livros que me deram de presente. Olhe ali – disse, mostrando a estantezinha –, ali estão minhas recordações, todo o meu passado... Não me resta mais nada neste mundo.

Depois, em tom inesperadamente alegre:

– Quero lhe fazer uma surpresa, caro Bottini.

Levantou-se e, aproximando-se da mesa, abriu uma gaveta comprida que continha muitos pacotinhos, todos amarrados com um cordão, com uma data de quatro algarismos escrita cobre cada um deles. Depois de ter procurado um pouco, abriu um deles, folheou vários papéis e puxou fora uma folha amarelada que estendeu ao meu pai. Era um trabalho escolar dele, de quarenta anos atrás! No alto, estava escrito: *Alberto Bottini, 3 de abril de 1838.* Meu pai logo reconheceu a letra grossa de menino e se pôs a ler, sorrindo. De repente, ficou com os olhos molhados. Eu me levantei, perguntando-lhe o que tinha.

Ele me enlaçou pela cintura e disse:

– Olha esta folha. Está vendo? Estas são as correções feitas pela pobre da minha mãe. Ela sempre reforçava os meus *ll* e os meus *tt*. E as últimas linhas são todas dela. Tinha aprendido a imitar a minha letra e, quando eu estava cansado e com sono, terminava o trabalho por mim. Minha santa e querida mãe!

E beijou a página.

– Veja – disse o professor, mostrando os outros pacotes – as minhas memórias. Cada ano guardei um trabalho de cada um dos meus alunos, e estão todos aqui, em ordem e numerados. Às vezes eu os folheio, leio uma linha aqui, outra lá, e voltam-me à mente mil coisas, parece-me reviver o tempo que já passou. Quantos alunos passaram por mim, caro amigo! Eu fecho os olhos e vejo rosto por rosto, classe por classe, centenas e centenas de meninos. Quem sabe quantos já morreram? De muitos me recordo bem. Lembro-me mais dos melhores e dos piores, daqueles que me deram muitas satisfações e daqueles que me fizeram passar momentos tristes; porque também tive alguns que eram verdadeiras serpentes, claro, no meio de um número tão grande de alunos! Mas agora, compreende, é como se eu já estivesse no outro mundo, e quero bem igualmente a todos.

Voltou a sentar-se e pegou uma das minhas mãos entre as suas.

– E de mim – perguntou meu pai sorrindo –, não lembra de nenhuma molecagem?

– De você? – respondeu o velho, sorrindo. – Não, neste momento, não. Mas isso não quer dizer que não tenha aprontado alguma... Você, porém, tinha juízo, era sério para a sua idade. Lembro-me do grande carinho de sua mãe por você... Mas foi muita bondade sua, muita gentileza vir me visitar! Como pode deixar suas ocupações para vir ver um pobre velho professor?

– Ouça, senhor Crosetti – respondeu meu pai, vivamente. – Eu me lembro da primeira vez em que minha mãe me levou até à sua classe. Era a primeira vez que ela devia separar-se de mim, por duas horas, e deixar-me fora de casa, em outras mãos que não fossem as de meu pai – enfim, nas mãos de uma pessoa desconhecida. Para ela, a minha entrada na escola era como a entrada no mundo, a primeira de uma longa série de separações necessárias e dolorosas. Era a sociedade que lhe arrancava pela primeira vez o filho, para nunca mais devolvê-lo completamente. Estava emocionada, e eu também. Recomendou-me ao senhor com a voz tremida e depois, indo embora, ainda me acenou pela fresta da porta, com os olhos molhados de lágrimas. E no mesmo momento o senhor fez um gesto com a mão, colocando a outra mão no peito, como se dissesse: "Confie em mim, minha senhora."

Pois bem, aquele seu gesto, aquele seu olhar, no qual percebi que o senhor tinha entendido muito bem os sentimentos e pensamentos de minha mãe, aquele seu olhar dizia: "Coragem!" Aquele gesto, que era uma sincera promessa de proteção, de carinho e de paciência, eu nunca esqueci: ficou gravado no coração para sempre. Foi essa recordação que me fez vir de Torino e chegar aqui, depois de 44 anos, para lhe dizer: "Obrigado, querido professor."

O professor não respondeu: afagava meus cabelos e sua mão tremia, tremia, pulava do meu cabelo pra testa, da testa para os ombros.

Enquanto isso, meu pai olhava aquelas paredes nuas, aquele pobre leito, um pedaço de pão e uma garrafinha de azeite que estavam no peitoril da janela e parecia dizer: "Pobre professor, depois de sessenta anos de trabalho, isto é toda a sua recompensa?"

Mas o bom velhinho estava contente e recomeçou a falar com vivacidade da nossa família, de outros professores daqueles anos e dos colegas de escola de meu pai, que se lembrava de alguns e de outros, não; os dois trocavam notícias de uns e de outros. Quando meu pai interrompeu a conversa para convidar o professor a descer até à aldeia e almoçar conosco, ele respondeu com entusiasmo: – Obrigado, obrigado! – Mas parecia em dúvida.

Meu pai pegou-lhe as duas mãos e insistiu.

– Mas como vou comer fora – falou o professor – com estas mãos dançando deste jeito? É uma penitência também para os outros!

– Nós o ajudaremos, professor – disse meu pai.

Então ele aceitou, sacudindo a cabeça e sorrindo.

– Um lindo dia, este – comentou, fechando a porta –, um dia maravilhoso, caro Bottini! Pode estar certo de que vou me lembrar do dia de hoje enquanto viver.

Meu pai deu o braço ao professor, este me pegou pela mão e descemos pela estradinha. Encontramos dois meninos descalços que conduziam vacas, e um outro menino, que passou correndo, com uma grande carga de capim nas costas. O professor nos disse que eram dois alunos do primário e um do ginásio, que de manhã levavam os bichos para pastar e trabalhavam no campo, com os pés nus, e à tarde calçavam os sapatos para ir à escola. Era quase meio-dia. Não encontramos mais ninguém. Em poucos minutos, chegamos à pousada, sentamo-nos a uma grande mesa, com o professor entre nós dois, e começamos logo a almoçar. A pousada estava silenciosa como um convento. O professor estava muito alegre e a emoção aumentava seu tremor; quase não podia comer. Mas meu pai cortava-lhe a carne, partia-lhe o pão, punha-lhe sal no prato. Para beber tinha que segurar o copo com as duas mãos, mesmo assim o copo ainda lhe batia nos dentes. Mas conversava, animado, sobre os livros de leitura de sua juventude, dos horários daquele tempo, dos elogios que havia recebido de seus superiores, dos regulamentos desses últimos anos, sempre com aquele rosto sereno, um pouco mais corado do que antes, e com uma voz alegre e a risada quase juvenil. E meu pai olhava, olhava para ele com a mesma expressão com a qual algumas vezes o surpreendo a olhar para mim, em casa, quando pensa e sorri pra si mesmo, com a cabeça inclinada para um lado. O professor deixou cair um pouco de vinho no peito; meu pai levantou-se e limpou-o com o guardanapo.

– Mas não, Bottini, não é preciso! – ele disse, e ria. Dizia palavras em latim. E, afinal, levantou o copo, que lhe dançava na mão, e disse, bem sério:

– À sua saúde, então, caro senhor engenheiro, aos seus filhos, à memória da sua boa mãe!

– À sua, meu bom professor! – respondeu meu pai, apertando-lhe a mão. No fundo da sala estava o dono da pousada e outras pessoas que olhavam e sorriam, como se estivessem contentes com aquela festa que se fazia ao professor de sua aldeia.

Saímos pouco depois das duas horas e o professor quis nos acompanhar até a estação. Meu pai deu-lhe o braço de novo, ele me pegou pela mão outra vez. Eu carreguei a bengala dele. As pessoas paravam para olhar-nos, porque todos o conheciam, alguns o cumprimentavam. A certa altura da rua ouvimos por uma janela muitas vozes de meninos, que liam juntos, soletrando. O velho parou e pareceu entristecer.

– É isso, caro Bottini, o que me dói – disse. – É ouvir a voz dos meninos na escola e não estar mais ali, pensar que há outro professor. Eu ouvi essa música sessenta anos, tinha o coração acostumado... Agora estou sem família. Não tenho mais filhos.

– Não, professor – disse meu pai, retomando o caminho, – o senhor ainda tem muitos filhos, espalhados pelo mundo, que se lembram do senhor, como eu sempre me lembrei.

– Não, não – respondeu o professor, com tristeza –, não tenho mais classe, não tenho mais filhos. E sem filhos não viverei muito tempo. Logo vai chegar a minha hora.

– Não diga isso, professor, não pense nisso – disse meu pai. – De qualquer jeito, o senhor fez tanto bem! Viveu a sua vida tão nobremente!

O velho professor apoiou a cabeça branca no ombro de meu pai e deu-me um aperto de mão. Já tínhamos chegado à estação, e o trem estava para sair.

– Adeus, professor! – disse meu pai, beijando-o nas duas faces.

– Adeus! E muito obrigado! Adeus!... – respondeu o professor, tomando em sua mão trêmula uma das mãos de meu pai e apertando-a sobre o coração. Depois, eu dei um beijo nele e senti seu rosto úmido. Meu pai me encaminhou para o coche e, antes de subir, trocou rapidamente o velho bastão da mão do professor pela sua bela bengala com castão de prata e suas iniciais gravadas, dizendo:

– Para o senhor se lembrar sempre de mim.

O velho fez um gesto para devolver a bengala e pegar seu bastão de volta, mas meu pai já tinha entrado no coche e fechado a portinhola.

– Adeus, querido professor!

– Adeus, meu filho! – respondeu o velho, quando o trem já ia saindo. – Deus o abençoe pela consolação que você trouxe a este pobre velho.

– Até a vista! – gritou meu pai, comovido.

Mas o professor sacudiu a cabeça como quem dizia:

– Nunca mais nos veremos.

– Sim, sim – repetia meu pai –, até a vista.

Ele respondeu, levantando a mão trêmula para o céu.

– Lá em cima...

E desapareceu de nossa vista, assim, com a mão para o alto.

Convalescença
Quinta-feira, 20

Quando voltei, alegre, com meu pai, daquele passeio tão gostoso, ninguém diria que eu ia passar dez dias sem ver os campos nem o céu! Fiquei muito doente, com minha vida em perigo. Ouvi minha mãe chorar e vi meu pai pálido, minha irmã também, sem tirarem os olhos de mim. Ouvia Silvia e meu irmão cochichando entre eles e o médico, com seus óculos grossos, sempre perto da minha cama, dizendo coisas que eu não compreendia. Estive mesmo à beira da morte. Ah! Coitada da minha mãe! Não me lembro de quase nada do que aconteceu durante uns três ou quatro dias. É como se eu tivesse tido um sonho confuso e incompreensível. Eu me lembro, porém, de ter visto minha professora do primeiro ano à cabeceira da minha cama. Ela se esforçava para abafar a tosse com um lenço, para não me incomodar; e também me lembro, confusamente, de ver meu professor curvando-se para me beijar, a barba dele me pinicando. E vi passar, como numa espécie de nuvem, a cabeça ruiva do Grossi, os cabelos loiros do Derossi, o Calabrês vestido de preto e o Garrone, que me trouxe um galhinho de amêndoas com folhas e saiu logo porque sua mãe também estava doente.

Quando acordei, foi como se saísse de um sonho muito comprido; e percebi que estava melhor quando vi meu pai e minha mãe sorrindo

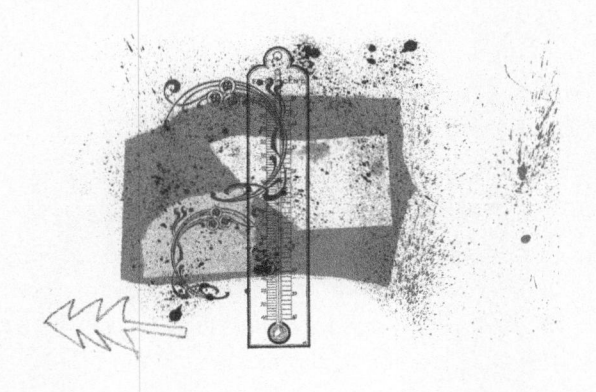

e ouvi Silvia cantarolar. Ah! que sonho triste eu tive! Fui melhorando a cada dia. O Pedreirinho veio me visitar e me fez rir pela primeira vez, com seu focinho de coelho. E como ele faz isso, agora que ficou com a cara mais magra e comprida, depois da doença que teve! Vieram também o Coretti e o Garoffi, que me trouxe de presente dois bilhetes para uma rifa que vai fazer de um canivete com cinco surpresas que comprou num ferro-velho da Rua Bertola. Ontem, enquanto eu estava dormindo, veio o Precossi, encostou o rosto na minha mão sem me acordar e, como vinha da oficina do pai, com o rosto empoeirado de carvão, deixou uma manchinha no punho da camisa, que me alegrou quando acordei.

Como as árvores ficaram verdes nesses poucos dias! E que inveja eu tenho dos garotos que vejo passar correndo pra escola, com os livros, quando meu pai me leva até à janela. Mas daqui a pouco eu também vou voltar pra escola. Estou impaciente para ver de novo os meus colegas, a minha carteira, o jardim, aquelas ruas..., saber de tudo o que aconteceu durante esse tempo. Que bom será ver minha mãe tornar a entregar-me os livros e os cadernos, que parece que não vejo há mais de um ano! Coitada da minha mãe, ficou tão magra e pálida! Pobre do meu pai, que está com uma cara tão abatida! E os meus colegas que vieram me visitar, andando nas pontas dos pés, e me beijaram a testa!

Fico triste quando penso que um dia vamos nos separar. Continuarei a estudar com Derossi e mais alguns, com certeza, mas... os outros? Uma vez terminado o quinto ano, adeus!, não nos veremos mais. Eles nunca mais estarão perto de mim, quando eu ficar doente... Garrone, Precossi, Coretti, tão bons garotos, colegas tão queridos... nunca mais!

Os amigos trabalhadores
Quinta-feira, 20

Por que diz "nunca mais", Enrico? Isso só depende de você. Quando acabar a quarta série, você vai para o ginásio[26] eles se tornarão trabalhadores, mas provavelmente morarão na mesma cidade, e por muito tempo. Por que você não haveria de vê-los mais? Quando estiver na universidade, pode ir procurá-los nas suas lojas e nas suas oficinas, e ficará muito feliz

---

[26] O equivalente, para nós, às séries finais do ensino fundamental (5ª à 8ª). (N.T.)

ao ver seus colegas de infância já homens, trabalhando. Tenho certeza de que você procurará Coretti e Precossi onde quer que eles estejam! Há de encontrá-los e de passar muitas horas em sua companhia, falando da vida e do mundo, aprendendo muita coisa com eles, coisas que mais ninguém poderia ensinar-lhe, a respeito dos ofícios deles, da sociedade, do seu país. E saiba que se você não conservar essas amizades, no futuro será difícil encontrar outras como elas. Quero dizer: amizades fora do meio a que você pertence. Sem elas, você vai viver assim, sempre no mesmo mundinho. O homem que frequenta só uma classe social é como um estudioso que lê a vida toda o mesmo livro. Prepare-se, portanto, desde já, para conservar esses bons amigos quando seus caminhos cotidianos estiverem separados, e comece desde já, justamente porque são filhos de operários. Ouça: os homens das classes privilegiadas são como os oficiais e os operários, como os soldados do trabalho. Na sociedade, como no exército, o soldado não é menos nobre que o oficial, porque a nobreza está no trabalho e não no valor dos salários ou na aparência dos trajes, nos galões de seus uniformes; além do mais, se existe superioridade de mérito, pertence ao soldado e ao operário, porque são os que tiram menor proveito da própria obra. Portanto, ame e respeite especialmente, entre seus colegas, os filhos dos trabalhadores, admire neles o cansaço e os sacrifícios de seus pais, e despreze as desigualdades vindas de riqueza e de prestígio social, pois só gente ruim é que guia seus sentimentos e seu comportamento por essas diferenças.

Queira sempre bem ao Garrone, ao Precossi, ao Coretti, ao seu Pedreirinho, porque no peito desses pequenos operários batem corações dos verdadeiros príncipes. Prometa a você mesmo que nunca deixará que diferenças materiais e mudanças financeiras arranquem da sua alma essas belas amizades de infância. Jure que se, daqui a quarenta anos, você reconhecer o seu velho Garrone, com aquela cara enfarruscada, numa estação de estrada de ferro, vestido com o uniforme de maquinista... Não, não precisa jurar... Tenho certeza de que, mesmo que tenha se tornado um senador do reino, você pulará na locomotiva e abraçará o seu amigo!

Seu pai

A mãe do Garrone

Quando voltei à escola, recebi uma triste notícia. Havia muitos dias que Garrone não aparecia, porque a mãe estava gravemente doente. Sábado à noite, ela morreu. Ontem de manhã, logo que entramos na classe, o professor nos disse:

– Aconteceu uma coisa muito triste com o nosso Garrone: a mãe dele morreu. Amanhã ele voltará à aula e peço a todos que, desde já, respeitem a terrível dor que faz sofrer. Quando ele entrar, cumprimentem-no com carinho, mas sérios, sem brincadeiras nem risadas, por favor.

Esta manhã, um pouco mais tarde do que os outros, chegou o Garrone... Senti um golpe no coração quando olhei pra ele. Tinha o rosto abatido, os olhos vermelhos e mal se aguentava nas pernas. Parecia ter estado um mês de cama. Quase não dava pra reconhecê-lo. Vinha todo vestido de preto, em sinal de luto, dava pena.

A gente prendia a respiração e todos olhavam para ele. Quando entrou na classe, lembrou-se da mãe, que vinha buscá-lo quase todo dia; quantas vezes ela se havia curvado sobre aquela carteira, nos dias de prova, para lhe fazer uma última recomendação! Ele olhou para aquele lugar, onde tantas vezes tinha lembrado dela, impaciente pelo sinal de saída para ir encontrá-la e começou a chorar. O professor chamou-o para perto, abraçou-o e disse:

– Chore, chore, pobre garoto, mas acalme-se. Sua mãe não está mais neste mundo, mas ela está vendo você, ainda ama você, vive a seu lado, e um dia você há de voltar a vê-la, porque você é uma alma boa e honesta como ela. Coragem.

Depois de dizer-lhe isso, acompanhou Garrone até a carteira ao lado da minha. Eu não tinha coragem de olhar pra ele. Pegou os cadernos e livros, que havia muitos dias não tinha tocado, e, abrindo um livro de leitura, que tem o desenho de uma mãe de mãos dadas com o filho, recomeçou a chorar muito, com a cabeça apoiada nos braços sobre a carteira. O professor fez sinal para que a gente o deixasse em paz e começou a aula. Eu nem sabia o que dizer. Pus minha mão no braço dele e disse ao seu ouvido:

– Não chore, Garrone!

Ele não respondeu e, sem levantar a cabeça da carteira, pôs a mão na minha e deixou-a ficar algum tempo. Na hora da saída, ninguém falou com ele, mas todos foram caminhando junto do amigo com respeito e em silêncio.

Vi minha mãe, que me esperava, e corri para abraçá-la. Mas ela, olhando para o Garrone, me afastou! Não entendi logo por quê, mas depois notei que, sozinho, um pouco afastado de nós, Garrone estava olhando para mim com olhar muito triste, como quem diz: "Você pode abraçar sua mãe, e eu não poderei mais abraçar a minha... Você ainda tem sua mãe viva, e a minha está morta!" Então entendi a razão pela qual minha mãe tinha me afastado e saí sem lhe dar a mão.

Giuseppe Mazzini
Sábado, 29

Garrone veio esta manhã também à escola, com os olhos inchados de tanto chorar, e mal olhou para os presentinhos que tínhamos colocado na carteira dele para consolá-lo. O professor tinha trazido algumas páginas de um livro para ler e dar coragem a ele. Primeiro nos avisou que amanhã todos iríamos à Prefeitura, ao meio-dia, pra cerimônia de entrega da medalha do Valor cívico a um rapaz que salvara uma criança que estava se afogando no Rio Pó, e que, na segunda-feira, nos ditaria a descrição dessa festa em vez do conto mensal. Depois, virando-se para o Garrone, que estava de cabeça baixa, disse:

– Garrone, faça um esforço e escreva também o que eu vou ditar.

Pegamos as canetas. O professor começou o ditado:

"Giuseppe Mazzini nasceu em Genova, em 1805, e faleceu em Pisa, em 1872. Grande alma de patriota, grande talento de escritor, inspirador e primeiro líder da revolução italiana. Por amor da pátria, viveu quarenta anos pobre, exilado, perseguido, errando pelo mundo, heroicamente firme nos seus princípios e nos seus planos. Giuseppe Mazzini adorava a mãe e tinha herdado dela tudo o que trazia de melhor e de mais puro em sua alma corajosa e nobre. Uma vez, escreveu uma carta a um fiel amigo para consolá-lo da maior das dores, mais ou menos com estas palavras:

'Amigo, você não tornará a ver sua mãe neste mundo. Esta é a triste verdade. Eu não vou visitar você agora porque a sua dor é daquelas que a gente mesmo, dentro de nosso coração, é que tem de sofrer e superar. Você entende o que quero dizer: *É necessário superar a dor!* Vencer o que a dor tem de menos santo e de menos purificador, aquilo que, em vez de melhorar a nossa alma, enfraquece-a; mas a parte nobre do sofrimento, a que engrandece e eleva a alma, essa deve ficar contigo e não abandonar-te mais.Nada substitui uma mãe. Seja nas dores ou nas alegrias que a vida ainda lhe pode dar, você nunca se esquecerá dela. Você deve, porém, recordá-la, amá-la e sentir a sua morte de um modo digno dela. Escute, amigo: a morte não existe, a morte não é nada. Nem podemos compreender a morte. A vida é a vida e segue adiante pela própria lei da vida. Ainda ontem você tinha sua mãe neste mundo; hoje, você tem um anjo em outro lugar. Tudo o que é bom continua a existir mais forte e poderosamente depois desta vida. Assim é também com o amor de sua mãe. Ela ama você agora mais do que nunca, e as suas ações são mais importantes para ela do que eram antes. Depende de você, das suas ações, encontrá-la, poder tornar a vê-la em outra existência. Por isso, por amor e respeito à sua mãe, você deve tornar-se cada vez melhor. De agora em diante, a cada uma de suas ações, você deve pensar: 'Minha mãe gostaria?'. A transformação dela deu a você um anjo da guarda, que poderá orientá-lo em todas as coisas. Seja, pois, forte e bom, resista à dor desesperada, mas mantenha a tranquilidade das grandes almas mesmo diante dos grandes sofrimentos. É isso o que ela quer!"

– Garrone – acrescentou o professor –, seja forte e tranquilo: é isso que ela quer, entendeu?

Garrone fez que sim com a cabeça, mas as lágrimas grandes e abundantes continuavam a molhar suas mãos, o caderno, a carteira.

Valor cívico

Ao meio-dia, estávamos todos com o professor em frente ao Palácio da Câmara pra ver a entrega da medalha de valor cívico ao menino que salvou a vida de um colega no Rio Pó. No terraço da fachada, flutuava uma grande bandeira tricolor.

Entramos no pátio do palácio, já cheio de gente. Via-se, ao fundo, uma mesa coberta com um pano vermelho e papéis em cima. Por trás dela havia uma fila de poltronas douradas para o prefeito e outras autoridades. Os guardas municipais vestiam fardas azuis e meias brancas. À direita, via-se uma companhia da guarda civil, coberta de medalhas e, ao lado, uma companhia de guardas de fronteira. Do outro lado, estavam os bombeiros com farda de gala e muitos soldados de vários regimentos, que estavam ali para presenciar a cerimônia: soldados de cavalaria, de infantaria, artilheiros. Em volta havia muita gente disputando um lugar: senhores elegantes, trabalhadores, alguns oficiais, mulheres e crianças. Nós ficamos num canto, onde já estavam alguns alunos de outras classes com seus professores. Perto de nós havia um grupo de garotos, entre dez e 18 anos, que riam e falavam animadamente, e via-se que eram todos moradores das margens do Rio Pó, colegas e conhecidos daquele que iria receber a medalha.

Acima, nas janelas, debruçavam-se funcionários da Prefeitura, e até a galeria da biblioteca estava repleta de gente que se apertava contra a balaustrada. Do lado oposto, via-se um grande número de meninas das escolas públicas e várias *filhas de militares*, com seus véus azuis claros. Parecia um teatro. Todos conversavam alegres, olhando toda hora para o lado da mesa vermelha, vendo se aparecia alguém. No fundo do pórtico, a banda de música tocava uma marcha lenta. Nas paredes mais altas, batia sol. Magnífico!

De repente, os que estavam no pátio, nas galerias e nas janelas começaram a bater palmas. Fiquei na ponta dos pés para ver. A multidão, que estava por trás da mesa vermelha, abriu alas e apareceu um casal e um menino de mãos dadas com o homem. Era o garoto que tinha salvado o colega. O homem era o pai, um pedreiro, vestido com roupa de festa. A mãe, pequena e loira, vinha vestida de preto. O menino, também pequeno e loiro, trajava uma jaqueta cor de cinza. Ao ver tanta gente e ouvindo tantos aplausos, pararam ali os três, sem jeito de olhar nem de se mexer. Um guarda municipal colocou-os à direita da mesa.

Por um momento, fez-se grande silêncio, mas, em seguida, recomeçaram fortes aplausos de todo lado. O menino olhou para as janelas e depois para as galerias das *filhas de militares*.[27] Segurava o chapéu na mão e parecia não compreender bem onde estava. Achei que ele era parecido com Coretti, porém um pouco mais corado. O pai e a mãe não tiravam os olhos da mesa. Enquanto isso, a garotada dos arredores do Rio Pó, que estava perto de nós, chegou pra frente, fazendo gestos para que o colega os visse; e chamavam-no em voz baixa:

– Pin! Pin! Pinot!

Tanto chamaram que, enfim, o menino ouviu, olhou pra eles e escondeu um sorriso atrás do chapéu.

Daí a pouco, todos os guardas se puseram em posição de sentido. Entravam as autoridades, acompanhando o prefeito, todo vestido de branco, com uma grande faixa tricolor atravessada no peito. Aproximaram-se da mesa e ficaram de pé até que a banda parou de tocar e, a um sinal do prefeito, todos se calaram. Ele então começou a falar. Não entendi bem as primeiras palavras, mas percebi que estava contando o que o menino tinha feito. Depois ele levantou a voz, que soou clara e forte por todo o pátio, e não perdi mais nenhuma palavra:

"Quando viu, do cais, que o colega, já apavorado, se debatia no rio, despiu-se imediatamente e saiu correndo, sem hesitar um momento. Os outros gritavam:

– Você também vai se afogar!

Mas ele nem respondeu. Tentaram segurá-lo, mas se soltou. Gritavam seu nome, mas, quando viram, já estava dentro d'água! O rio estava cheio e o perigo era enorme, mesmo para um adulto. Mas ele mergulhou, com toda a força do seu pequeno corpo e do seu grande coração. Alcançou o coitado que já ia afundando e puxou-o para a superfície. Lutou furiosamente contra a correnteza que queria arrastá-los, com o colega agarrado a ele; muitas vezes, desaparecia para reaparecer de novo, num esforço desesperado, teimoso e invencível na sua generosidade, não como um menino, mas sim como um homem, como um pai lutando para salvar um filho que fosse a sua esperança e a sua vida! Enfim, Deus não permitiu que tão generosa ação fosse inútil. O nadador,

---

[27] Num país recém-saído da guerra, as *filhas de militares*, muitas delas órfãs de guerra, constituíam uma categoria especial entre as crianças e os jovens, com direitos e mesmo escolas especiais. (N.T.)

uma criança, arrancou a vítima da força gigantesca do rio. Conseguiu trazer o colega para a terra e, junto com outros, ainda prestou-lhe os primeiros socorros. Depois de tudo isso, voltou tranquilo e sozinho para casa, contando com simplicidade o que havia feito.

Senhores! Belo e respeitável é o heroísmo de qualquer homem. Mas, numa criança que ainda não tem ambição de aparecer ou qualquer outro interesse pessoal, numa criança que, quanto menos força tem, mais coragem tem de ter; na criança, a quem nada pedimos, porque ainda não se espera nada dela; que já nos parece muito nobre e digna de ser amada, sem ser preciso que faça sacrifícios, apenas que compreenda os dos outros... na criança, o heroísmo tem alguma coisa de divino.

Não preciso enfeitar com elogios supérfluos uma grandeza tão simples. Eis aqui, diante de vocês, o salvador valente e generoso. Soldados! Abracem-no como a um irmão. Mães, abençoem-no como a um filho. Meninos, lembrem-se do seu nome; gravem na mente o seu rosto, e que ele não se apague mais da sua memória nem do seu coração. Aproxime-se, rapaz! Em nome do Rei da Itália, entrego-lhe a medalha do valor cívico."

Um "viva" altíssimo, clamado por inúmeras vozes juntas, ecoou em todo o palácio. O prefeito pegou a medalha e prendeu-a sobre o peito do garoto. Depois, abraçou-o e beijou-o. A mãe cobriu os olhos com a mão, o pai ficou com a cabeça baixa. O prefeito apertou a mão

a ambos e entregou à mãe o decreto da condecoração, amarrado com uma fita. Depois disse ao garoto:

– Que a recordação deste dia tão glorioso para você, tão feliz para seu pai e para sua mãe, o mantenha no caminho da honra e da virtude por toda a vida.

O prefeito saiu, a banda tocou e tudo parecia acabado, quando a bandeira dos bombeiros se desdobrou e um menino de oito ou nove anos, impelido pra frente por uma mulher que logo se escondeu, foi direto ao condecorado, abraçando-o e beijando-o carinhosamente. Outro estrondo de vivas e aplausos retumbou por todo o pátio. Todos compreenderam logo que aquele era o menino salvo das águas do rio que vinha agradecer a seu salvador. Depois de abraçá-lo, agarrou-se a seu braço para acompanhá-lo até a saída. Saíram os dois na frente, o pai e a mãe atrás, em direção ao portão de saída, passando a custo entre o povo, que ia abrindo alas para eles: guardas, rapazes, soldados, mulheres, todos misturados. Todos tentavam chegar perto do menino herói e punham-se na ponta dos pés para vê-lo. Os que estavam à frente apertaram-lhe a mão quando ele passou. Quando passou diante dos alunos das escolas, todos começaram a agitar os bonés. Os garotos da margem do Rio Pó fizeram uma grande zoada, puxando-o pelos braços e pela jaqueta, gritando:

– Pin! Viva Pin! Bravo Pinot!

Eu o vi passar bem pertinho. Estava corado e contente. A medalha tinha fita branca, vermelha e verde. A mãe dele chorava e ria, o pai torcia o bigode com uma das mãos, que tremia como se ele estivesse com febre. Lá de cima das janelas e galerias, todos se debruçavam para aplaudir. De repente, quando já estava chegando no portão, de cima da galeria onde estavam as meninas veio uma verdadeira chuva de flores, raminhos de violetas e de margaridas, que caíam sobre a cabeça do garoto e seus pais, espalhando-se depois pelo chão. Muita gente corria para apanhá-los e entregar à mãe. A banda tocava lentamente uma música linda, que parecia o canto de muitas vozes cristalinas afastando-se devagarinho pelas margens dos rios.

Maio

As crianças raquíticas[28]
Sexta-feira, 5

Hoje não fui à escola, porque não me sentia bem e minha mãe me levou para o Instituto das crianças raquíticas, onde ia recomendar uma menina, filha do porteiro, mas não me deixou entrar naquela escola.

Você não compreende, Enrico, por que não te deixei entrar. Foi para não colocar diante daqueles pobrezinhos, ali, no meio da escola, quase como uma exibição, um menino tão sadio e robusto. Eles já têm muitas ocasiões para sofrer comparações dolorosas. Que cena triste! Dá uma pena

---

[28] Crianças que sofrem de raquitismo, isto é, de falta de cálcio no organismo, o que produz amolecimento e deformação dos ossos e impede o crescimento normal. Quase sempre é causada por subnutrição grave, ou seja, alimentação pouca e pobre, da qual estão ausentes o cálcio (vindo do leite, inclusive do leite materno, de queijos, iogurtes e outros) e vitaminas, especialmente a D. É frequente, ainda hoje, nos países muito pobres e assolados pela fome, embora a medicina há muito tempo já conheça a causa dessa doença, bem como o modo de preveni-la e o tratamento. (N.T.)

enorme entrar lá. Eram uns sessenta, entre meninos e meninas. Pobres ossos torturados! Pobres mãos! Pobres pezinhos contraídos e tortos! Pobres corpinhos deformados! Observei, logo à entrada, muitas carinhas graciosas e olhos cheios de carinho. Havia uma menininha com o nariz afilado e o queixo pontudo que parecia uma velhinha; mas tinha um sorriso de anjo. Alguns, de frente, são belos e não parecem defeituosos; mas quando se viram, o coração da gente fica apertado.

O médico estava fazendo a visita. Punha-os em pé, em cima dos bancos, e levantava-lhes a roupa para tocar as barrigas inchadas e as juntas inflamadas; mas não se envergonhavam disso, pobres criaturinhas! Bem se via que eram crianças acostumadas a ser despidas, examinadas e viradas de todos os lados...

E pensar que, por enquanto, ainda estão no período menos avançado da doença, que quase não sofrem nada!... Mas quem pode imaginar quanto sofrerão quando começar a deformação do corpo, quando sentirem diminuir o carinho dos outros para com eles, à medida que a doença progride. Pobres crianças, deixadas horas e horas sozinhas, no canto de uma sala ou de um pátio, mal nutridas e, às vezes, desprezadas pelos outros ou atormentadas, meses e meses, com ataduras e aparelhos ortopédicos inúteis!

Agora, porém, graças aos cuidados, à boa alimentação e à ginástica, muitos melhoram.

A professora mandou-as fazer ginástica. Dava pena vê-las, obedecendo às ordens, esticar aquelas perninhas que seriam cobertas de beijos, se não estivessem enfaixadas, espremidas e cheias de inchaços e deformações. Muitos não podiam levantar-se do banco e ficavam ali, com a cabeça encostada ao braço, acariciando as muletas com a mão; alguns faziam movimentos com os braços, mas faltava-lhes a respiração e caíam sobre o banco, pálidos, embora sorrindo para disfarçar o cansaço.

Ah! Enrico, vocês que têm saúde não sabem dar valor a ela, parecendo que isso é pouca coisa. Eu pensava nos meninos fortes e viçosos que as mães levam como em triunfo, orgulhosas de sua beleza, e sentia-me capaz de apertar vivamente todas aquelas cabecinhas junto ao meu coração e dizer: "Se eu fosse sozinha não sairia mais daqui, consagraria a minha vida a vocês, serviria de mãe a vocês todos, até o meu último dia."

Apesar de tudo, cantavam, cantavam com umas vozinhas fracas, doces, tristes, que me doíam na alma; e, quando a professora os elogiou, ficaram todos contentes. Quando ela passava entre os bancos, beijavam suas mãos e braços, porque sentem muita gratidão por quem lhes faz bem *e são muito carinhosos. Mas também têm muita capacidade, aqueles anjinhos, e estudam, disse-me a professora, uma moça muito gentil que tem a fisionomia cheia de bondade mas certa expressão de tristeza, como um reflexo dos sofrimentos daqueles que ela acaricia e consola. Santa moça! Entre todas as criaturas humanas, que vivem do trabalho, não há nenhuma que ganhe a vida mais santamente do que você, minha filha!*

Sua mãe

Sacrifício
Terça-feira, 9

Minha mãe é muito boa, e minha irmã Silvia é como ela. Tem o mesmo coração grande e nobre. Ontem à noite, eu estava passando a limpo uma parte do conto mensal *Dos Apeninos aos Andes*, que o professor repartiu entre alguns de nós para copiar, por ser muito longa, quando Silvia entrou na ponta dos pés e me disse depressa e baixinho:

– Vem comigo falar com a mamãe. Hoje de manhã, ouvi o papai dizer que fez um mau negócio, entende? Estamos em má situação. Não temos dinheiro. O papai disse que era preciso fazer sacrifícios para recuperar o que perdeu. E nós temos de fazer sacrifícios também, você não acha? Você está pronto?... Bom, eu falo com a mamãe e você tem de concordar e prometer fazer tudo o que eu disser.

Dito isso, pegou minha mão e me levou até a mamãe, que estava costurando, muito pensativa. Sentei-me de um lado do sofá, Silvia sentou do outro lado e disse sem rodeios:

– Escute, mamãe, nós temos que falar com você.

Mamãe olhou para nós, espantada, e Silvia começou:

– O papai está sem dinheiro, não é verdade?

– O que é que você está dizendo? – respondeu minha mãe, ficando vermelha. – Você está enganada; o que é que entende de negócios? Quem lhe contou isso?

– Eu sei! – disse Silvia, decididamente. – Escute, mamãe, nós também temos de fazer nossa parte nos sacrifícios. Você tinha me prometido um leque para o final de maio, e Enrico esperava ganhar uma caixa de tintas... Pois então: não queremos mais nada. Não queremos

199

que se desperdice dinheiro conosco. Ficaremos satisfeitos do mesmo jeito, entende, mamãe?

Nossa mãe tentou argumentar, mas Silvia cortou logo, dizendo:

– Não, mãe, é assim que vai ser: já decidimos. Enquanto papai não tiver dinheiro, não queremos mais sobremesas nem mais nada. Basta a sopa e, de manhã até o almoço, a gente come só pão. Assim vamos gastar menos com comida, que é muito cara. E nós prometemos ficar sempre contentes, como fizemos até agora. Não é verdade, Enrico?

Eu disse que sim e ela continuou, pondo uma mão na boca da mamãe:

– Sempre contentes, do mesmo jeito! E se tivermos que fazer outros sacrifícios, de roupas, seja lá do que for, nós vamos fazer de boa vontade; e também podem vender nossos brinquedos. Eu entrego todas as minhas coisas de boa vontade e faço o serviço da empregada. Não vamos ter de mandar fazer mais nada fora de casa. Vou trabalhar com você o dia todo, quando quiser, porque estou disposta a tudo! – exclamou, abraçando mamãe –, contanto que você e papai não tenham mais desgosto e que continuemos a ver os dois tranquilos e de bom humor, como até agora, junto com sua Silvia e seu Enrico, que gostamos tanto de vocês e daríamos a vida para salvá-los!

Ah! Eu nunca vi minha mãe tão contente, nunca nos beijou daquele jeito, chorando e rindo, sem poder falar. Depois explicou a Silvia que ela tinha entendido mal, que não estávamos tão pobres como ela imaginava, felizmente. Agradeceu-nos cem vezes, passando toda a tarde muito alegre, até que meu pai chegou e ela contou tudo pra ele. Meu pai não disse nada, coitado! Mas hoje de manhã, sentando-me à mesa, senti uma grande alegria e, ao mesmo tempo, uma grande tristeza. Debaixo do guardanapo encontrei a caixa de tintas e Silvia achou o leque prometido.

O incêndio
Quinta-feira, 11

Esta manhã, eu tinha acabado de copiar a história *Dos Apeninos aos Andes* e procurava um tema pra redação livre que o professor mandou fazer, quando ouvi vozes estranhas na escada. Logo depois entraram uns bombeiros que pediram licença a meu pai para examinar as lareiras e as chaminés, porque estava saindo fumaça por cima do telhado do nosso prédio sem que se soubesse de onde vinha. Meu pai convidou:

– Podem entrar!

Como achávamos que não havia fogo aceso em lugar nenhum em nossa casa, eles começaram a examinar os quartos e a encostar o ouvido nas paredes, para ouvir se havia barulho de fogo nos canos que vão para os andares superiores do edifício. Enquanto os bombeiros andavam pelos quartos, papai me disse:

"Este é um bom tema para a sua redação: os bombeiros. Eu os vi trabalharem, há dois anos, quando saía do Teatro Balbo, já tarde. Entrando na Rua Roma, vi um clarão estranho e um bando de gente correndo. Havia uma casa em chamas, línguas de fogo e nuvens de fumaça saíam das janelas e do teto. Homens e mulheres apareciam nas varandas e logo desapareciam, gritando desesperadamente. Havia um grande tumulto em frente à porta. A multidão gritava:

– Vão morrer queimados! Socorro! Chamem os bombeiros!...

O caminhão dos bombeiros chegou nessa hora, e quatro deles correram apressadamente para dentro da casa. Mal entraram, vimos uma cena terrível. Uma mulher debruçou-se, gritando, numa janela do terceiro andar, subiu no peitoril e ficou agarrada, quase suspensa no ar, com as costas para fora, curvada sob fumaça e as chamas que saíam pela janela e quase queimavam a cabeça dela. A multidão soltou um grito de horror. Os bombeiros, detidos por engano no segundo andar pelos moradores apavorados, já tinham derrubado uma parede e entrado precipitadamente numa sala, quando cem vozes gritaram:

– No terceiro andar! No terceiro andar!

Então eles voaram para o terceiro andar. Ali, encontraram um inferno de ruínas, as traves do teto desabando, os corredores cheios de labaredas, uma fumaceira que asfixiava. Era impossível passar por ali. Para poderem chegar às salas onde estavam os moradores não havia outro jeito senão passar pelo telhado. Subiram sem hesitação e, um minuto depois, apareceu no meio da fumaça, por cima das telhas, o que parecia ser um fantasma negro. Era um cabo do corpo de bombeiros que tinha sido o primeiro a chegar. Para atingir a parte do telhado que correspondia ao quartinho à prova de fogo, era necessário passar por um espaço estreitíssimo, entre um sótão e a borda do telhado. Todo o resto já estava incendiado. A pequena passagem estava coberta de neve e de gelo e não havia nenhum ponto de apoio.

– É impossível passar – gritava lá de baixo a multidão. O cabo avançou para a beira do telhado; todos estremeceram e ficaram olhando, com a respiração suspensa. Ele conseguiu passar, e um imenso "viva" subiu ao céu. O cabo continuou avançando e, chegando ao ponto ameaçado, começou a quebrar furiosamente, a golpes de machado, telhas, traves, ripas, para abrir um buraco e entrar no interior do prédio. Enquanto isso, a mulher continuava pendurada para fora da janela, o fogo já quase lhe tocando a cabeça. Mais um minuto e ela iria cair na rua.

O buraco estava aberto e viu-se o cabo tirar o cinturão e descer, seguido por outros bombeiros que também tinham chegado até lá. Nessa hora, encostaram uma escada altíssima à fachada da casa, em frente das janelas de onde saíam chamas e gritos enlouquecidos! Parecia tarde demais.

– Ninguém se salva – gritavam as pessoas na rua. – Os bombeiros vão morrer queimados! Acabou-se! Estão mortos!

De repente, apareceu à janela o vulto negro do cabo de bombeiros, iluminado pelas chamas. A mulher agarrou-se ao pescoço dele que, segurando-a pela cintura com os dois braços, ergueu-a e passou-a para dentro do quarto. A multidão soltou um grito de mil vozes que encobriu o rumor do incêndio.

– Mas... e os outros? Como é que vão descer?

A escada apoiada na beirada de uma janela estava um pouco para lá da varanda. Será que conseguiriam agarrar-se nela? Mas, então, um dos bombeiros pendurou-se para fora da janela, com o pé direito solto no ar, e foi pegando um a um moradores que os companheiros lhe passavam lá de dentro. Em seguida, entregava-os a outro que subira da rua e que os amarrava com cordas, descendo-os, um de cada vez, até chegarem aos outros bombeiros que estavam embaixo e os recebiam nos braços. Passou primeiro a mulher do peitoril, depois uma criança, depois outra mulher e um velho. Todos estavam salvos. Em seguida ao velho, desceram os bombeiros que tinham ficado dentro. O último a descer foi o cabo que tinha sido o primeiro a chegar. A multidão recebeu-os com uma explosão de aplausos. Mas quando desceu o último, aquele que primeiro tinha enfrentado o perigo, aquele que teria morrido, se alguém tivesse que morrer, a multidão aplaudiu-o como a um vencedor, gritando e levantando os braços com um impulso de respeito e de gratidão.

Em poucos minutos, o nome dele, Giuseppe Robbino, antes desconhecido, foi repetido por mil bocas. Você compreende o que é isso? É a coragem de um coração que não calcula, que não vacila, que vai em frente, cego como um raio, quando ouve o grito de alguém em perigo. Eu levarei você um dia ao Corpo de Bombeiros e lhe mostrarei o cabo Robbino. Você vai ficar satisfeito de conhecê-lo, não é?"

Respondi que sim.

– Espere! Olhe ele ali! – exclamou meu pai, de repente.

Virei-me. Os dois bombeiros, terminada a visita, atravessavam a sala para sair. Meu pai apontou-me o mais baixo dos dois, que tinha galões nos ombros, e disse:

– Aperte a mão de Giuseppe Robbino.

O cabo parou e estendeu-me a mão, sorrindo. Eu apertei-a, ele se despediu e saiu.

– Lembre-se bem deste momento – disse meu pai –, porque, de milhares de mãos que você poderá apertar durante sua vida, talvez não haja nem dez que tenham o mesmo valor que a dele.

Dos Apeninos aos Andes

Há muito tempo, um menino de 13 anos, filho de um operário genovês, foi de Genova à América, sozinho, procurar pela mãe. Fazia dois anos que ela tinha ido para Buenos Aires, capital da Argentina, para trabalhar como empregada doméstica em alguma casa de gente rica e ganhar, em pouco tempo, o bastante para recuperar a situação da família, empobrecida e endividada por causa de vários problemas. Não são poucas as mulheres corajosas que fazem uma viagem tão longa por essa razão; e, graças aos bons salários que ali se pagam aos empregados domésticos, as que fazem, em poucos anos, voltam para o seu país com alguns milhares de liras. Mesmo chorando muito pela dor de separar-se dos filhos, um de 18, outro de 11 anos, a mãe partiu cheia de coragem e de esperança.

A viagem correu bem. Logo que chegou a Buenos Aires, por intermédio de um primo do seu marido que morava lá havia muito tempo e tinha uma loja, encontrou logo uma boa família argentina que lhe pagava bom salário e a tratava bem. Durante algum tempo, escrevia sempre à família. Como haviam combinado, o marido endereçava as cartas ao primo, que as entregava à mulher, e ela entregava também a ele as respostas a serem enviadas para Genova. Ganhando oitenta libras por mês e não gastando nada com ela mesma, a mãe mandava para casa uma boa quantia a cada trimestre. Com isso, o marido, um homem direito, ia pagando pouco a pouco as dívidas mais urgentes e recuperando a boa reputação da família. Enquanto isso, também trabalhava, satisfeito da vida, na esperança de que a mulher voltasse logo, porque a casa parecia vazia sem ela e o filho mais novo, que adorava a mãe, vivia cada vez mais triste de saudade.

Porém, passado um ano, depois de uma carta breve em que dizia que não estava muito bem de saúde, nunca mais receberam carta dela. Escreveram duas vezes ao primo, mas o primo não respondeu. Escreveram à família argentina, para quem ela estava trabalhando, mas também não tiveram resposta. Com medo de alguma desgraça, escreveram para o consulado italiano em Buenos Aires, pedindo que investigassem o que estava acontecendo. Treze meses depois, o cônsul comunicou-lhes que, apesar do aviso publicado nos jornais, ninguém tinha aparecido nem dado informações. Isso tinha mesmo de acontecer, porque, além de outras razões, a mulher, sentindo-se humilhada por estar trabalhando como empregada doméstica, com a ideia de proteger o prestígio de sua própria família, não tinha dito seu verdadeiro nome à família argentina.

Passaram-se meses, e nenhuma notícia chegava. Pai e filhos estavam muito angustiados, e o mais novo vivia numa tristeza que não dava para aguentar. O que fazer? A quem recorrer?

A primeira ideia do pai foi partir ele mesmo e ir procurar a mulher na América, mas... e o trabalho? Quem sustentaria seus filhos? O mais velho também não poderia ir porque, justamente, começava a trabalhar e ganhar alguma coisa para ajudar a família. Viviam nessa aflição, repetindo todos os dias as mesmas conversas tristes ou olhando-se entre si, em silêncio, até que, numa tarde, Marco, o menor, declarou decididamente:

– Eu é que vou para a América procurar minha mãe!

O pai inclinou a cabeça tristemente e não respondeu. Era uma ideia carinhosa mas impossível de realizar. Com apenas 13 anos, fazer sozinho uma viagem à América, uma viagem que durava um mês só de ida! Mas o garoto insistiu pacientemente. Insistiu naquele dia, no seguinte e todos os outros dias, com calma, argumentando como se fosse gente grande.

– Tem gente menor do que eu que vai para lá – dizia. Estando a bordo do navio, chego lá como outro qualquer. Quando desembarcar, basta eu procurar a loja do nosso primo. Como há muitos italianos lá, qualquer um me ensinará o caminho. Logo que eu encontrar o primo, encontro minha mãe. Se eu não encontrar a loja do primo, procuro o cônsul italiano, que há de saber qual é a família argentina que emprega minha mãe. E aconteça o que acontecer, há trabalho lá para todos, e não me faltará um jeito de ganhar o bastante para voltar para casa.

Assim, pouco a pouco, foi convencendo o pai.

O pai gostava muito dele, sabia que o filho tinha juízo e coragem, que estava acostumado a viver com muito pouca coisa, e que essas qualidades se desenvolviam cada vez mais no seu coração com a intenção de encontrar a mãe, que ele tanto adorava. Além disso, um comandante de navio, amigo de um conhecido seu, ouvindo falar do caso, prometeu conseguir uma passagem grátis para a Argentina, na terceira classe. Foi então que, mesmo hesitando, o pai acabou consentindo e a viagem ficou decidida. Com uma sacola de roupa, algum dinheiro no bolso e o endereço do primo, numa bela tarde do mês de abril o garoto subiu a bordo.

– Filho, meu querido Marco! – disse o pai, dando-lhe o último beijo, com lágrimas nos olhos, na escada do navio que já estava partindo. – Tenha coragem! Você está partindo para uma santa missão. Deus te ajudará.

Pobre Marco! Tinha o coração forte e preparado também para as mais duras provas daquela viagem, mas, quando viu desaparecer no horizonte a bela cidade de Genova e percebeu que estava em alto-mar, naquele imenso navio, cheio de camponeses imigrantes, sozinho, sem conhecer ninguém, com aquele pequeno saco que continha toda a sua fortuna, de repente sentiu-se desanimado. Durante dois dias, ficou quietinho na proa do navio, como um cachorrinho triste, quase sem comer, com uma enorme vontade de chorar. Todo tipo de maus pensamentos atravessava seu espírito, e o mais triste, o mais terrível de todos era o que mais teimava em atormentá-lo: o pensamento de que sua mãe podia ter morrido. Nos seus sonhos entrecortados e aflitivos, via sempre a cara de um desconhecido que olhava para ele com ar de pena e depois lhe cochichava no ouvido:

– Sua mãe morreu.

Acordava gritando.

Passado o estreito de Gibraltar, quando viu, pela primeira vez, o Oceano Atlântico, ficou um pouco mais animado e esperançoso. Mas foi só um breve alívio. Aquele mar imenso, sempre igual, o calor cada vez mais forte e o sentimento de solidão tornaram a entristecê-lo. Os dias passavam vazios e monótonos, confundindo-se na sua memória, como acontece com os doentes. Parecia que estava em alto-mar havia um ano. Todas as manhãs, quando acordava, sentia de novo a tristeza, vendo-se ali sozinho, no meio daquela imensidão de água, viajando para a América. Os lindos peixes voadores que toda hora caíam sobre o convés do navio, aquele pôr de sol tropical maravilhoso, com as suas imensas nuvens cor de fogo e de sangue, os fogos-fátuos fosforescendo à noite, fazendo o oceano parecer incendiado, como um mar de lava de vulcão, não lhe pareciam coisas reais e sim parte dos seus sonhos. Houve dias de mau tempo, em que o menino ficava fechado na cabine, com tudo balançando e caindo no chão, no meio de coro de gemidos e rezas tão assustador, que achava que tinha chegado a sua última hora. Houve outros dias de mar tranquilo e amarelado, de calor insuportável, de aborrecimento sem fim, horas intermináveis e sinistras, durante as quais os passageiros, cansados, estendidos, imóveis sobre as mesas, pareciam todos mortos. Aquela viagem nunca mais acabava. Mar e céu, mar e céu, eternamente! Marco passava longas horas encostado à amurada, olhando para o mar sem fim, distraído, pensando vagamente na mãe, até que seus olhos se fechavam e caía de sono. Então tornava a ver aquela cara desconhecida que olhava para ele com ar de dó, repetindo no seu ouvido: "Sua mãe morreu!" Daí, acordava sobressaltado e começava a sonhar de novo, com os olhos abertos, olhando para o horizonte que nunca mudava.

A viagem durou 27 dias. Os últimos foram os melhores. O tempo estava lindo e o ar, fresco. Marco ficou amigo de um simpático velho lombardo, que ia à América procurar um filho agricultor, próximo à cidade do Rosário, na Argentina, e contou a ele a razão da sua viagem. O velho repetia toda hora, dando-lhe tapinhas na nuca:

– Coragem, meu rapaz! Você vai encontrar sua mãe com saúde e contente.

Aquela companhia reanimava-o a ponto de esquecer seus pensamentos tristes e passar a sentir-se alegre. Sentado à proa, perto do velho camponês que fumava cachimbo, debaixo de um belo céu estrelado, no meio de grupos de emigrantes que cantavam, ficava imaginando sua chegada a Buenos Aires. Imaginava-se numa determinada rua, achava a loja, corria ao encontro do primo, perguntava: – Como está minha mãe? Onde ela está? Vamos, depressa! Vamos, depressa! – E via-se correndo junto com ele, subindo uma escada, abrindo uma porta... A esta altura, seu pensamento parava, sua imaginação se perdia em um sentimento de ternura difícil de expressar. Então, sem ninguém ver, puxava para fora uma medalhinha que trazia no pescoço e a beijava, rezando baixinho.

No 27º dia depois da partida, chegaram, finalmente. Numa bela e rosada madrugada de maio, o navio lançou âncora no imenso Rio da Prata, em frente a uma praia atrás da qual se estende a cidade de Buenos Aires, capital da Argentina. Aquele tempo lindo parecia anunciar boa sorte. Marco estava fora de si de alegria e de impaciência. Sua mãe vivia ali, a poucos quilômetros de distância! Iria vê-la em poucas horas. E ele estava na América, no Novo Mundo, tinha tido a coragem de vir sozinho! A longuíssima viagem parecia ter passado em um segundo. Parecia que tinha vindo voando, sonhando, e acordado ali. Estava tão feliz que nem se admirou, nem se afligiu quando, metendo a mão no bolso, deu pela falta de um dos pacotes em que tinha dividido seu pequeno tesouro, pra ficar mais seguro e não perder tudo de uma vez. Tinham roubado seu dinheiro, só restavam algumas liras; mas ele nem se importou com isso, agora que estava próximo de sua mãe. Com o saco de viagem na mão, embarcou, juntamente com muitos outros italianos, num barquinho que os levou até perto da margem. Em terra, despediu-se de seu velho amigo lombardo e caminhou para a cidade a passos rápidos. Na esquina da primeira rua, aproximou-se de um homem que passava e pediu-lhe o favor de indicar-lhe o rumo a seguir para chegar depressa à Rua das Artes. Por sorte, era um operário italiano, que olhou para ele com curiosidade e perguntou-lhe se sabia ler. O rapaz respondeu que sim.

– Bem – disse o operário, indicando-lhe a rua de onde tinha vindo. – Vá sempre em frente e lá no fim você vai encontrar a rua que está procurando.

O rapaz agradeceu e entrou na rua à sua frente. Era uma rua reta e comprida, mas estreita, ladeada de casas brancas e baixas que pareciam casinhas de campo, cheia de gente, carroças, carros enormes que faziam um barulho ensurdecedor. Aqui e ali flutuavam enormes bandeiras de várias cores, com letras enormes, anunciando saídas de navios a vapor para cidades desconhecidas. A cada quadra, olhava à direita e à esquerda e via mais duas ruas, ladeadas também de casa baixas e brancas, com grande movimento de gente e de carros que seguiam em frente até encontrar, lá no fundo, a linha reta dos pampas americanos, semelhante ao horizonte do mar. A cidade parecia não acabar mais; a impressão era que se podia caminhar dias e semanas, vendo sempre, de um lado e do outro, ruas como aquelas, a perder de vista, e que a América estava toda coberta de ruas assim! Marco lia atentamente os nomes nas placas, alguns, estrangeiros, que lhe custava muito soletrar. A cada nova rua, sentia seu coração pular, pensando que fosse a tal que ele estava procurando. Olhava para todas as mulheres, com a ideia de encontrar sua mãe. Viu uma, à sua frente, que o fez estremecer. Aproximou-se, olhou para ela: era uma negra. Continuou andando, andando, cada vez mais depressa. Até que chegou a uma esquina, leu a placa e parou: era a Rua das Artes. Voltou-se e viu o nº. 117. A loja do primo era no nº. 175. Apressou ainda mais o passo, quase correndo. Ao chegar ao 171, precisou parar para recuperar o fôlego, e disse para si mesmo: "Oh! Minha mãe! Será verdade que vou ver você daqui a pouquinho?" Andou mais alguns passos e parou à porta de uma pequena mercearia. Era a do primo. Entrou e viu uma mulher de óculos e cabelos grisalhos.

– O que você deseja, menino? – perguntou, em espanhol.

– Não é esta a loja de Francesco Merelli? – disse Marco, esforçando-se para falar com voz clara e forte.

– Francesco Merelli morreu – respondeu a mulher, em italiano.

O rapaz teve a impressão de levar um soco no peito.

– Morreu quando?

– Já faz algum tempo – respondeu a mulher –, meses. Os negócios não iam bem; ele fugiu, dizem que foi para Bahia Blanca, muito longe daqui, e morreu logo que chegou lá. A loja agora é minha.

O rapaz empalideceu; depois disse, rapidamente:

– Merelli conhecia minha mãe, e minha mãe estava aqui trabalhando na casa do senhor Mequinez. Eu vim à América procurar minha mãe. Merelli era quem mandava as cartas. Só ele poderia me dizer onde é a casa em que ela está. Eu preciso encontrar minha mãe.

– Ah! Meu filho, não sei o que fazer. Só se perguntar ao rapaz do pátio. Ele conhecia o moço que levava os recados de Merelli e talvez possa lhe dizer alguma coisa.

Foi ao fundo da loja e chamou o rapaz que veio na mesma hora.

– Diga-me uma coisa – perguntou-lhe a bodegueira –, você sabe se o empregado do Merelli foi alguma vez levar cartas a uma mulher empregada de uns argentinos?

– Em casa do Senhor Mequinez? – respondeu o rapaz. – Sim, senhora, foi algumas vezes. É bem ali, no fim da Rua das Artes.

– Ah! Minha senhora, muito obrigado! – exclamou Marco. – Você sabe o número? Preciso que alguém me leve até lá. Por favor, se me acompanhar, eu tenho ainda alguns trocados para lhe dar.

E disse isso com tal entusiasmo que, sem esperar resposta da mulher, o rapaz respondeu logo:

– Vamos lá.

Quase correndo, sem dizer nada, caminharam até o fim da rua, que era muito comprida. Entraram pela passagem que levava a uma pequena casa branca e pararam diante de um belo portão de ferro, de onde se via um patiozinho cheio de vasos de flores. Marco puxou o cordão da campainha com força. Apareceu uma menina.

– É aqui que mora a família Mequinez? – perguntou ansiosamente o rapaz.

– Morou – respondeu a menina, pronunciando um italiano com sotaque de espanhol. – Agora moramos nós, os Zeballos.

– Para onde se mudou o Sr. Mequinez? – perguntou o rapaz, assustado.

– Foram para Córdoba.

– Córdoba! – exclamou Marco – E onde é isso? E as pessoas que trabalhavam com a família? A minha mãe? A empregada era minha mãe. Também foi com eles?

A menina olhou-o bem e disse:

– Não sei. Talvez meu pai saiba, porque os conheceu quando estavam de partida. Espere um pouco.

Saiu e voltou depois com o pai, um senhor alto, de barba grisalha, que ficou olhando um momento aquele tipo simpático de pequeno marinheiro genovês, de cabelos louros e nariz aquilino, e perguntou-lhe, em mau italiano:

– Sua mãe é genovesa?

Marco respondeu que sim.

– Muito bem: a empregada genovesa foi com eles. Tenho certeza disso.

– E para onde foram?

– Para a cidade de Córdoba.

O rapaz deu um profundo suspiro; depois disse, com ar resignado:

– Então vou para Córdoba.

– Ah! Pobre *niño*! – exclamou o senhor, olhando para ele com ar de pena. – Pobre garoto! Daqui a Córdoba são centenas de quilômetros!

Marco ficou pálido como um morto e apoiou-se na grade.

– Vamos ver! Vamos ver! – disse o senhor, com pena dele e abrindo a porta: – Entre um momento, vamos ver se posso fazer alguma coisa. Sente-se.

Puxou-lhe uma cadeira e pediu que lhe contasse sua história, que ele ouviu com muita atenção, um pouco pensativo. Por fim, disse, com firmeza:

– Você não tem dinheiro, não é verdade?

– Tenho ainda... pouco – respondeu Marco.

O dono da casa pensou alguns momentos, sentou-se a uma escrivaninha, escreveu uma carta, fechou-a e, entregando-a ao rapaz, disse:

– Escute, *italianito*, vá com esta carta à *Boca*. É um lugarzinho pequeno, meio genovês, a duas horas de caminhada daqui. Qualquer um lhe ensina o caminho. Vá lá e procure o senhor para quem está endereçada a carta e que todo mundo lá conhece. Entregue-lhe a carta e ele fará você seguir amanhã para a cidade de Rosário, e lhe dará uma recomendação a outra pessoa que o fará seguir viagem até Córdoba, onde você vai encontrar a família Mequinez e sua mãe. Tome aqui, para você. – E colocou algumas liras na mão de Marco. – Vá e tenha coragem, que por toda parte você há de encontrar compatriotas; não vai ficar abandonado. Adeus.

Marco, comovido, só pôde dizer:

– Muito agradecido.

Não encontrou outras palavras; saiu com o saco e, despedindo-se do seu guia, começou a caminhar lentamente pela cidade barulhenta, em direção à *Boca*, cheio de tristeza, acabrunhado.

Tudo o que lhe aconteceu desde aquele momento até a tarde do dia seguinte ficou confuso e incerto na sua memória, como se fosse o delírio de quem está com febre. Estava cansado, perturbado e aflito. No dia seguinte, ao escurecer, depois de ter dormido num quartinho de uma casa da *Boca*, junto de um carregador do porto, depois de ter passado quase todo o dia sentado num monte de traves e meio aturdido, à vista de milhares de embarcações de todos os tipos, achava-se à popa de um grande barco à vela, carregado de frutas, que partia para a cidade de Rosário, conduzido por três robustos

genoveses bronzeados de sol, cujas vozes, no dialeto amado que falavam, confortava o seu coração.

Partiram. A viagem durou três dias e quatro noites, e foi um espanto para o pequeno viajante. Três dias e quatro noites subindo aquele maravilhoso Rio Paraná, perto do qual o nosso grande Rio Pó não passa de um riacho, e tão comprido que atravessaria quatro vezes a Itália. A grande barca seguia lentamente contra a corrente, naquele imenso mundo de água. Passava por grandes ilhas, que, em outros tempos, foram ninhos de serpentes ou morada de tigres, agora cobertas de laranjeiras e de chorões. Pareciam bosques flutuantes. A barca, de vez em quando, se metia por estreitos canais, de onde parecia não poder mais sair; outras vezes, desembocava em grandes extensões de água, como se fossem lagos tranquilos. Depois passava de novo por entre o enredado de ilhas e canais de um arquipélago, no meio de enormes massas de vegetação.

Reinava um silêncio profundo. Por longos trechos, as margens e as águas solitárias e vastíssimas davam impressão de um rio desconhecido, por onde aquela vela fosse a primeira a aventurar-se. Quanto mais avançavam, mais aquele monstruoso rio desanimava o pequeno genovês; imaginava a mãe lá longe, nas nascentes, onde levaria anos navegando para poder chegar! Duas vezes ao dia, comia um pouco de pão e de carne seca com os barqueiros que, vendo-o tão triste, não lhe diziam nada. À noite, dormia sobre a cobertura do convés e despertava bruscamente, a cada momento, espantado com a claríssima luz da Lua que branqueava as águas imensas e as praias longínquas. Então seu coração se apertava. "Córdoba!" E repetia: "Córdoba!", como se fosse o nome de uma daquelas cidades misteriosas de que tinha ouvido falar nos contos fantásticos. Mas depois pensava: "Minha mãe passou por aqui, viu estas ilhas e aquelas praias...". Então, aqueles lugares sobre os quais o olhar de sua mãe tinha pousado já não lhe pareciam tão estranhos e solitários.

Um dos barqueiros costumava cantar à noite. Aquela voz fazia Marco lembrar-se das cantigas de sua mãe, quando o ninava, ainda criança. Na última noite, ao ouvir aquele canto, deu um grande suspiro! O marinheiro parou de cantar e gritou para ele:

– Ânimo! Ânimo, *filhote*! Que diabo! Onde já se viu um genovês chorando porque está longe de casa? Os genoveses dão a volta ao mundo, gloriosos e triunfantes!

Com aquelas palavras, Marco recobrou ânimo, sentiu a voz de seu sangue genovês e levantou a cabeça, orgulhoso, batendo com o punho sobre o leme.

"Pois bem! – disse consigo mesmo. – Também eu correrei o mundo inteiro, viajarei anos e anos, andarei centenas de quilômetros a pé e irei sempre em frente até encontrar minha mãe. Mesmo que eu chegue moribundo e caia morto a seus pés, hei de tornar a vê-la ao menos uma vez! Coragem!"

E com esse ânimo chegou, numa madrugada rosada e fria, de cabeça erguida, à cidade de Rosário, situada na margem elevada do Paraná, em cujas margens espalhavam-se os mastros embandeirados de centenas de embarcações de todos os países. Logo que desembarcou, subiu à cidade, com o saco de viagem na mão, à procura de um senhor argentino para quem o seu protetor da *Boca* lhe dera um bilhete de recomendação. Curiosamente, andando por Rosário, parecia que estava em uma cidade conhecida. Eram aquelas ruas intermináveis, retas, ladeadas de casas brancas e baixas, estendendo-se em todas as direções...

Por cima dos telhados passavam grossos feixes de fios telegráficos e telefônicos, pareciam enormes teias de aranha, e havia um grande burburinho de gente, cavalos e carros. Sua cabeça ficou embaralhada e julgou-se em Buenos Aires outra vez, tendo de procurar de novo o primo. Andou em círculo por quase uma hora, para trás e para frente e parecia que estava andando sempre na mesma rua, até que, perguntando, encontrou a casa do seu novo protetor. Tocou a campainha. Chegou à porta um senhor gordo, loiro, carrancudo, que tinha jeito de feitor e que lhe perguntou grosseiramente, com pronúncia estrangeira:

– O que é que você quer?

O menino disse o nome do patrão.

– O patrão? Foi-se embora ontem à noite para Buenos Aires, com toda a família.

O garoto perdeu a fala. Depois balbuciou:

– Mas eu... não tenho ninguém aqui! Estou sozinho! – E apresentou-lhe o bilhete.

O feitor pegou, leu e disse bruscamente:

– Não sei o que fazer... Vou entregar a ele, daqui a um mês, quando voltar.

— Mas eu... estou sozinho!... preciso de ajuda! — Exclamou o menino com voz suplicante.

— Vá, vá!... Já não basta o monte de gente da sua terra que há aqui pelo Rosário? Vá mendigar lá na Itália. — E fechou a porta.

O rapazinho ficou ali, petrificado. Depois tornou a pegar vagarosamente o saco e saiu com o coração angustiado, o espírito agitado e atormentado por mil pensamentos desoladores. Que fazer? Aonde ir? De Rosário a Córdoba era um dia de trem. Só tinha um restinho de liras. Tirando o dinheiro que seria obrigado a gastar naquele dia, não ficava quase nada. Onde arranjaria o necessário para pagar a viagem? Podia trabalhar... mas como? A quem pedir trabalho? Mendigar? Ah! Isso não! Ser rejeitado, insultado, humilhado, como acabava de acontecer... não, nunca, nunca mais! Antes morrer! Com aquela ideia e, ao ver à sua frente a longuíssima rua que se perdia ao longe, no pampa infinito, sentiu que perdia a coragem outra vez.

Pousou o saco no chão e sentou-se na calçada, encostado na parede, apoiando a cabeça entre as mãos, sem chorar, numa atitude de grande tristeza. A gente que passava esbarrava nele, os carros faziam um ruído enorme e alguns meninos paravam, olhando para ele. Assim ficou algum tempo até que foi despertado por uma voz que lhe disse, numa mistura de italiano e lombardo:

— Quem é você, menino?

Marco levantou a cabeça e ficou de pé imediatamente, soltando uma exclamação de espanto:

— O senhor por aqui?

Era o velho camponês lombardo com quem tinha feito amizade a bordo do navio. O espanto do camponês não foi menor que o seu. Mas o menino esperou que ele perguntasse e logo lhe contou tudo o que tinha acontecido.

— E agora estou sem dinheiro... É preciso que eu trabalhe. Se o senhor me pudesse arranjar algum trabalho, seja o que for, para que eu possa juntar algum dinheiro... Eu carrego, varro as ruas, posso levar recados e também trabalhar nos campos. Só precisam dar-me pão preto, contanto que eu possa partir depressa, para encontrar minha mãe. Faça-me esta caridade, arranje-me um trabalho, pelo amor de Deus, que eu já não aguento mais...

– Que diabo! – disse o camponês, olhando à sua volta e coçando a cabeça. Que história, esta! Trabalhar! Trabalhar... é fácil falar. Mas espera aí... será que não dá para arranjar trinta liras entre tantos patrícios?

O rapaz olhou para ele, aquecido por um raio de esperança.

– Venha comigo – disse o camponês.

– Onde? – perguntou o rapaz, pegando no saco.

– Ande, venha.

O camponês saiu andando e Marco foi atrás; percorreram juntos um grande trecho de rua, sem falar nada. O camponês parou na porta de uma hospedaria, que tinha uma estrela no portal, escrito embaixo: *Estrela da Itália*. Olhou para dentro e, virando-se para o garoto, disse alegremente:

– Chegamos em boa hora.

Entraram numa grande sala, onde havia várias mesas e muitos homens sentados, bebendo e falando alto. O velho lombardo aproximou-se da primeira mesa e, pelo modo como cumprimentou os seis fregueses que estavam em volta, percebia-se que tinha estado com eles pouco antes. Estavam corados; tocavam os copos, tagarelando e rindo.

– Amigos! – disse simplesmente o lombardo, permanecendo de pé e apresentando Marco. Aqui está um rapaz, nosso patrício, que veio sozinho de Genova a Buenos Aires, à procura da mãe. Em Buenos Aires, disseram: "Ela não está aqui, foi para Córdoba." Veio numa barca até Rosário, três dias e quatro noites, com duas linhas de recomendação. Mostre a carta. Ele não tem nenhum tostão. Está aqui sozinho, como um desesperado. É um rapaz de bom coração. A gente tem de achar um jeito de conseguir dinheiro para ele comprar a passagem de trem daqui a Córdoba, onde tem esperança de encontrar a mãe. Ou a gente vai deixá-lo por aí, como um cão?

– Não, nunca, por Deus! Isso não vai acontecer! – gritaram todos, batendo os punhos sobre a mesa. Um patrício nosso! Venha cá, menino, nós estamos aqui, os imigrantes! Olhem, que belo garoto... Botem a grana para fora, companheiros. Que valente! Veio sozinho! Tem tutano... Tome um gole conosco, patrício... Nós vamos mandar você para a sua mãe, não se preocupe!

Um lhe dava um tapinha na face, outro lhe passava o braço sobre em volta dos ombros, um terceiro carregava o saco. Outros imigrantes levantaram-se. A história do menino correu por toda a hospedaria. Da sala ao lado, vieram também três fregueses argentinos. Em menos de 10 minutos o camponês lombardo, que ia passando o chapéu entre todos, tinha recolhido 42 liras.

– Viu? – disse então, virando-se para o garoto. Veja como resolvem as coisas rapidamente aqui na América...

– Bebe! – gritou um outro, oferecendo-lhe um copo de vinho. – À saúde de sua mãe!

Todos levantaram os copos. Marco repetiu:

– À saúde de minha mãe!

Mas a alegria travou sua voz e, pousando o copo sobre a mesa, abraçou-se ao pescoço de seu velho protetor.

Na manhã seguinte, quando o dia clareou, ele já estava a caminho de Córdoba, animado e contente, cheio de pressentimentos felizes. Mas... às vezes, a natureza se encarrega de acabar com a nossa alegria. O tempo estava fechado, com forte neblina, o trem quase vazio corria através de uma imensa planície, onde não havia o menor sinal de moradores. Ele estava sozinho, num vagão enorme, que parecia daqueles feitos para transportar feridos. Olhava para a direita e para a esquerda e não via senão uma solidão sem fim, semeada de arvorezinhas tortas, com troncos e ramos retorcidos como nunca tinha visto: era como se se torcessem de raiva e de angústia, uma vegetação escura, rala e triste, que dava à paisagem um ar de cemitério abandonado. Marco cochilava meia hora e tornava a olhar. Via sempre o mesmo cenário. As estações de trens eram isoladas como eremitérios, e não se ouvia nenhuma voz quando o trem parava. O menino tinha a impressão de estar sozinho num trem perdido, abandonado no meio do deserto. Cada estação parecia ser a última do mundo habitado: depois dela, certamente entrariam em terras misteriosas e fantásticas, habitadas por selvagens. Um vento gelado feria-lhe o rosto.

Quando embarcara em Genova, no fim de abril, seus parentes não tinham pensado que na América seria inverno e tinham lhe dado só roupas de verão. Depois de algumas horas, começou a sentir muito frio e, com isso, o cansaço dos últimos dias, cheios de emoções violentas e noites de insônia e inquietação, pesou mais ainda. Adormeceu, dormiu muito tempo e acordou duro de frio. Sentia-se mal. Ficou com medo de adoecer, de morrer na viagem e de o atirarem fora do trem, no meio daquela triste terra vazia, onde o seu corpo seria devorado pelos cães e pelas aves de rapina, como os corpos de cavalos e bois que, a cada passo, via na beira da estrada e dos quais desviava a vista com nojo. Naquele mal-estar, inquieto, no meio daquele terrível silêncio da natureza, sua imaginação remoía ideias pavorosas. Será que ele ia mesmo encontrar a mãe em Córdoba? E se ela não estivesse lá? Se aquele senhor da Rua das Artes estivesse enganado? E se ela tivesse morrido?... Com esses pensamentos, acabou dormindo outra vez. Sonhou que estava em Córdoba, de noite, e que de todas as portas e janelas ouvia gente gritando: – Não está! Não, não está!

Acordou assustado e viu, no fundo do vagão, três homens barbados, embrulhados em mantas coloridas, olhando para ele e cochichando entre si. Veio-lhe à cabeça a ideia de que eram assassinos e queriam matá-lo para roubar sua sacola de viagem. Além do frio e do mal-estar, veio o medo. A imaginação, já confusa, deixou-o transtornado. Os três homens não paravam de olhá-lo, até que um deles levantou-se e veio vindo em sua direção. Então, o menino perdeu a cabeça e, correndo ao seu encontro, com os braços abertos, gritou:

– Não tenho nem dinheiro nem nada, venho da Itália para procurar minha mãe. Estou sozinho! Não me façam mal!

Os homens compreenderam logo e ficaram com dó, afagando-o e sossegando-o, dizendo-lhe muitas palavras que ele não entendia. Vendo que o menino batia os dentes de frio, puseram uma das suas mantas nas costas dele e fizeram com que se sentasse outra vez para dormir. Já estava escuro; ele se acalmou e adormeceu.

Só acordou quando já estava em Córdoba. Ah! Respirou fundo e saltou com ímpeto para fora do vagão! Perguntou a um empregado da estação onde era a casa do engenheiro Mequinez. O empregado deu-lhe o nome de uma igreja, e disse que a casa ficava ao lado. O rapaz saiu correndo. Era noite. Entrou na cidade e tinha a impressão de ainda estar em Rosário, vendo as mesmas ruas retas, ladeadas de pequenas casas brancas, cortadas por outras ruas, igualmente retas e longuíssimas.

A cidade estava escura e silenciosa; mas, depois de ter atravessado aquele imenso deserto, pareceu-lhe alegre. Não havia quase ninguém nas ruas e, à luz dos raros lampiões, o menino só via caras estranhas, de uma cor desconhecida para ele, quase como a cor das azeitonas. De vez em quando, via igrejas de arquitetura extravagante que se desenhavam enormes e pretas contra o céu. Finalmente encontrou um padre, pediu-lhe informação e logo encontrou a igreja e a casa que procurava. Tocou a campainha com a mão tremendo e apertou o peito com a outra para segurar os pulos do seu coração, que parecia querer sair pela boca. Uma senhora idosa veio abrir a porta, com uma vela na mão. Marco custou a poder dizer alguma coisa.

– Quem você procura? – perguntou ela, em espanhol.

– O engenheiro Mequinez – respondeu o rapaz.

A velha cruzou os braços sobre o peito e respondeu, abanando a cabeça:

– Você também vem aqui atrás do engenheiro Mequinez! Já é hora de acabar com isso! Essa chateação já dura três meses! Não basta ter saído nos jornais? Será preciso escrever em todas as esquinas que o Sr. Mequinez foi-se embora para Tucumã?!...

O rapaz fez um gesto de desespero. Depois teve um acesso de raiva:

– É uma maldição! Vou morrer por essas estradas sem encontrar minha mãe! Eu vou ficar doido, vou acabar morto. Meu Deus! Como é que se chama esse tal lugar? Onde é? Fica muito longe daqui?

– Ai! Pobre menino! – respondeu a velha com pena. – Devem ser uns quinhentos quilômetros, pelo menos...

O rapaz escondeu o rosto nas mãos e perguntou com um soluço:

– E agora, o que é que eu vou fazer?

– O que é que você quer que eu diga, meu filho? Eu não sei.

Mas, de repente, teve uma ideia e acrescentou:

– Escute, lembrei-me de uma coisa. Faça o que vou lhe dizer. Corra à direita, por essa rua abaixo. Na terceira porta você vai ver um pátio; lá está um comerciante que parte amanhã para Tucumã com os seus carros de bois; vá lá ver se ele leva você junto. Se você se oferecer para ajudá-lo, talvez ele te deixe viajar num carro; vá depressa!

O garoto agarrou a sacola, agradeceu já correndo e dois minutos depois se achou num vasto pátio, iluminado por lanternas, onde vários homens trabalhavam carregando sacos de trigo em carroções enormes, semelhantes a casas de artistas de circo, com rodas enormes e o teto alto e arredondado. Quem dirigia o trabalho era um homem muito grande, com um bigodão, embrulhado numa espécie de capote de xadrez branco e preto, com grandes botas. O rapaz chegou perto dele e, timidamente, fez seu pedido, explicando que vinha da Itália em busca de sua mãe. O chefe daquela caravana olhou-o da cabeça aos pés e respondeu secamente:

– Não tenho lugar para você.

– Eu tenho 15 liras – respondeu o rapaz, suplicante. Dou-lhe as minhas 15 liras e trabalharei pela viagem. Vou buscar água e capim para o gado, farei todos os serviços. Um pouco de pão chega para mim. Arranje um lugarzinho para mim, senhor.

O homem tornou a olhar para ele e respondeu-lhe de um modo um pouco melhor:

– Mas é que não há lugar... e, além disso, não vamos a Tucumã, vamos a outra cidade, a Santiago del Estero. Teríamos que deixar você num ponto do caminho e você teria ainda uma grande distância para andar a pé.

– Ah! Eu caminharei o dobro! – exclamou Marco. – Vou caminhar, não tenha dúvida, e vou chegar de qualquer jeito! Deixe-me ir num cantinho, por favor! Não me largue aqui, abandonado!

– Olhe que é uma viagem de vinte dias!

– Não importa.

– É uma viagem cansativa!

– Eu suporto tudo.

– E você ainda terá de viajar sozinho!

– Não tenho medo de coisa nenhuma: o que eu quero é encontrar minha mãe. Tenha dó de mim!

O homem chegou uma lanterna perto da cara dele, olhou-o bem e disse:

– Está bem, vá lá!

O rapaz agarrou e beijou a mão do homem.

– Pode dormir esta noite num dos carros, acrescentou o comerciante, afastando-se; amanhã de manhã, eu o acordo. *Buenas noches.*

De manhã, às quatro horas, ainda à luz das estrelas, a longa fila de carros pôs-se em movimento, com grande barulho, cada um deles puxado por seis bois, seguidos de um grande número de animais para revezar. O rapaz, metido dentro de um dos carros, em pouco tempo adormeceu profundamente sobre os sacos de mercadoria. Quando despertou, o comboio estava parado num lugar solitário, exposto ao sol, e todos os peões estavam sentados em volta de um grande pedaço de carne, que estavam assando ao ar livre, enfiado numa espécie de espadão espetado na terra, junto de uma grande fogueira agitada pelo vento. Comeram todos juntos, dormiram e depois seguiram viagem. E assim continuaram, seguindo seus horários e regras, como uma marcha de soldados. Todas as manhãs, punham-se em movimento às cinco horas, paravam às nove para descansar, tornavam a partir às cinco da tarde e tornavam a parar para dormir às dez da noite. Os peões iam a cavalo, espetando os bois com varas compridas. O menino acendia o fogo para o churrasco, dava de comer aos bois, limpava a lanterna, trazia água de beber. Aquele país passava diante de seus olhos como uma visão confusa: vastas matas de pequenas árvores escuras; aldeias de poucas casas espalhadas, com as fachadas fortificadas e pintadas de vermelho, vastíssimos espaços brancos, cobertos de sal, que devem ser os leitos secos de antigos lagos salgados, estendendo-se até onde a vista podia alcançar. E tudo sempre plano, e, por toda parte, solidão, silêncio. Rarissimamente viam-se ao longe dois ou três cavaleiros, seguidos de uma manada de cavalos soltos, que passavam a galope, como um pé de vento. Fazia bom tempo, mas os dias eram todos iguais, como no mar, repetidos e intermináveis. Os peões, como se o rapaz fosse empregado de todos eles, tornavam-se dia a dia mais exigentes. Alguns o tratavam de modo bruto e ameaçavam-no. Ele era obrigado a trazer enormes cargas de capim, mandavam-no buscar água bem longe e ele, exausto, nem ao menos podia bem dormir à noite, sacudido o tempo todo pelos solavancos do carro e pela chiadeira ensurdecedora das rodas. Ainda por cima, o vento levantava sem parar uma poeira fina e avermelhada que cobria tudo, metia-se dentro do carro, por debaixo da roupa, pelos olhos e pela boca, tirava-lhe a vista e a respiração de modo opressivo, insuportável. Enfraquecido pelo cansaço e pela insônia, rasgado, sujo, repreendido e maltratado desde a manhã até a noite, o pobre menino definhava cada dia mais e certamente já teria perdido toda a coragem se o chefe não lhe dissesse, de vez em quando, alguma palavra de consolo. Muitas vezes chorava escondido, num canto do carro, com o rosto encostado ao saco, que agora só continha farrapos. Cada manhã levantava-se mais fraco e desanimado e, estendendo a vista pelo pampa, vendo sempre aquela planície infinita e implacável como um oceano de terra, dizia consigo mesmo:

— Ai! Eu hoje já não chego até à noite... Não chego até à noite. Vou morrer no meio da estrada!

Suas tarefas aumentavam e os maus-tratos redobravam. Uma manhã, um dos homens, não vendo o chefe por perto, começou a bater no menino porque ele demorou a trazer água. Daí pra frente, habituaram-se a bater nele. Quando lhe davam alguma ordem, vinha junto um sopapo na nuca e diziam:

— Mete isto no saco, vagabundo, e leva pra sua mãe.

O coração dele quase arrebentava. Adoeceu. Esteve três dias no carro com febre, embrulhado numa manta, sem ver ninguém, a não ser o chefe que lhe trazia água e tomava seu pulso. Achando que estava perdido, chamava desesperadamente pela mãe, repetindo cem vezes:

— Ai! Minha mãe! Ajude-me! Venha depressa, venha, senão eu morro. Ah! Mãe! Não verei mais você! Pobre mãe, que vai me encontrar morto na estrada!

Juntava as mãos no peito e rezava. Graças aos cuidados do chefe, porém, foi melhorando aos poucos até que ficou bom, mas com a cura chegou também o dia mais terrível da viagem, o dia em que ele devia continuar o caminho sozinho. Já fazia mais de duas semanas que estava na estrada. Chegando ao desvio que seguia para Tucumã, o chefe anunciou que deveriam separar-se, pois a caravana continuaria para Santiago del Estero. Deu algumas indicações sobre o caminho que o menino devia seguir, ajudou-o a pôr saco nos ombros de modo que não o atrapalhasse muito para caminhar e, sem mais demora, como se tivesse medo de comover-se, disse:

— Adeus!

O rapaz apenas teve tempo de beijar-lhe um braço. Até os homens que o tinham tratado tão duramente agora pareciam ter pena dele, vendo-o assim sozinho, e afastaram-se acenando-lhe adeus com a mão. Ele correspondeu a esse adeus e ficou olhando para a caravana, até que a perdeu de vista, encoberta pela poeira vermelha da campina. Depois pôs-se a caminhar tristemente.

Uma coisa, porém, o confortava um pouco: depois de tantos dias de viagem através daquela interminável planura sempre igual, ele via diante de si, ao longe, uma cadeia de altíssimas montanhas azuladas que lhe lembravam os Alpes de sua terra e lhe davam uma sensação de proximidade de seu país. Eram os Andes, a espinha dorsal do continente americano, essa imensa cadeia de montanhas que se estende desde a Terra do Fogo até o mar glacial do Polo Ártico, por cento e dez graus de latitude.[29] Também se sentia mais confortável à medida que sentia o ar cada vez mais quente, porque, seguindo em direção ao norte, aproximava-se das regiões tropicais. E depois de muito caminhar, encontrava, muito longe uns dos outros, pequenos grupos de casas e alguma bodega onde comprava qualquer coisa para comer. Encontrava homens a cavalo e, de vez em quando, mulheres e meninos sentados no chão, imóveis e sérios, com caras cor de terra, que lhe pareciam mesmo muito estranhas, com os olhos puxados e as maçãs do rosto salientes. Olhavam-no atentamente e o acompanhavam com a vista, virando a cabeça lentamente, como autômatos. Eram indígenas. No primeiro dia, caminhou enquanto aguentou e dormiu debaixo de uma árvore. No segundo dia, caminhou muito menos e com menos coragem. Tinha os sapatos furados, os pés esfolados e o estômago afetado pela má alimentação. Ao anoitecer, começou a ter medo. Tinha ouvido dizer na Itália que naqueles países havia muitas serpentes e tinha a impressão de ouvi-las rastejar. Parava, depois corria, sentindo calafrios. Às vezes, ficava com dó de si mesmo e chorava em silêncio, caminhando. Depois pensava: "Ah! Quanto minha mãe sofreria se soubesse que estou com tanto medo!" Esta ideia dava-lhe nova coragem e, para se distrair, pensava na mãe, lembrava suas palavras quando partira de Genova, recordava-se do cuidado com que ela costumava aconchegar as cobertas da cama em volta do pescoço dele, e de quando era ainda uma criança pequena e ela o pegava no colo, dizendo: – Fique aqui um pouquinho comigo. – E ficava assim muito tempo, com a cabeça apoiada na dele, pensando, pensando.

---

[29] De fato, a Cordilheira dos Andes propriamente dita só se estende desde a Terra do Fogo, perto da Antártida, beirando o Oceano Pacífico por toda a costa da América do Sul até à Colômbia. (N.T.)

Então, o garoto se perguntava: – Será que ainda vou ver você um dia, querida mãe? Chegarei ao fim da minha viagem? – E continuava caminhando.

Caminhava por entre árvores desconhecidas, vastas plantações de cana-de-açúcar e pastos sem fim, sempre com aquelas grandes montanhas azuis diante de si, furando o céu sereno com seus picos altíssimos. Quatro dias, cinco, uma semana se passou. Suas forças iam diminuindo a cada dia, e seus pés cheios de bolhas já estavam quase sangrando. Finalmente, uma tarde, ao pôr do sol, disseram-lhe: – Tucumã fica a seis quilômetros daqui. Soltou um grito de alegria e apressou o passo, como se tivesse recuperado num minuto todo a energia perdida. Mas a ilusão durou pouco. De repente, perdeu completamente as forças e caiu à beira de uma vala profunda. Mesmo assim, seu coração pulava de contente. Nunca tinha visto céu tão lindo, tão coberto de estrelas. Deitado na relva, contemplava o céu para adormecer e pensava que talvez, naquele momento, sua mãe também estivesse vendo as mesmas estrelas. E dizia: – Minha mãe, onde você está? O que está fazendo agora? Está pensando no seu filho? Pensa no seu Marco, que já está tão perto de você?

Pobre Marco! Se ele pudesse ver o estado em que estava a mãe, teria feito um esforço sobre-humano para continuar andando e chegar o quanto antes junto dela. Estava doente, de cama, num quarto térreo de uma casa elegante, onde morava toda a família Mequinez, que gostava muito dela e lhe dava assistência. A pobre mulher já estava adoentada quando o engenheiro Mequinez foi obrigado a partir inesperadamente de Buenos Aires. Apesar dos bons ares de Córdoba, não tinha melhorado ainda! Depois, pelo fato de não ter recebido respostas às suas cartas, nem do marido nem do primo, imaginando que havia acontecido alguma grande desgraça, sem saber se devia ir-se embora ou ficar, ficou tão ansiosa, esperando todos os dias uma notícia ruim, que piorou muito. Enfim, sua doença tornou-se ainda mais grave: uma hérnia estrangulada. Fazia 15 dias que não se levantava da cama. Para que se salvasse, era preciso uma cirurgia. Justamente naquele momento em que Marco chamava por ela, estavam os patrões junto à sua cabeceira, tentando convencê-la, com muito carinho, a se deixar operar, mas ela recusava, chorando. Uma semana antes, um ótimo médico de Tucumã já tinha tentado convencê-la, inutilmente:

– Não, meus queridos patrões – dizia ela –, não me falem mais nisso; não tenho mais forças para resistir, morreria na mesa de operação. É melhor que me deixem morrer assim. Não me interesso mais pela vida. Para mim, está tudo acabado. É melhor que eu morra antes de saber o que aconteceu à minha família.

E os patrões diziam que não, que tivesse coragem, que havia de receber resposta das últimas cartas, mandadas diretamente para Genova, que aceitasse ser operada, pelo amor de seus filhos. Mas pensar nos filhos só agravava a angústia, o desânimo profundo que a prostravam havia muito tempo. Aquelas palavras a faziam cair em prantos.

– Ai! Os meus filhos! Os meus filhos! – exclamava, juntando as mãos. – Talvez já não existam! É melhor que eu morra também. Muito obrigada, meus amigos, agradeço-lhes de todo o coração, mas é melhor que me deixem morrer. Eu não vou ficar boa com essa operação; tenho certeza disso. Muito obrigada por tantos cuidados, meus queridos patrões. Nem adianta nada eu voltar ao médico depois de amanhã. Quero morrer. É o meu destino morrer aqui. Está decidido.

Todos tentavam consolá-la e repetiam:

– Não, não diga isso! – e pegavam suas mãos e insistiam, mas ela fechava os olhos, não respondia mais e caia numa prostração que parecia morta.

Os patrões ficavam ali, perto dela, por um tempo, à luz fraca de uma lamparina, contemplando, com grande pena, aquela mãe admirável que, para ajudar a família, tinha vindo morrer a mais de seis mil milhas[30] da pátria; morrer depois de ter sofrido tanto! Coitada! Tão honesta, tão boa, tão infeliz!

No dia seguinte, de manhã cedo, com o saco nos ombros, curvado e mancando, mas cheio de ânimo, Marco entrava na cidade de Tucumã, uma das mais novas e mais florescentes cidades da Argentina. Parecia que estava vendo de novo Córdoba, Rosário ou Buenos Aires; eram as mesmas ruas, estreitas e compridíssimas; as mesmas casas baixas e brancas, mas, por toda parte, uma vegetação nova e maravilhosa, um perfume no ar, uma luz belíssima, um céu claro e profundo como ele nunca tinha visto, nem mesmo na Itália.

---

[30] Equivale a quase 10.000 quilômetros. (N.T.)

Caminhando pelas ruas, tornou a sentir a mesma agitação que sentira em Buenos Aires. Olhava para as janelas e portas de todas as casas, olhava para todas as mulheres que passavam, tentando encontrar a mãe. Tinha vontade de interrogar todos que passavam, mas não se

atrevia a interromper ninguém. As pessoas que estavam às portas olhavam com curiosidade para o pobre menino esfarrapado e poeirento que parecia vir de muito longe. Ele procurava, entre todos, alguém a quem fazer a pergunta essencial, quando deu com os olhos na placa de um bar, onde estava escrito um nome italiano. Lá dentro estavam um homem de óculos e duas mulheres. Devagarinho, Marco chegou junto à porta e, com determinação, perguntou:

– Os senhores sabem onde mora a família Mequinez?

– Do engenheiro Mequinez? – perguntou, admirado, o dono do bar.

– Sim, do engenheiro Mequinez – respondeu o garoto com um fiozinho de voz.

– A família Mequinez – continuou o taverneiro – não está em Tucumã.

Aquelas palavras fizeram ecoar um desesperado grito de dor, como de alguém que estivesse sendo apunhalado. O dono do bar e a mulher levantaram-se e alguns vizinhos vieram correndo.

– O que é? Que você tem, rapaz? — perguntaram, puxando-o para dentro e fazendo-o sentar-se. – Não precisa se desesperar, que diabo! Os Mequinez não estão aqui, mas estão perto, a poucas horas de Tucumã.

– Onde? Onde?– gritou Marco, levantando-se como se ressuscitasse.

– Logo ali, a uns vinte quilômetros da cidade – continuou o homem –, na margem do Rio Saladinno; lá onde está sendo construída uma fábrica de açúcar e uma vila de casas: é lá que mora o Sr. Mequinez. Você chega lá em poucas horas.

– Há um mês, eu estive lá – disse um sujeito que chegara atraído pelos gritos de Marco.

Marco olhou para ele, com os olhos bem abertos e perguntou logo, empalidecendo:

– E viu a empregada do Sr. Mequinez, a italiana?

– A genovesa? Vi, sim.

Marco rompeu em soluços, ao mesmo tempo rindo e chorando. Depois, com a maior determinação, exclamou:

– Por onde se vai pra lá? Depressa, digam-me qual é a estrada... Eu vou-me embora já, ensinem-me o caminho.

– Olha que é um dia inteiro andando! – disseram todos de uma vez. – Você está muito cansado e precisa de repouso. Deixe para ir amanhã.

– É impossível! Impossível! – respondeu o menino. – Digam-me por onde se vai, não posso esperar mais nem um minuto; vou agora, mesmo que eu tenha que morrer no caminho.

Vendo-o tão decidido, não insistiram mais.

– Pois que Deus o acompanhe! – disseram.

– Tenha cuidado no caminho pela mata... Boa viagem, *italianito*.

Um dos homens acompanhou-o até a saída da cidade, apontou-lhe o caminho, deu-lhe alguns conselhos e ficou por uns minutos vendo o garoto afastar-se pela estrada, mancando, com seu saco às costas, até desaparecer por detrás das grandes árvores que margeavam a estrada.

Aquela noite foi horrível para a pobre mulher doente. Sofria dores atrozes que lhe arrancavam gritos e faziam-na delirar. As mulheres que cuidavam dela não sabiam mais o que fazer. A patroa vinha vê-la de vez em quando, aflitíssima. Todos começaram a temer que, mesmo que ela consentisse em deixar-se operar, o médico, que viria na manhã seguinte, chegaria tarde demais. Quando não estava delirando, compreendia-se que sofria muito mais por pensar constantemente na sua família ausente, sem saber notícias, do que pelas dores do corpo. Pálida, magra, com o rosto irreconhecível, metia as mãos pelos cabelos, num gesto desesperado, e gritava:

– Meu Deus! Meu Deus! Morrer tão longe... morrer sem tornar a vê-los! Pobres deles se ficarem sem mãe, as minhas criaturas, o meu próprio sangue! O meu Marco, tão pequeno ainda, tão bom! Tão carinhoso! Se soubessem que menino bom ele era! Se a minha senhora o conhecesse... quando parti, eu não conseguia separar-me dele. Ele chorava... chorava que dava dó! Parecia adivinhar que não me veria mais. Pobre Marco! Meu pobre filho! Pensei que meu coração ia arrebentar. Ah! Se eu morresse naquele momento! Se eu morresse quando estava me despedindo dele!... Se eu tivesse caído fulminada, morta! Sem mãe, pobre criança, que me amava tanto e tanta necessidade tem de mim... Sem mãe, na miséria, mendigando talvez! Marco, o meu querido Marco, a estender a mão com fome! Oh! Deus eterno! Não! Não quero morrer! O médico, depressa. Que venha, que me despedace o peito, que me deixe louca mas que me salve a vida. Quero ficar boa, quero viver, partir, fugir amanhã e já... O médico! Socorro! Socorro!

As mulheres agarravam-lhe as mãos, falando-lhe de Deus e de esperança, tentando acalmá-la e fazendo com que, pouco a pouco, voltasse a si. Então, ela recaía num enorme abatimento, chorava enfiando as mãos nos cabelos que embranqueciam. Gemia como uma criança, gemidos longos, murmurando, às vezes:

– Oh! A minha Genova! A minha casa! Todo aquele mar!... O meu Marco... Onde estará agora o meu pobre filho?

Era meia-noite e Marco, depois de ter passado horas sentado à sombra de um barranco, esgotado, agora caminhava através de uma enorme mata de árvores gigantescas, monstros vegetais com troncos enormes que pareciam pilastras de catedrais, cujas copas altíssimas entrelaçavam-se lá no alto, prateadas pela lua. Vagamente, naquele lusco-fusco, via troncos de todas as formas, retos, inclinados, torcidos, cruzados em estranhas posições de ameaça e de luta. Alguns estavam caídos por terra, como torres tombadas inteiras de uma só vez, cobertas por um emaranhado de plantas intrincadas que pareciam disputá-los palmo a palmo. Outros, reunidos em grandes grupos verticais e fechados, lembravam feixes de lanças cujas pontas quase tocavam as nuvens. Uma grandeza impressionante, uma incrível desordem de formas colossais, o espetáculo mais terrivelmente majestoso que uma floresta poderia oferecer. Havia momentos em que um grande terror tomava conta do menino. Mas... de repente, se lembrava da mãe. Estava exausto, com os pés ensanguentados, sozinho, no meio daquela imensa floresta, onde raramente se via sinal de habitação humana, apenas uma ou outra cabaninha, que pareciam ninhos de formigas perto daquelas árvores; às vezes, via também algum búfalo dormindo à beira do caminho.

Estava abatido, mas não sentia o cansaço, estava sozinho e não tinha medo. A grandeza da floresta engrandecia a alma, o sentimento de já estar se aproximando da mãe dava-lhe a força e a valentia de um homem adulto.

A lembrança do oceano, dos momentos de desânimo, das dores sofridas e vencidas, do cansaço que tinha aguentado, de sua resistência e determinação fazia com que ele levantasse a cabeça e que seu sangue quente corresse mais vivo, dando-lhe orgulho e coragem para ir até o fim. E o incrível estava acontecendo: depois de dois anos de ausência, a imagem da mãe lhe vinha à imaginação como se ela estivesse diante dele: tornava a ver claramente o rosto dela, como havia muito tempo não conseguia. Via-o bem pertinho dele, falando, via os movimentos rápidos dos olhos e dos lábios, o jeito dela, todos os gestos e todas as expressões de angústia que ela devia estar sentindo naquele momento.

Empurrado por aquelas recordações insistentes, apressava o passo, e um novo carinho, uma nova ternura impossível de expressar com palavras crescia em seu coração, fazendo correr lágrimas de esperança e consolo pelo rosto do menino.

Continuando a caminhar na escuridão, ele ia conversando com a mãe, dizendo as palavras que daí a pouco tempo poderia dizer baixinho ao ouvido dela:

– Estou aqui, minha mãe, estou aqui... Nunca mais vou me separar de você. Vamos voltar juntos para casa; eu vou ficar sempre ao seu lado no navio, agarrado a você, e nunca mais alguém vai conseguir nos separar, mãezinha querida, ninguém, nunca mais, enquanto eu viver.

O menino nem percebeu que a luz prateada da Lua ia morrendo, expulsa pela claridade da madrugada que se refletia, aos poucos, nas copas das gigantescas árvores.

Às oito horas daquela manhã, o jovem médico argentino de Tucumã já estava à cabeceira da doente, ajudado por um assistente. Tentavam, pela última vez, convencer a mãe de Marco a deixá-lo operá-la. O engenheiro Mequinez e sua esposa também insistiam com ela. Tudo, porém, parecia inútil. A mulher, já quase sem forças, não acreditava no sucesso da cirurgia. Dizia que tinha certeza de que ia morrer na operação ou poucas horas depois, sofrendo dores muito piores do que se a deixassem morrer naturalmente. O médico insistia, dizendo-lhe:

– A operação é segura e a sua cura é certa; só é preciso um pouco de coragem! Mas se não permitir a operação, é igualmente certo que a senhora vai morrer.

Era o mesmo que falar com as paredes.

– Não – respondeu ela com voz fraca –, eu ainda tenho coragem para morrer, mas não para sofrer à toa. Obrigada, doutor. O destino quis assim. Deixe-me morrer tranquila.

O médico desanimou, desistiu. Todos se calaram. Então a doente olhou para sua patroa e fez-lhe os seus últimos pedidos, com voz quase apagada:

– Querida senhora – disse ela a muito custo, suspirando –, por favor, mande para a minha família aquele pouquinho de dinheiro e o resto das minhas coisas, por meio do consulado. Eu espero que eles ainda estejam todos vivos. O meu coração diz que sim, até agora. Por favor, escreva para os meus filhos... e diga que a minha maior dor é de não tornar a vê-los mais... mas que morri com coragem... resignada... abençoando-os... e que recomendo a meu marido e meu filho mais velho... que cuidem bem do menor, o meu pobre Marco, que esteve sempre no meu coração, até o último momento. De repente, agitou-se, levantou as mãos e gritou as mãos:

– O meu Marco! O meu filho! A minha vida!

E movendo os olhos cheios de lágrimas, viu que sua patroa não estava mais ali, pois alguém a tinha chamado fora do quarto. Procurou com o olhar o patrão. Ele também tinha desaparecido e ela só via as duas enfermeiras e o assistente do médico.

Ouvia-se um barulho de passos apressados na sala ao lado, um cochicho de vozes falando depressa e baixinho, com exclamações. A doente ficou olhando para a porta, esperando. Depois de alguns minutos, viu voltar o médico junto com os patrões, todos com uma expressão estranha. Os três olhavam para ela com ar de dúvida e falavam baixinho entre si. Pareceu-lhe que o médico tinha dito à senhora:

– É melhor já. – A doente não compreendia do que se tratava.

– Iosefa – disse a patroa, com voz agitada –, tenho uma boa notícia para você. Vá preparando o coração para recebê-la.

A mulher olhou-a atentamente.

– Uma notícia – continuou a patroa, cada vez mais agitada – que vai lhe dar alegria.

A enferma arregalou os olhos.

– Prepare-se – prosseguiu a senhora – para ver uma pessoa a quem você ama muito.

A mulher levantou a cabeça, movendo rapidamente os olhos brilhantes, da patroa até à porta.

– Uma pessoa – acrescentou a senhora, empalidecendo – que chegou agora mesmo, sem avisar.

– Quem é? – gritou a mulher com uma voz rouca e estranha, assustada.

Um instante depois, ela deu um grito, sentou-se na cama e ficou imóvel, com os olhos arregalados e com as mãos na testa, como se estivesse vendo uma assombração. Marco, todo rasgado e coberto de poeira, estava ali parado à entrada do quarto, com o médico segurando-o pelo braço. A mulher gritou três vezes

– Deus! Deus! Oh! Meu Deus!

Marco aproximou-se da cama. A mãe estendeu-lhe os braços magros e apertou-o ao peito com a força de um tigre, depois desatou num riso misturado com grandes soluços que a fizeram perder o fôlego e tornar a cair sufocada no travesseiro. Mas logo reanimou-se e gritou, louca de alegria, cobrindo de beijos a cabeça do filho:

– Como você veio parar aqui? Por quê? É você mesmo? Como está crescido!... Veio com quem? Está sozinho? Não está doente? É você, Marco? Não é um sonho? Deus meu! Fale comigo!... – E, mudando de repente o tom de voz, disse:

– Não. Fique calado! Espere! – Virou-se para o médico e implorou-lhe:

– Já, depressa, doutor. Quero ficar boa. Estou pronta. Não perca um momento. Mande Marco sair, para que não ouça e não se aflija... Isto não é nada, Marco. Depois você me conta tudo o que aconteceu... dê-me um beijo... Vá. Aqui estou, doutor.

Marco foi levado para fora. Os patrões e as enfermeiras saíram apressadamente, ficaram apenas o cirurgião e o ajudante, que fecharam a porta.

O Sr. Mequinez tentou levar Marco para uma sala mais afastada, mas foi impossível. Ele parecia grudado no chão.

– O que é? – perguntou. – O que é que minha mãe tem? O que é que estão fazendo com ela?

Então Mequinez, devagar, e sempre tentando afastá-lo dali, explicou:

– Olhe aqui... ouça. Sua mãe está doente: ela precisa de uma pequena operação... depois eu explico melhor. Venha comigo.

– Não – respondeu o garoto, teimosamente –, quero ficar aqui. Explique-me de uma vez.

O engenheiro disparava palavras, insistindo em tirá-lo dali. O menino foi-se assustando e começou a tremer. De repente, um grito agudo, como o grito alguém que está morrendo, ecoou por pela casa toda. O rapaz respondeu com outro grito desesperado:

– Minha mãe morreu!

O médico abriu a porta e disse:

– Não, sua mãe está salva.

O menino ficou parado, olhando-o um momento, mas logo lançou-se de joelhos aos pés do médico, soluçando:

– Muito obrigado... doutor.

O médico levantou-o do chão e abraçou-o, dizendo-lhe com carinho:

– Levante-se. Foi você, garoto valente, quem salvou sua mãe.

Verão

Quarta-feira, 24

Marco, o menino genovês, foi o penúltimo pequeno herói que conhecemos; só ficou faltando um, para o mês de junho. Faltam dois exames mensais, 26 dias de aula, seis tardes de quinta-feira de folga e cinco domingos. Já dá pra sentir o ar do fim do ano. As árvores do jardim, cheias de folhas e flores, fazem boa sombra para os aparelhos de ginástica. Os alunos já andam vestidos de verão. É bonito ver agora a saída das classes, tudo ficou tão diferente dos meses passados! Os cabelos, que antes chegavam até aos ombros, agora foram cortados à escovinha. Veem-se pernas e pescoços descobertos por causa do calor. Usam-se chapeuzinhos de palha de todas as formas, com fitas que descem pelas costas abaixo, camisas e gravatinhas de cores variadas. Os menores, então, todos, até os mais pobres, têm alguma coisa vermelha ou azul na roupa, um enfeite, um debrum, um pompom, um lencinho que seja, de cor viva, aplicado de qualquer jeito pela mãe, contanto que faça vista. Muitos vêm para a escola sem chapéu, como se tivessem fugido de casa. Alguns vêm com o uniforme branco da ginástica. Há um aluno da professora Delcati que apareceu vestido de vermelho da cabeça aos pés, parecendo um caranguejo cozido. Alguns andam vestidos de marinheiro. Mas o melhor é o Pedreirinho, que anda com um chapelão de palha, parecendo um toco de vela com um quebra-luz por cima, e fica a maior graça fazendo o focinho de coelho debaixo daquelas abas. Coretti também tirou o boné de pelo de gato e agora usa um velho gorro de seda cinzenta. Vottini usa uma roupa com xadrez à escocesa, muito elegante. Crossi mostra o peito nu. Precossi se exibe dentro de uma camisa azul, de ferreiro. E Garoffi? Esse foi obrigado a deixar em casa o capote que escondia sua mercadoria: agora dá pra ver os bolsos dele atulhados de todo tipo de

bugigangas, parecendo uma loja ambulante de coisas de segunda mão, além dos bilhetes de rifa que aparecem por todos os lados.

Dá pra ver, também, tudo o que a garotada traz pra escola. Leques feitos com meio jornal dobrado, flautinhas de bambu, flechas para atirar nos passarinhos, galhinhos e grilos que saem fora dos bolsos e vão subindo devagarinho pelas jaquetas. Muitos dos pequenos trazem raminhos de flores para as professoras; elas, também, andam vestidas de verão, em cores alegres, menos a "freirinha", que se veste sempre de preto. E a professorinha da pluma vermelha, que nunca larga da sua pluma nem do laço de fita cor-de-rosa no pescoço, sempre amarrotado pelas mãozinhas das alunas, que a fazem sempre rir e correr. É a estação das cerejas, das borboletas, da música nas ruas, dos passeios no campo. Muitos do quarto ano fogem para ir tomar banho no Rio Pó; todos têm o coração em férias, e a cada dia a gente fica mais impaciente pela hora de saída da escola – mas, também, mais alegre do que no dia anterior. O que me dá pena é ver o Garrone vestido de luto e a minha pobre professora do primeiro ano, cada vez mais abatida e pálida, tossindo cada vez mais. Agora anda curvada e cumprimenta a gente de um jeito tão triste!

Poesia
Sexta-feira, 26

Você começa a compreender a poesia da escola, Enrico. Mas, por enquanto, só vê a escola pelo lado de dentro. Ela vai parecer-lhe muito mais bonita e poética daqui a trinta anos, quando você for lá, acompanhar seus filhos e a vir de fora, como eu a vejo. Quando estou esperando você, passeio pelas ruas silenciosas em volta do edifício e encosto a orelha nas janelas do térreo, fechadas com persianas. Numa janela, dá para ouvir a voz de uma professora que diz: "Aquele corte no t não está benfeito, não, meu filho. Que diria seu pai, se visse isso?" Em outra janela próxima, ouço a voz grossa de um professor ditando, devagar: "Comprei cinquenta metros de seda a quatro liras e cinquenta centavos o metro; se eu vender a...". Mais além, a professora da pluma vermelha, que lê em voz alta:"Então, Pietro Micca, com a mecha acesa...".

Da classe vizinha, ouve-se um burburinho como de passarinhos, o que quer dizer que o professor saiu da sala por um momento. Continuo andando e, ao virar a esquina, ouço o choro de uma menina e a voz da professora repreendendo ou consolando. De outras janelas ouvem-se, daqui de fora, versos, nomes de homens célebres e pedaços de frases que aconselham a lealdade, o amor ao próximo, a coragem...

Depois seguem-se momentos de silêncio, em que se diria que o edifício está vazio, e parece impossível que haja 700 garotos lá dentro. Mas daí a pouco já se ouvem gargalhadas provocadas pela piada de um professor de bom humor. Quem passa fica com vontade de parar para ouvir, e todos olham com simpatia para aquele elegante edifício que abriga tanta juventude e tantas esperanças. Depois ouve-se, de repente, um rumor surdo, um baque de livros e de carteiras, um bater de pés, um burburinho que se espalha de classe em classe, de baixo para cima, como se começasse a correr uma boa notícia. É o bedel que anuncia o fim das aulas. Ouvindo esse barulho, uma multidão de mulheres, de homens, de moças e de moços acotovelam-se dentro e fora do portão, esperando os filhos, os irmãos, os sobrinhos... enquanto saem, aos pulos, das portas das classes para o saguão de entrada, os menores, para pegar suas capas e seus chapeuzinhos, fazendo grande bagunça no chão, dançando para um lado e outro, até que o bedel consiga pô-los em ordem, um por um. Finalmente, saem todos em grandes filas, batendo os pés.

Começa então a chuva de perguntas dos parentes: "Você soube a lição?"; "Que nota o professor lhe deu na lição de casa?"; "O que é que ele passou para amanhã?"; "Quando é a prova mensal?" Mesmo as mães que não sabem ler abrem os cadernos, olham para os problemas, perguntando as notas. "Só oito?" "Dez com louvor!" "Nove na lição de casa?" E inquietam-se, alegram-se, interrogam os professores e falam de programas e de exames. Como é bonito tudo isso! Como é grande o ensino, e que imensa promessa são as escolas para o mundo!

Seu pai

A surda-muda
Domingo, 28

O mês de maio não podia acabar melhor para mim do que com a visita desta manhã. Ouvimos tocar a campainha e saímos todos correndo. Ouvi a voz de meu pai, dizendo, muito admirado:

– Você por aqui, Giorgio! – era Giorgio, o nosso jardineiro de Chieri, cuja família agora mora em Condove. Ele estava chegando de Genova, onde tinha desembarcado no dia anterior, de volta da Grécia, depois de ter ficado três anos trabalhando numa estrada de ferro de lá. Vinha com uma grande trouxa nos braços. Está um pouco mais velho, mas sempre de rosto corado e alegre. Meu pai queria que entrasse, mas ele disse que não e perguntou logo com um jeito muito sério:

– Como vai a minha família? Como está minha filha Gigia?

– Estava bem, até há poucos dias quando eu soube notícias – respondeu minha mãe.

Giorgio deu um grande suspiro.

– Oh! Graças a Deus! Eu estava sem coragem de chegar lá no Instituto dos Surdos-Mudos sem primeiro ter notícias dela. Vou deixar esta trouxa aqui enquanto corro para ir buscá-la. Há três anos não vejo a minha filha! Três anos que não vejo nenhum dos meus...

Meu pai me disse:

– Vá com ele.

– Desculpe-me... só mais uma palavrinha... – disse o jardineiro já no patamar da escada.

Mas meu pai interrompeu:

– E como vão os negócios?

– Bem, graças a Deus. Eu até trouxe algum dinheiro... mas... queria perguntar... Como vai a instrução da minha filha mudinha? Diga-me alguma coisa. Quando eu a deixei, parecia um bichinho do mato, coitadinha! Não acredito muito nessas escolas. Será que aprendeu a falar com os sinais? Minha mulher me escrevia, dizendo que ela aprende a falar e faz progressos. Mas... eu ficava pensando... o que adianta que ela aprenda a falar com as mãos se eu não sei fazer os sinais? Como poderemos nos entender? Pobre criança! Aquilo é bom para se compreenderem entre si, um com o outro. Mas... como vai ela? Como vai?

Meu pai sorriu e respondeu:

– Não vou dizer nada, você é que vai ver por si. Vá, vá depressa, não perca mais um minuto.

Saímos. O Instituto fica perto de nossa casa. Caminhando a passos largos, o jardineiro me dizia, tristemente:

– Ah! A minha pobre Gigia! Nascer com aquele problema! Pensar que eu nunca pude ouvir a palavra "pai" pronunciada por ela, e que ela nunca me ouviu chamar-lhe "filha", porque nunca ouviu nem disse uma palavra neste mundo!... Graças a Deus que encontramos uma pessoa generosa que paga a mensalidade do Instituto pra nós! Mas antes dos oito anos não podia entrar. Há três anos que não está em casa. Daqui a pouco vai fazer 11 anos. Está crescida? Diga-me: está crescida?

– O senhor vai ver, o senhor mesmo vai ver – respondi, apressando o passo.

– Mas onde é este Instituto? – perguntou ele. – Quando minha mulher a levou para lá, eu já tinha ido embora. Parece-me que deve ser por aqui.

Estávamos justamente chegando. Entramos logo na portaria. Veio um guarda ao nosso encontro.

– Sou o pai de Gigia Voggi – disse o jardineiro. – Quero ver a minha filha, depressa, depressa.

– Estão no recreio – respondeu o guarda. Vou avisar a professora. E saiu.

O jardineiro nem podia falar, nem ficar parado, olhava para os quadros nas paredes mas não via nada, de tão nervoso. A porta se abriu: entrou uma professora vestida de preto com uma mocinha pela mão.

Pai e filha olharam-se um momento e depois se lançaram nos braços um do outro. A menina estava vestida de riscadinho branco e vermelho, com um avental cinzento. Era mais alta do que eu. Começou a chorar, abraçando-se fortemente ao pai. Até que o pai soltou-se dela e, para poder olhá-la dos pés à cabeça, com os olhos brilhantes, ofegante, como se tivesse dado uma grande corrida, exclamou:

– Ah! Como está crescida! E como ficou bonita! Oh! minha querida, a minha filha Gigia! A senhora é a professora dela? Diga-lhe, por favor, que me faça alguns dos seus sinais que, quem sabe, eu entendo alguma coisa e depois vou aprendendo aos poucos. Diga-lhe que me faça compreender alguma coisa com os gestos.

A mestra sorriu e disse em voz baixa à menina:

– Quem é este homem que veio visitar você?

E a pequena, com uma voz estranha, meio rouca, com a pronúncia estranha como a de um estrangeiro que estivesse falando pela primeira vez a nossa língua, mas pronunciando claramente as palavras e sorrindo, respondeu:

– É meu pai.

O jardineiro deu um passo para trás, espantado:

– Ela fala? Mas isso não pode ser. É impossível! Fala? Mas você fala, minha filha? Fala?

Ele abraçou-a de novo e beijou-a na testa três vezes.

– Mas não é com os gestos que eles falam, professora? Pois não é com os dedos, assim?... Mas o que é isso?

– Não, senhor Voggi – respondeu a professora –; não é com os gestos. Era assim pelo método antigo. Aqui se ensina pelo método novo, pelo método verbal. O senhor não sabia?

– Mas... eu não sabia de nada – respondeu o jardineiro, espantadíssimo. – Há três anos que estou fora daqui. Talvez tenham mandado dizer-me isso, mas eu não compreendi. Eu tenho a cabeça dura como pedra. Ah! Minha filha, pois você me entende? Ouve a minha voz? Responda, ouve? Ouve o que eu digo?

– Não é assim, meu senhor – disse a professora. – Não ouve a voz porque é surda. Mas ela entende as palavras que dizemos pelos movimentos de nossa boca. É este o método novo. Ela não ouve propriamente as palavras de ninguém, nem as que ela mesma diz: pronuncia-as, porque lhe ensinamos, som por som, o modo como deve mover os lábios e a língua e o esforço que deve fazer com o peito e com a garganta para emitir a voz.

O jardineiro não entendeu e ficou de boca aberta. Não podia acreditar.

– Diga-me, Gigia – perguntou à filha, falando ao ouvido dela. – Você está contente por seu pai ter voltado?

Então levantou a cabeça e ficou esperando a resposta.

A filha olhou para ele, pensativa, e não disse nada. O pai ficou confuso. A professora riu e explicou:

– Ela não lhe responde porque não viu o movimento dos seus lábios. Não adianta falar ao ouvido dela. Repita a pergunta, mantendo o rosto bem em frente aos olhos de sua filha.

O pai, olhando para Gigia bem de frente, repetiu:

– Você está contente por seu pai ter voltado? Não quer que eu me ausente mais?

A pequena, que tinha olhado atentamente para os lábios dele, tentando ver até dentro da boca, respondeu claramente:

– Sim, estou contente por ter voltado e não quero mais que você vá embora.

O pai deu-lhe mais um abraço apertado. Depois, ansioso, como para ter certeza, fez uma infinidade de perguntas:

– Como se chama a mamãe?

– An-to-nia.

– Como se chama sua irmã pequena?

– A-de-lai-de.

– Como se chama esta escola?

– Instituto dos Surdos-Mudos.

– Quanto é duas vezes dez?

– Vinte.

Quando pensávamos que ele ia rir de alegria, começou de repente a chorar, mas eram, sim, lágrimas alegres.

– O que é isso? – disse a professora. – O senhor tem motivos para alegrar-se, não para chorar. Repare que está fazendo sua filha chorar também... Então, está contente, não é verdade?

O jardineiro agarrou a mão da professora e beijou-a por duas ou três vezes, exclamando:

– Obrigado! Obrigado! Cem vezes obrigado! Mil vezes obrigado, querida professora!

– Repare que sua filha não só fala, mas também escreve e faz contas – continuou a professora. Conhece o nome de todos os objetos da vida cotidiana. Já sabe um pouco de História e de Geografia. Agora já está seguindo o programa normal das escolas. Quando tiver feito os dois anos que faltam, saberá muito, muito mais... Há de sair daqui pronta para exercer uma profissão. Temos surdos-mudos que estão nas lojas servindo os fregueses e tratam dos seus negócios como qualquer outra pessoa.

O jardineiro ficou pasmo outra vez. Parecia que suas ideias se confundiam. Olhou pra filha e coçou a cabeça. Percebia-se que queria mais explicações.

Então a professora, virando-se para o guarda, pediu:

– Chame aqui uma menina da classe preparatória.

O guarda voltou, pouco depois, com uma surda-muda de oito a nove anos, que estava no Instituto havia poucos dias.

– Esta menininha ainda está aprendendo a dizer os primeiros elementos – disse a professora. – Veja só como se faz. Por exemplo, quero que ela diga "é".

Fez sinal à menina para que abrisse a boca do mesmo jeito que ela. A menina obedeceu. Então a professora fez-lhe sinal para soltar a voz. Ela emitiu logo um som, mas, em vez de "é", pronunciou "ó".

– Não – disse a professora –, não é assim.

Pegou as mãos da menina, pôs uma delas aberta na sua própria garganta e outra sobre seu próprio peito e repetiu "é".

A menina, sentindo pelo tato o movimento da garganta e do peito da professora, reabriu a boca como antes e pronunciou perfeitamente: "é". Do mesmo modo, a professora fê-la dizer "e" e "d", conservando sempre as mãozinhas da garota na própria garganta e no peito.

– Compreende agora? – perguntou.

Giorgio tinha compreendido, mas parecia ainda mais espantado do que antes.

– Então é assim que ensinam a falar? – perguntou, depois de um momento de reflexão, olhando pra professora. – E vocês têm a paciência de ensinar assim, pouco a pouco, um por um, todos? Durante anos e anos? Então as senhoras são santas! Santas e anjos do paraíso! Mas não há no mundo recompensa para tais serviços! Nem sei o que dizer! Ah! Agora, deixem-me ficar um pouco com minha filha, deixem-na sozinha comigo, por cinco minutos que seja.

Retirando-se para um canto com a filha, fez com que ela se sentasse. Começou a interrogá-la e ela a responder, ele a rir, com os olhos brilhantes, batendo com as mãos nos joelhos, pegando as mãos da filha e olhando para ela, fora de si de contentamento, a ouvi-la, como se fosse uma voz que viesse do céu. Em seguida, perguntou à professora:

– O senhor diretor dará licença para que eu lhe agradeça?

– O diretor não está aqui agora – respondeu a professora –, mas há uma pessoa a quem deve agradecer. Aqui, cada menina pequena é entregue aos cuidados de uma companheira maior que lhe serve de irmã e de mãe. A sua filha está confiada a uma aluna de 17 anos, filha de um padeiro, que é um amor e gosta muito dela. Há dois anos que todas as manhãs ela a ajuda a vestir-se, a pentear-se, ensina-a a costurar, arruma direitinho sua roupa e estão sempre juntas. Luigia, como se chama a sua irmã do Instituto?

A rapariga sorriu e respondeu:

– Ca-te-ri-na Gi-or-da-no.

E voltando-se para o pai, disse:

– Mui-to, mui-to boa.

A professora fez um sinal ao guarda, que saiu e voltou logo com uma mocinha loira, cheia de vida, alegre, também vestida de riscadinho vermelho, com avental cinzento. Ela parou na porta, ficou corada, depois inclinou a cabeça rindo. Já tinha corpo de mulher, mas o jeito era de menina. A filha de Giorgio correu ao encontro da outra, pegou a mão dela e trouxe-a para perto do pai, dizendo com sua voz rouca:

- Ca-te-ri-na Gi-or-da-no.

– Ah! A boa menina! – exclamou o pai, estendendo a mão como se fosse acariciá-la, mas retirou-a a meio caminho e repetiu: – Ah! A boa menina, que Deus a abençoe e lhe pague, que lhe dê todas as recompensas, faça-a sempre feliz, e a toda sua família! Cuida da minha Gigia!... É um trabalhador honesto, um pai de família que lhe deseja, de coração, todos os bens deste mundo.

Caterina acariciava a pequena, que continuava de mãos dadas com ela, sorrindo. O jardineiro contemplava-a como se ela fosse uma santa.

– Hoje, pode levar sua filha para casa com o senhor – disse a professora.

– Vou levar mesmo! – respondeu o jardineiro. – Levo-a a Condeve e trago de volta amanhã. Ora, se eu não haveria de levar a minha filha!

Gigia foi correndo trocar de roupa.

– Há três anos que não a vejo! – disse o jardineiro. – E agora, que fala! Levo-a a Condeve. Mas antes vou dar uma volta por Torino, de braços com a minha filhinha... Quero que todos a vejam, e vou levá-la à casa de meus conhecidos para que a ouçam. Ah! Que dia feliz! Isso é que se chama uma satisfação! Vamos, dê o braço a seu pai, Gigia querida.

A menina, que tinha voltado com um chalezinho e uma touca, deu-lhe o braço.

– E muito obrigado a todos, de todo o coração; ainda hei de voltar aqui, para agradecer mais uma vez.

Ficou pensativo um momento, depois separou-se bruscamente da menina, voltou atrás, remexendo com uma mão no colete e gritou, como se estivesse furioso:

– Vá lá, sou um pobre diabo, mas aqui está, deixo vinte liras para o Instituto, uma bela moeda de ouro, novinha.

E dando um tapa na mesa, ali deixou a moeda.

– Não, não, caro senhor –, disse a professora, comovida. – Guarde o seu dinheiro. Não posso aceitar. Guarde-o. O senhor esforçou-se demais para ganhá-lo. Não cabe a mim. O senhor verá quando o Diretor chegar. Ele também não aceitará, pode ter certeza. Mas nós lhe ficaremos todos muito agradecidos, do mesmo jeito.

– Não, eu deixo o dinheiro aqui – respondeu o jardineiro, teimoso –, e depois... veremos...

Mas a professora enfiou-lhe a moeda de novo no bolso, sem lhe dar tempo de impedi-la.

Então, resignado, ele baixou a cabeça e, em seguida, rapidamente, jogou um beijo para a professora e para a colega da filha e saiu, dizendo:

– Venha, venha minha filha, meu tesouro.

A filha exclamou, com a sua voz rouca: – Oh! Que lindo som!

Junho

Garibaldi

3 de junho. Amanhã é a festa nacional.

Hoje é um da de luto nacional. Ontem à noite, morreu Garibaldi. Você sabe quem foi Garibaldi? Foi quem libertou dez milhões de italianos da tirania dos Bourbons. Morreu aos setenta e cinco anos. Nasceu em Nice, filho de um capitão de navio. Aos 8 anos, salvou a vida de uma mulher; aos 13, salvou uma barca cheia de colegas que naufragavam. Aos 27, arrebatou das águas de Marselha um moço que estava se afogando; aos 41, livrou um navio de ser devorado pelas chamas, no meio do oceano. Combateu dez anos na América, pela liberdade de um povo estranho;[31]

---

[31]Quando jovem, Garibaldi viveu no Rio de Janeiro, onde conheceu combatentes pela independência do Rio Grande do Sul e juntou-se à Revolução Farroupilha, transformando seu pequeno barco comercial Mazzini em barco de combate a serviço da República Rio-Grandense. Junto ao general Davi Canabarro, conquistou o porto de Laguna, em Santa Catarina, onde foi proclamada a República Catarinense. Ali

combateu em três guerras contra os austríacos para a libertação da Lombardia e do Trentino, na Itália; defendeu Roma dos franceses.

Em 1849, libertou Palermo e em 1860, libertou Napoli. Combateu por Roma, em 1867; lutou, em 1870, contra os alemães, em defesa da França.

Ele tinha a chama do heroísmo e era um gênio da estratégia. Lutou em quarenta combates e venceu trinta e sete. Quando não combatia, trabalhava para viver, como qualquer trabalhador e, por um período, viveu sozinho numa ilha deserta, cultivando a terra. Foi mestre marinheiro, operário, negociante, soldado, general e governante.

Era grande, simples e bom. Odiava todos os opressores, amava todos os povos, protegia todos os fracos; não tinha outra aspiração que não fosse o bem, recusava honras, não temia a morte, adorava a Itália.

Quando soltava um grito de guerra, muitos homens valentes vinham de toda parte para segui-lo. Magnatas abandonavam seus palácios, operários deixavam suas oficinas, alunos saíam das escolas para ir combater com ele ao sol da sua glória. Nos combates, vestia uma camisa vermelha. Era forte, loiro e belo. Nos campos de batalha, era um raio; nos afetos, era uma criança, nos sofrimentos, era um santo.

Mil italianos morreram pela pátria, felizes de dar sua vida, vendo-o passar ao longe, vitorioso. Milhares se deixaram matar por ele, milhões o abençoaram e abençoarão sempre. Morreu! O mundo inteiro chora por ele.

Você não o compreende agora, mas lerá os seus feitos, ouvirá falar dele a vida toda. À medida que for crescendo, a imagem dele irá se engrandecendo aos seus olhos. Quando for adulto, você o verá como um gigante, e quando você não existir mais, quando nem os filhos dos teus filhos nem os que nascerem deles já não estiverem mais vivos, as gerações futuras ainda verão, nas alturas, sua figura luminosa de libertador dos povos, coroada por um círculo de estrelas representando suas vitórias. A alma e a fronte de cada italiano resplandecerá ao pronunciar o nome dele.

Seu pai

---

conheceu e casou-se com Ana Maria de Jesus Ribeiro, conhecida como Anita Garibaldi, sua companheira de lutas na América do Sul e depois na Itália. Quando a República Rio-Grandense deixou de existir, mudou-se para Montevidéu, no Uruguai, onde também participou na luta de independência daquele país contra a Argentina. Em seguida voltou à Itália para comandar as lutas pela unificação de seu país. (N.T.)

O Exército

Domingo, 11. Festa nacional adiada por sete dias,
pela morte de Garibaldi.

Fomos à Praça Castello ver o comandante do exército passar em revista os soldados que desfilavam entre as calçadas lotadas de gente do povo.

Enquanto desfilavam, ao som das bandas e fanfarras, meu pai ia me mostrando os regimentos e contando as glórias de cada uma das bandeiras. Primeiro, cerca de trezentos cadetes, que um dia serão oficiais de engenharia e artilharia, vestidos de preto, passaram com uma elegância atrevida de soldados e estudantes. Depois deles, desfilou a infantaria, a brigada Aosta, que combateu em Goito e em S. Martino; e a brigada Bérgamo, que combateu em Castelfidardo; mais quatro regimentos, companhia após companhia, milhares de pompons vermelhos, com suas franjas vermelhas que pareciam grinaldas de flores cor de sangue, presas pelas extremidades, agitadas e carregadas diante da multidão.

Depois da infantaria, vinham os soldados do corpo de engenheiros, os operários da guerra, com penachos de crina preta e galões vermelhos. Enquanto eles desfilavam, viam-se avançar lá de trás centenas de plumas altas, retas, bem mais altas que as cabeças dos espectadores: eram os Alpinos, os defensores das portas da Itália, todos altos, corados e fortes, com os cabelos cortados à moda calabresa e fardados de verde-claro, cor da grama de suas montanhas. Enquanto os Alpinos ainda estavam desfilando, ouviu-se um burburinho na multidão e os soldados de infantaria, do antigo 12o. batalhão, os primeiros que entraram em Roma pela brecha da Porta Pia, morenos, ágeis, vivos, com seus penachos flutuantes, passaram como uma escura tempestade, fazendo soar na praça os gritos de alegria de seus clarins. O som de sua fanfarra, porém, foi encoberto pelo ruído pesado da artilharia.

Então passaram, orgulhosamente sentados sobre altas carretas puxadas por trezentas parelhas de fogosos cavalos, os belos soldados, com os seus galões amarelos, os tremendos canhões de aço e de bronze cintilando sobre as rápidas carretas que pulavam e chocalhavam fazendo tremer o solo.

Vinha depois, devagar, séria e bela apesar de sua aparência esforçada e rude, com os seus enormes soldados e suas poderosas mulas, a artilharia de montanha, que leva o terror e a morte até as maiores alturas a que pés humanos conseguir subir.

Finalmente, passou a galope, com os capacetes ao sol, com as lanças erguidas, com as bandeiras ao vento, cintilantes de prata e de ouro, enchendo o ar de tinidos de esporas e de relinchos de cavalos, o soberbo regimento de cavalaria de Genova, que se destacou em dez campos de batalha, desde Santa Lucia até Villafranca.

– Que lindo! – exclamei, mas meu pai, quase me censurando, disse:

– Não olhe o exército apenas como um belo espetáculo. Todos estes rapazes, fortes e esperançosos, podem, a qualquer hora, ser chamados a defender o nosso país e logo tombarão destroçados pelos fuzis e pelas metralhadoras. Todas as vezes que você gritar "Viva o exército! Viva a Itália!" em algum festejo, imagine, por trás dos batalhões que aqui desfilaram, um campo coberto de mortos, encharcado de sangue, e então seu "viva" ao exército sairá do fundo do seu coração e a imagem da Itália vai lhe parecer mais séria e mais grandiosa.

Itália
Terça-feira, 14

É assim que você deve saudar a pátria nos dias de festas nacionais:

– Itália, minha pátria, minha terra nobre e querida, onde nasceram e serão enterrados meu pai e minha mãe, onde eu espero viver e morrer e onde meus filhos crescerão e morrerão; bela Itália, grande e por muitos séculos gloriosa, há poucos anos unida e livre; tu, que espalhaste sobre o mundo tanta luz de inteligências divinas e por quem tantos homens corajosos morreram no campo de batalha e tantos heróis foram executados... Mãe venerável de trezentas cidades e trinta milhões de filhos, eu, que sou criança e ainda não te compreendo nem te conheço inteira, venero-te e amo-te com toda a minha alma, envaideço-me de ter nascido de ti e de dizer que sou teu filho. Amo os teus mares esplêndidos e os teus Alpes sublimes, amo os teus solenes monumentos, as tuas memórias imortais e amo a tua glória e a tua beleza; amo-te, venero-te inteira, como venero e amo a tua parte mais querida, onde nasci e pela primeira vez vi o sol

e ouvi o teu nome. Amo-vos todas de um único afeto e com igual grati-
dão: corajosa Torino,[32] orgulhosa Genova, sábia Bologna, encantadora
Venezia, poderosa Milano; amo-vos com igual reverência de filho, gentil
Firenze e terrível Palermo, Napoli imensa e bela, Roma maravilhosa e
eterna. Amo-te, sagrada pátria, e juro-te que amarei como a meus irmãos
todos os teus filhos; que, no meu coração, sempre honrarei os teus grandes
ainda vivos e os teus grandes mortos; que serei um cidadão trabalhador
e honesto, esforçando-me sem descanso para agir nobremente e tornar-
me digno de ti, para contribuir com as minhas poucas forças para que a
miséria, a ignorância, a injustiça, o crime um dia desapareçam da tua
face e que tu possas viver e crescer tranquila na imponência do teu direito
e da tua força. Juro-te que te servirei como puder, com meu engenho, com
meu braço, com meu coração; humildemente e ousadamente; e que, se
chegar o dia em que precisares do meu sangue e da minha vida, darei o
meu sangue e morrerei, gritando o teu santo nome ao céu e jogarei para
tua abençoada bandeira o meu último beijo.

Seu pai

32 graus
Sexta-feira, 16

Nos cinco dias seguintes ao feriado nacional de 4 de junho, o calor subiu três graus. Agora estamos em pleno verão. Todos começam a ficar cansados e a perder as belas cores rosadas da primavera; os pescoços e as pernas parecem mais finos e compridos, os alunos cabeceiam e os olhos se fecham de sono ao final das aulas. O pobre Nelli, que sofre muito com o calor, fica pálido como cera e, às vezes, adormece profundamente, com a cabeça sobre o caderno; mas o Garrone está sempre atento e põe na frente dele um livro aberto, em pé, para que o professor não o veja dormindo. Grossi apoia a sua cabeça ruiva sobre a carteira, de um jeito que parece separada do corpo. Nobis reclama que há alunos demais na sala e que ele fica sem ar. Ai, como nos custa estudar agora! Das janelas de casa, dá para ver a espessa sombra daquelas lindas árvores, dá vontade de correr para lá e fico triste, chateado por ser obrigado a ir enfiar-me

---

[32] Turim, Gênova, Bolonha, Veneza, Milão, Florença, Palermo e Nápoles. (N.T.)

dentro da sala de aula. Mas depois me animo ao ver minha mãe, que sempre me acompanha com o olhar quando saio pra escola, observando se estou pálido e que me diz, a cada página de lição:

– Vamos, aguente mais um pouquinho!

E todas as manhãs, às seis horas, quando me acorda pra aula, diz:

– Coragem! Faltam poucos dias; depois você vai ficar livre, vai descansar e vai andar pelas veredas sombreadas.

Sim, ela bem que tem razão em me fazer lembrar dos meninos que trabalham na roça, debaixo de um sol de rachar, ou recolhendo do rio seixos que quase cegam a gente com seu brilho e escaldam os pés. E aqueles das fábricas de vidro, que passam o dia imóveis, com o rosto inclinado sobre uma chama de gás, tendo de se levantar de manhã muito mais cedo do que nós, sem férias nem nada.

Coragem, então! Até nisso Derossi é o melhor da classe, pois não reclama do calor, nem fica sonolento. Está sempre vivo e alegre, com seus cachos louros, como se fosse inverno. Ele estuda sem cansaço e é como se sua voz refrescasse o ar mantendo todo o mundo acordado em volta dele.

Há outros dois também sempre despertos e atentos: o cabeção do Stardi, que dá tapas na própria cara para não cochilar e que, quanto mais cansado está e mais calor sente, tanto mais aperta os dentes e arregala os olhos para não deixar escapar nada do que o professor diz; e aquele mercador do Garoffi, todo atarefado a fabricar ventarolas de papel vermelho, enfeitadas com figurinhas de caixa de fósforos, que vende a dois centavos cada. Mas o mais valente é mesmo o Coretti, que se levanta às cinco da manhã para ajudar o pai a carregar a lenha. Às 11 horas já não consegue mais ficar de olhos abertos na classe, e a cabeça tomba sobre o peito. Mas se reanima logo, dá palmadas na nuca, pede licença para sair e lavar o rosto e pede aos vizinhos de carteira que o sacudam e belisquem se ele cochilar. Apesar de tudo, esta manhã ele não conseguiu resistir e dormiu um sono pesado como chumbo. O professor chamou-o em voz alta:

– Coretti! – Ele não ouviu, e o professor, irritado, repetiu: – Coretti! – O filho do carvoeiro, que mora perto dele, levantou-se e disse:

– É que ele hoje já trabalhou das cinco às sete, carregando lenha.

Então o professor deixou-o dormir e continuou a dar aula por uma meia hora. Depois foi até à carteira do Coretti e, devagarzinho, soprando-lhe o rosto, acordou-o. Ao ver o professor na sua frente, o menino inclinou-se para trás, assustado. Mas o professor tomou-lhe a cabeça entre as mãos, deu-lhe um beijo na testa e disse:

– Não estou censurando você, meu filho. Isto não é sono de preguiçoso, mas sim o sono do cansaço.

Meu pai
Sábado, 17

Não, com certeza, nem seu colega Coretti, nem Garrone responderiam mal aos pais deles como você respondeu esta tarde ao seu. Enrico! Como é possível... Você tem de prometer que nunca mais vai fazer isso enquanto eu viver. Todas as vezes em que pensar em responder mal a uma repreensão de seu pai, pense que vai chegar o dia em que ele vai chamar você à cabeceira de sua cama para lhe dizer: – Enrico, vou deixá-lo...

Ah! meu filho, quando você ouvir a voz dele pela última vez e, ainda por muito tempo depois, quando estiver chorando sozinho, no escritório vazio, no meio daqueles livros que ele não abrirá mais... então, lembrando-se de como às vezes faltou com o respeito a ele, você se perguntará: – Como foi possível?... Então compreenderá que o seu melhor amigo sempre foi ele; que sofria mais do que você quando era obrigado a castigá-lo e que nunca fez você chorar se não fosse para o seu bem. Daí você vai se arrepender e beijar, chorando, aquela mesa onde ele tanto trabalhou, sobre a qual ele gastou a vida pelo amor de seus filhos.

Por enquanto você não compreende... Ele esconde tudo o que sente, exceto a sua boa vontade e o seu amor. Você não sabe que seu pai às vezes está tão esgotado de cansaço, que acha que só tem pouco tempo de vida. Quando ele fica assim, só fala de você, e sua maior dor é pensar em deixar você pobre e sem amparo. Pensando nisso, ele entra no seu quarto enquanto você está dormindo, e fica ali, com a lamparina na mão, olhando para você um tempão, até voltar ao trabalho, com grande esforço, cansado e triste como se sente!

Você não percebe que, muitas vezes, ele vai procurá-lo porque está com o coração amargurado, por causa de contratempos que podem acontecer a qualquer pessoa, e precisa de você como um amigo para animá-lo e distraí-lo. Nessas horas ele tem necessidade do seu carinho para recuperar a calma e a coragem! Pense, então, em como ele deve sofrer quando, em vez de achar o carinho que procura, encontra frieza e falta de respeito.

Livre-se dessa mancha tão feia que é a ingratidão. Pense que mesmo que você fosse bom como um santo, nunca poderia retribuir bastante a seu pai pelo que ele já fez e continua a fazer por você. E pense também que a vida nunca está garantida, que uma desgraça poderia roubar a vida de seu pai enquanto você ainda é criança... em dois anos, em três meses... amanhã! Ah! pobre Enrico, como então tudo mudaria à sua volta, como nossa casa pareceria vazia, desolada, com a sua pobre mãe vestida de preto!

Vá, filho, vá até o escritório do seu pai. Vá, pé ante pé, para fazer-lhe uma surpresa, tape os olhos dele, dê-lhe um abraço peça que ele te perdoe e te abençoe.

Sua mãe

No campo
Segunda-feira, 19

Meu pai me deixou ir ao passeio que tínhamos combinado na quarta-feira, com o pai de Coretti, o vendedor de lenha. Nós todos precisávamos muito de um pouco do ar das montanhas. Foi uma festa. Encontramo-nos, ontem, às duas das tarde, na Praça do Estatuto: Derossi, Garrone, Garoffi, Precossi, os Coretti, pai e filho, e eu, com as nossas provisões de frutas, salsichas e ovos cozidos. Garrone levava uma cabaça com vinho branco,[33] Coretti, um cantil de soldado, de seu pai, cheio de vinho tinto, e o pequeno Precossi, com uma camisa de ferreiro, trazia debaixo do braço um pão que pesava dois quilos. Fomos de ônibus até Gran Madre di Dio; depois, toca a subir pelas colinas. Quanto verde! Quanta sombra! E que fresco! Andávamos às cambalhotas na relva, metíamos a cabeça nos riachos e pulávamos por cima das cercas vivas. Coretti pai seguia-nos de longe, com a sua jaqueta ao ombro, fumando o seu cachimbo e, de vez em quando, acenava-nos com a mão para que não rasgássemos os calções. Precossi assobiava!

---

[33] Nos países que são grandes produtores de uva e de vinho, há vinhos com diferentes teores alcoólicos, e os mais fracos costumam ser dados às crianças como alimento, como um suco de fruta. (N.T.)

Nunca o tinha visto assobiar. Coretti filho fazia de tudo enquanto andava; não há nada que aquele garoto não saiba fazer com seu canivete de mola, do comprimento de um dedo: rodinhas denteadas, garfos, seringas; e oferecia-se para carregar as coisas dos outros. Ia tão carregado que o suor escorria-lhe pela testa abaixo, mas sempre ágil como um cabrito. Derossi parava a cada momento para nos dizer os nomes das plantas e dos insetos. Eu não sei como é que ele faz para saber tanta coisa! Garrone comia pão em silêncio, mas não fazia mais suas brincadeiras alegres de antes, pobre Garrone, depois que perdeu a mãe. Mas é sempre uma boa companhia. Quando a gente tinha de saltar um fosso, ele corria logo do outro lado e estendia a mão para que não caíssemos. Como Precossi estava com medo das vacas, porque levou umas chifradas quando era pequeno, sempre que vinha vindo alguma, Garrone punha-se logo na frente. Subimos até Santa Margherita e, depois, descemos a ladeira aos saltos, escorregadelas e trambolhões. Precossi, esbarrando num espinheiro, rasgou a camisa e ficou ali, envergonhado, tentando ajeitar os farrapos. Mas Garoffi, que traz sempre alfinetes nos bolsos, consertou tão bem a camisa que nem dava para perceber. Precossi pediu:

– Desculpe, desculpe – e continuou a correr.

Garoffi não perdia tempo pelo caminho; colhia ervas próprias para salada, enfiava no bolso caracóis e qualquer pedrinha meio brilhante, pensando que ali dentro podia haver ouro ou prata. Fomos correndo o tempo todo, escorregando aqui, levantando ali adiante, subindo nas árvores, acima e abaixo, pelas rochas e atalhos, até que chegamos, cansados e sem fôlego, ao cume de uma colina onde paramos para comer, sentados na relva. Via-se uma planície imensa e depois os Alpes azulados com os picos brancos de neve.

Estávamos mortos de fome e o pão desapareceu em dois tempos. Coretti pai ofereceu-nos porções de salsicha em cima de folhas de abóbora. Então começamos a falar, todos ao mesmo tempo, dos professores, dos colegas que não tinham podido vir e dos exames. Precossi tinha vergonha de comer e Garrone obrigou-o a aceitar, quase à força, a melhor parte da sua merenda. Coretti estava sentado ao lado do pai, com as pernas cruzadas. Assim, um perto do outro, os dois corados e sorridentes, com aqueles dentes bem branquinhos, pareciam mais dois irmãos do que pai e filho. O pai mastigava com gosto e esvaziava também os copos de vinho que nós deixamos pela metade e dizia:

– Para quem tem de estudar, o vinho faz muito mal. Quem precisa mais dele são os vendedores de lenha.

Depois agarrou o filho pelo nariz, sacudindo-o, e dizendo-nos:

– Rapazes! Vocês devem querer bem a este aqui, que é o melhor dos filhos. Eu digo porque sei.

E todos riam, menos o Garrone. O pai Coretti prosseguiu, sempre mastigando:

– Que pena! Agora vocês estão todos juntos como bons amigos, mas daqui a alguns anos... quem sabe? Enrico e Derossi serão advogados, professores, sei lá... E vocês, os outros quatro, vão estar numa loja, numa oficina ou sabe-se lá onde... E então: adeus, colegas.

– O quê? – atalhou Derossi –, pra mim, Garrone vai ser sempre Garrone, Precossi será sempre Precossi e os outros igualmente, mesmo que eu seja imperador da Rússia. Onde eles estiverem, eu vou encontrá-los.

– Muito bem! – exclamou Coretti pai, levantando o cantil –, assim é que se fala, que diabo! – Toque aqui! Viva a amizade e viva a escola, que faz de todos uma só família, até quem não tinha família nenhuma! – Todos nós tocamos o cantil dele com os nossos copos e tomamos um último gole.

– E viva o pelotão do 49! – gritou ele, levantando-se nas pontas dos pés, entornando pela goela abaixo até a última gota de vinho. – E se um dia vocês estiverem em combate, tratem de resistir como nós resistimos, rapazes.

Já estava ficando tarde. Descemos correndo, cantando e caminhando por muito tempo, todos de braço dado, chegando ao Rio Pó quando ia escurecendo e havia milhares de vaga-lumes voando. Só nos separamos na Praça dello Statuto, depois de combinar que nos encontraríamos no domingo para ir ao Teatro Vittorio Emanuele ver a distribuição de prêmios aos alunos das escolas noturnas.

Que ótimo dia! Eu teria chegado muito contente se não tivesse encontrado a minha professora, coitada! Ela vinha descendo as escadas da nossa casa, quase no escuro, e assim que me reconheceu, pegou minhas duas mãos e me disse ao ouvido:

– Adeus, Enrico, lembre-se de mim.

Percebi que estava chorando. Subi correndo e disse à minha mãe que tinha encontrado a minha professora.

– Vá dormir – respondeu minha mãe.

Vi que estava com os olhos vermelhos. Então ela acrescentou, em tom muito triste, olhando bem para mim:

– A tua professora... está muito mal.

A distribuição de prêmios
aos trabalhadores
Domingo, 25

Como havíamos combinado, fomos juntos ao Teatro Vittorio Emanuele para ver a distribuição de prêmios aos trabalhadores estudantes. O teatro estava enfeitado como no 14 de março, completamente lotado pelos trabalhadores e suas famílias, e mais operários, enquanto a plateia estava ocupada pelos alunos e alunas da escola de canto coral, que entoavam um hino. Cantaram tão bem que todos se levantaram para aplaudir e pedir bis, de modo que tiveram de repetir o número.

Em seguida, os premiados começaram a desfilar diante do prefeito e de outras autoridades que lhes entregavam livros, cadernetas de poupança, diplomas e medalhas. Num canto da plateia, vi o Pedreirinho sentado ao lado da mãe; mais para lá estava o diretor e, atrás dele, a cabeça ruiva do meu professor do segundo ano. Desfilaram primeiro os alunos dos cursos noturnos profissionalizantes de desenhistas, ourives, gravadores, gráficos e também de carpinteiros e pedreiros. Depois vieram os do curso de comércio e em seguida os do Liceu Musical, entre os quais várias jovens operárias, todas muito bem-vestidas, que foram muito aplaudidas e retribuíram as palmas com sorrisos. Enfim vieram os alunos das escolas noturnas fundamentais, e então a festa começou a ficar mais interessante.

Passava gente de todas as idades, de todos os tipos, vestida dos mais variados modos; homens com cabelos grisalhos, aprendizes de algum ofício, operários com grandes barbas pretas. Os muito jovens estavam descontraídos; os adultos, um pouco intimidados. O povo aplaudia tanto os mais velhos quanto os mais novos. Todos os rostos estavam atentos e sérios, e ninguém do público ria, como faziam na nossa festa, só as crianças, às vezes.

Muitos dos premiados tinham a mulher e os filhos na plateia, e havia crianças que, vendo o pai atravessar o palco, chamavam-no pelo nome, em voz alta, e apontavam para ele, rindo. Passaram agricultores e carteiros, que eram da escola Buoncompagni. Da escola da Citadella passou um engraxate conhecido do meu pai, e o prefeito, pessoalmente, entregou-lhe o diploma.

Depois dele vi passar um homem alto como um gigante. Era o pai do Pedreirinho! Ele olhava para o pai com os olhos brilhando e, para disfarçar a emoção, imitava o focinho de coelho. Naquele momento, ouvi uma explosão de aplausos e olhei para o palco. Era um pequeno limpador de chaminés, com a cara bem lavada mas com a roupa normal de trabalho, e o prefeito estava falando com ele, apertando-lhe a mão. Depois do limpador de chaminés, veio um cozinheiro. Em seguida veio um gari receber a medalha.

Eu sentia uma coisa no coração, um grande carinho e um grande respeito a todos aqueles trabalhadores, pais de família, cheios de preocupações... Quanto cansaço por cima de seu cansaço, quantas horas de sono de que tanto precisam, roubadas pelos estudos... E também quanto esforço de sua inteligência não habituada ao estudo, e de suas mãos calejadas pelo trabalho... Passou um garoto aprendiz de uma oficina, e se via bem que estava vestido com o paletó do pai, emprestado para aquela ocasião, com as mangas balançando, tão grandes que ele teve de arregaçá-las ali no palco mesmo, para poder pegar o seu prêmio. Muitos riram nessa hora, mas o riso foi logo sufocado pelos aplausos. Depois veio um velho com a cabeça calva e as barbas brancas. Passaram soldados de artilharia, dos que vinham às aulas noturnas na nossa escola; depois, guardas da alfândega, guardas municipais, justamente os que fazem turno de guarda na nossa escola.

No fim, os alunos da escola coral cantaram de novo o mesmo hino, desta vez com tanta paixão, com tal força de sentimentos, que o público quase não aplaudiu e todos se foram devagar, comovidos, sem fazer o menor barulho.

Em poucos minutos a rua se encheu de gente. Em frente à porta do teatro, estava o limpador de chaminés com o livro que recebera como prêmio, encadernado de vermelho. Em volta dele, alguns senhores importantes lhe falavam alguma coisa. Muitas autoridades andavam de um para o outro lado da rua cumprimentando os operários, os meninos, guardas, professores. O meu professor do segundo ano saiu perto de dois soldados de artilharia. E viam-se mulheres de operários trazendo nos braços crianças que sustentavam nas mãozinhas o diploma do pai e, orgulhosas, o mostravam ao povo.

A morte da minha professora
Terça-feira, 27

Enquanto nós estávamos no Teatro Vittorio Emanuele, minha pobre professora estava morrendo. Morreu às 2 horas da tarde, uma semana depois de ter estado com minha mãe. O diretor veio ontem de manhã à nossa classe para nos dar a triste notícia:

– Os que foram seus alunos sabem quanto ela era boa e quanto gostava de vocês: era uma mãe para todos... Agora... ela já não existe neste mundo... Lutou por muito tempo contra uma doença terrível. Se não fosse obrigada a trabalhar tanto para ganhar a vida, talvez tivesse podido tratar-se e curar-se. Com certeza, teria pelo menos ganhado mais alguns meses de vida se tivesse pedido uma licença do trabalho. Mas quis estar com seus alunos até o último dia. Na tarde de sábado, 17, despediu-se deles, sentindo que não ia vê-los mais; ainda lhes deu conselhos, beijou um por um e saiu soluçando. Nós a perdemos para sempre. Lembrem-se sempre dela, meus filhos.

O pequeno Precossi, que tinha sido aluno dela, inclinou a cabeça sobre a mesa e chorou. Ontem à tarde, depois da escola, fomos todos à casa onde ela morava para acompanhá-la à igreja. Na entrada já estava um carro fúnebre puxado por dois cavalos e muita gente que esperava, falando em voz baixa. Também estava o diretor e todos os professores e professoras da nossa e de outras escolas onde ela tinha ensinado anos antes. Estavam também todos os pequenos da sua classe, de mãos dadas com as mães, que seguravam tochas, muita gente de outras classes e umas cinquenta alunas da escola vizinha à nossa, umas com ramos, outras com coroas de flores nas mãos. Além disso, havia muitas flores sobre o carro, e uma coroa de saudades, com uma faixa escrita: *Para nossa professora, as antigas alunas do quarto ano.* Abaixo da coroa grande, pendia outra, menor, que as crianças tinham trazido. Por entre a multidão viam-se muitas empregadas domésticas, mandadas por seus patrões, com velas; e também dois criados de libré com tochas acesas. Um senhor muito rico, pai de um aluno da professora, tinha mandado sua carruagem forrada de seda azul. Todos se amontoavam na frente da porta. Muitas moças enxugavam as lágrimas. Esperamos um pouco em silêncio. Finalmente, saíram da casa com o caixão. Alguns meninos começaram a chorar alto quando viram fecharem o caixão no carro fúnebre, e um começou a gritar como se só naquele momento tivesse compreendido que sua professora tinha morrido. Soluçava tanto, que foi necessário retirá-lo dali.

O cortejo, posto em ordem, começou a mover-se vagarosamente. À frente iam as Filhas do Retiro da Conceição, vestidas de verde; depois, as Filhas de Maria, todas de branco com uma fita azul; depois os padres e, atrás do carro, os professores e professoras, alunos e todos os outros. No fim, seguia a multidão. As pessoas que chegavam às janelas e às portas, ao ver todos aqueles garotos e as coroas, diziam logo:

– É uma professora.

Algumas das senhoras que acompanhavam os menorzinhos também choravam. Quando chegamos à igreja, o caixão foi levado para o centro da nave, diante do altar-mor. As professoras depuseram coroas em cima do caixão, as crianças cobriram-no de flores e toda a gente em volta, com velas acesas, começou a cantar orações que ecoavam na igreja grande e sombria. Depois, de repente, quando o padre disse o último "Amém", as velas apagaram-se, todos saíram apressadamente e a professora ficou sozinha!

Coitada da professora, tão boa, tão cheia de paciência! Por tantos anos, trabalhou sem descanso... Deixou seus poucos livros e objetos de lembrança para seus alunos: para um, o tinteiro, para outro, um quadrinho, e assim por diante, com tudo o que possuía. Dois dias antes de morrer, pediu ao diretor que não deixasse os menorezinhos irem ao seu enterro, porque não queria que chorassem. Fez tanto bem, sofreu tanto... e morreu. Pobre professora, sozinha naquela igreja escura! Adeus! Adeus para sempre, minha boa amiga, doce e triste lembrança da minha infância!

Agradecimentos
Quarta-feira, 28

Minha pobre professora quis chegar até o fim do ano escolar. Só deixou sua classe três dias antes de terminarem as aulas. Depois de amanhã, iremos ainda uma vez à aula, ouvir a leitura do último conto mensal, *Naufrágio*, e depois... fim! Sábado, dia 1º de julho, os exames. E acabou-se o meu quarto ano de escola! Se não fosse a morte da minha professora, teria passado muito bem.

Eu me lembro bem das coisas que sabia em outubro, no início das aulas, e acho que hoje sei muito mais. Tenho muitas coisas novas na memória e aprendi a dizer e escrever, melhor do que antes, o que penso.

Sei fazer contas melhor do que muita gente grande e sinto-me até capaz de ajudá-los nos seus negócios. Compreendo com mais facilidade quase tudo o que leio. Estou satisfeito.

Quantas pessoas me incentivaram e me ajudaram a aprender, de um jeito ou de outro, na minha casa, na escola, pela rua, enfim, por todo lugar onde eu ia e onde podia observar alguma coisa! A todos eu quero agradecer agora. Começarei por você, meu querido professor, que foi tão carinhoso e compreensivo comigo e que teve bastante trabalho para enfiar na minha cabeça cada novo conhecimento que agora me alegra e me orgulha. Agradeço a você, Derossi, meu admirável colega, que com as suas explicações rápidas e discretas, tantas vezes me fez entender melhor coisas difíceis e vencer os obstáculos que eu encontrava nas provas. Agradeço a você também, Stardi, valente e forte, que me mostrou como uma vontade de ferro é capaz de vencer todas as dificuldades; a você, Garrone, bom e generoso, que faz ficarem mais generosas e melhores todas as pessoas que se aproximam de você; e também quero dizer "obrigado" a vocês, Precossi e Coretti, que me deram o exemplo da coragem nos sofrimentos e da tranquilidade no trabalho – obrigado, obrigado a todos... Mas em primeiro lugar, agradeço a você, meu pai, meu primeiro professor, meu primeiro amigo, que me deu tão boas orientações e me ensinou tantas coisas, ao mesmo tempo que trabalhava para mim, disfarçando sempre as suas tristezas, procurando facilitar meus estudos de todo jeito e tornando a minha vida agradável; e a você, mamãe, meu anjo da guarda querido e abençoado, que riu com todas as minhas alegrias e sofreu com todas as minhas mágoas; que tanto se cansou, estudando e chorando comigo, passando-me a mão cabeça e apontando-me o céu com a outra mão. Abraço vocês, como quando era uma criança pequena, e agradeço, com todo o carinho que souberam semear na minha alma em 12 anos de dedicação e amor.

ÚLTIMO CONTO MENSAL

Naufrágio

Há já alguns anos que, numa manhã de dezembro, zarpava do porto de Liverpool, na Inglaterra, um grande navio a vapor, que levava a bordo mais de duzentas pessoas, contando com os setenta tripulantes. O capitão e todos os marinheiros eram ingleses. Entre os passageiros, havia alguns italianos: três senhoras, um padre e um conjunto musical. O navio dirigia-se à Ilha de Malta, no meio do Mar Mediterrâneo. O tempo estava escuro. Entre os viajantes da terceira classe, junto à proa do navio, havia um menino italiano de 12 anos, pequeno para sua idade, mas robusto, com uma cara atrevida e séria de siciliano. Estava só, encostado a um mastro, sentado num grande rolo de cordas, com a mão apoiada sobre uma mala muito surrada que guardava suas coisas. Tinha o rosto moreno e os cabelos negros e ondulados que quase cobriam os ombros. Estava vestido pobremente, com uma manta já gasta sobre as costas e uma velha bolsa de couro a tiracolo. Olhava à volta, com ar melancólico, para os passageiros, para o navio, para os marinheiros que passavam correndo e para o mar agitado. Tinha a aparência de quem acabava de sofrer uma grande desgraça. Era um rosto de criança com a expressão de um adulto.

Poucos dias depois de deixarem o porto, um dos marinheiros do navio, italiano, trouxe pela mão uma mocinha, parou em frente ao garoto siciliano e lhe disse:

– Aqui está uma companheira de viagem para você, Mario.

Deixou a menina ali e foi-se embora. A menina sentou-se sobre o montão de cordas ao lado do garoto. Olharam um para o outro.

– Aonde você vai? – perguntou-lhe o menino.

– A Malta, passando por Napoli – respondeu a garota. E acrescentou: – Vou encontrar meu pai e minha mãe, que estarão me esperando lá. Eu me chamo Giulietta Faggiani.

O rapaz ficou calado, mas daí a pouco tirou da bolsa um pouco de pão e frutas secas. A moça tinha uns biscoitos e os dois comeram juntos.

– Alegrem-se! – gritou o marinheiro italiano, passando rapidamente. – Vai começar o baile.

O vento estava aumentando e balançava muito o navio, mas, como nenhum dos dois garotos sentia enjoo, nem se importavam com isso. A menina sorria. Tinha mais ou menos a mesma idade que seu companheiro, mas era muito mais alta, morena, magra, com um jeito meio frágil, e vestida mais do que modestamente. Tinha o cabelo curto e encaracolado, um lenço vermelho na cabeça e duas argolinhas de prata nas orelhas. Enquanto comiam, iam contando suas vidas um ao o outro. O rapaz não tinha pai nem mãe. O pai, operário, tinha morrido em Liverpool poucos dias antes, deixando-o só, e o cônsul italiano o tinha mandado para a sua terra, Palermo, onde tinha alguns parentes afastados. A mocinha tinha sido levada para Londres, no ano anterior, por uma tia viúva que gostava muito dela, com consentimento dos pais pobres, que a deixaram ir por algum tempo, confiando na promessa de uma herança. Mas poucos meses depois, a tia morreu atropelada por um ônibus sem deixar nem um centavo. Por isso ela também teve de recorrer ao cônsul, que lhe arranjou a passagem para a Itália.

– De modo que... – concluiu a garota – meu pai e minha mãe esperavam que eu voltasse rica; em vez disso, volto pobre como vim. Mas acho que eles gostam de mim do mesmo jeito. E meus irmãos também. Tenho quatro, todos pequenos. Eu sou a mais velha e era eu que os ajudava a se vestirem. Com certeza, vão fazer muita festa quando me virem. Vou entrar em casa na pontinha dos pés... Hum, o mar está tão feio! – comentou. Depois perguntou ao rapaz: – E você? Vai morar com os seus parentes?

– Sim, se me quiserem – respondeu.

– Não são seus amigos?

– Não sei.

– Eu completo 13 anos antes do Natal – disse a garota.

Depois começaram a conversar sobre o mar, sobre as pessoas que viam em volta deles. Ficaram juntos o dia inteiro, trocando algumas palavras de vez em quando. Os passageiros pensavam que fossem irmãos. Ela fazia tricô, ele pensava na vida. As ondas cada vez engrossavam mais. À noite, quando se separaram para ir dormir, ela disse a Mario:

– Durma bem.

– Ninguém dormirá bem, pobres crianças! – exclamou o marinheiro italiano, que passava correndo, a chamado do capitão.

O menino ia responder "Boa-noite" à amiguinha quando um jorro de água inesperado o atingiu violentamente e o atirou de encontro a um banco.

– Ai! Meu Deus! Está saindo sangue! – gritou a menina, correndo para junto dele.

Os passageiros que desciam para o dormitório passavam por eles e nem ligavam. A menina ajoelhou-se ao lado de Mario, atordoado com a queda, limpou a testa dele, que sangrava um pouco, tirou o lenço vermelho que cobria seu cabelo e enrolou-o na cabeça de Mario, aconchegando-a ao peito para melhor amarrar as pontas do lenço. Uma gota de sangue pingou no seu vestido amarelo, bem na cintura. Mario reanimou-se e levantou:

– Sente-se melhor? – perguntou a moça.

– Não estou sentindo nada – respondeu ele.

– Durma bem – disse Giulietta.

– Boa-noite – respondeu Mario.

Desceram pelas duas escadinhas que levavam aos seus dormitórios. O marinheiro não se tinha enganado na previsão. Ainda nem tinham adormecido quando se desencadeou uma tempestade medonha. Foi como um assalto repentino de ondas furiosas que, em poucos minutos, despedaçaram um mastro e arrastaram consigo, como se fossem folhas secas, três botes que estavam presos aos guindastes e quatro bois que estavam amarrados na proa. No interior do navio, estabeleceu-se grande confusão, e o terror era enorme; ouviam-se choros, orações e gritos de arrepiar os cabelos.

A tempestade foi piorando durante a noite. Ao amanhecer, estava ainda mais violenta. As ondas altíssimas e enviesadas batiam no navio, rebentavam sobre o convés e despedaçavam, lambiam e arrastavam tudo o que encontravam pela frente. A plataforma que cobria os motores foi arrombada, e a água entrou com grande estrondo; as fornalhas se apagaram e os maquinistas fugiram; furiosos jorros de água penetravam por toda parte. Uma voz forte gritou:

– Às bombas! – Era a voz do capitão.

Os marinheiros correram para as bombas. Mas uma enorme onda repentina, atacando o navio por trás, despedaçou parapeitos e portinholas, e uma torrente varreu o navio. Todos os passageiros, mais mortos do que vivos, tinham se refugiado na sala grande, sem saber o que fazer, até que apareceu o capitão:

– Capitão! Capitão! – gritaram todos juntos. – Que vamos fazer? Está perigoso? Há esperanças? Vamos nos salvar?

O capitão esperou todos se calarem e disse friamente:

– Temos que nos conformar.

Só uma mulher gritou:

– Deus tenha piedade!

Ninguém mais pronunciou uma palavra. O terror tinha paralisado a todos. Muito tempo se passou assim, num silêncio profundo. Olhavam uns para os outros, pálidos como mortos. O mar enfurecia-se cada vez mais. O navio balançava pesadamente. O capitão tentou lançar um barco salva-vidas ao mar. Cinco marinheiros entraram nele e baixou-se o barco para a água, mas ele foi logo envolvido por uma onda e dois marinheiros se afogaram. Um deles era o italiano amigo dos garotos. Os outros, a custo, conseguiram, agarrar-se às cordas e tornar a subir. Depois disso, os próprios marinheiros perderam a coragem. Duas horas depois, o navio já estava afundando e coberto de água até a altura das cordas que seguravam os mastros e velas. A cena era terrível na parte coberta do convés. As mães agarravam seus filhos desesperadamente; os amigos abraçavam-se fazendo as últimas despedidas; alguns desciam aos camarotes para morrer sem ver o mar. Um passageiro disparou uma pistola na cabeça e caiu de bruços nas escadas da cabine, onde morreu. Muitos se agarravam uns aos outros, desesperados; mulheres contorciam-se em horríveis convulsões. Alguns estavam ajoelhados em volta do padre. Ouvia-se um coro de suspiros e de lamentos das crianças, de vozes agudas e estranhas, e viam-se, em vários pontos, pessoas paradas e duras como estátuas, pasmadas, com as pupilas dilatadas, como se tivessem ficado loucas. Os dois pequenos, Mario e Giulietta, agarrados a um mastro do navio, não tiravam os olhos do mar, aterrorizados. O mar tinha se aquietado um pouco, mas o navio continuava a afundar lentamente. Poucos minutos restavam para que afundasse de uma vez:

– A lancha ao mar! – gritou o capitão.

Uma lancha, a única que restava, foi lançada à água e 14 marinheiros, com três passageiros, pularam nela. O capitão ficou a bordo.

– Venha conosco, pule! – gritaram de baixo.

– Devo morrer no meu posto! – respondeu o capitão.

– Encontraremos algum navio – gritavam-lhe os marinheiros; vamos nos salvar. Se o senhor ficar, está perdido.

– Eu fico.

– Ainda há lugar para mais uma pessoa! – gritaram de novo os marinheiros, dirigindo-se aos outros viajantes. – Uma mulher!

Uma senhora avançou, amparada pelo comandante, mas quando viu a distância que teria de saltar para lancha, não teve coragem de tentar e tornou a cair sobre o convés. As outras mulheres estavam quase todas desmaiadas e sem forças.

– Um menino! – gritaram os marinheiros.

Ao ouvir aquela voz, o garoto siciliano e sua companheira, que até então tinham estado como que petrificados de medo, empurrados de repente pelo instinto de sobrevivência, desprenderam-se do mastro e debruçaram-se sobre a borda do navio, gritando a uma voz:

– Eu! Eu! – empurrando um ao outro para trás, como duas feras em luta.

– A lancha está sobrecarregada. Desça só o menor dos dois.

Ao ouvir aquelas palavras, a menina deixou cair os braços, como fulminada, e ficou imóvel, olhando Mario com os olhos amortecidos. Este, depois de mirá-la por um momento, viu a mancha de sangue no vestido dela, lembrou-se do que havia acontecido antes, e então uma ideia atravessou sua mente como um raio e encheu-lhe o rosto de luz.

– O menorzinho! – gritavam em coro os marinheiros, com imperiosa impaciência. – Depressa! Temos que nos afastar do navio antes que ele afunde.

Então, Mario, com uma voz que não parecia a sua, gritou:

– Ela é mais leve. Vá você, Giulietta; você tem pai e mãe, eu sou sozinho. Vá no meu lugar! Vá, desce.

– Jogue-se no mar – disseram os marinheiros.

Mario agarrou Giulietta pela cintura e jogou-a ao mar. A rapariga deu um grito e mergulhou. Um marinheiro agarrou-a por um braço e puxou-a para cima da lancha. O menino ficou encostado à borda do navio com a cabeça erguida, os cabelos ao vento, imóvel, sereno, sublime. A barca moveu-se a tempo de escapar do redemoinho provocado pelo navio, que quase a fez virar. Então, Giulietta, que até àquele momento parecia insensível, levantou os olhos para Mario e desatou a chorar sentidamente.

– Adeus, Mario! – gritou, entre soluços e com os braços estendidos para ele. – Adeus! Adeus!

– Adeus! – respondeu o rapaz, levantando a mão.

A lancha afastava-se velozmente sobre o mar agitado, debaixo de um céu assustador. A bordo já não se ouvia nenhuma voz. A água já chegava à beira do convés inferior. De repente, o menino caiu de joelhos, com as mãos juntas e os olhos para o céu. A menina, na lancha, cobriu o rosto com as mãos e quando levantou de novo a cabeça e estendeu o olhar por sobre as águas, o navio já tinha afundado.

Julho

A última página da minha mãe
Sábado, 1º

Está acabado o ano, Enrico. É bom que, do último dia de aula, você fique com a recordação desse menino heroico que deu a vida pela amiga.

Agora, porém, que você está para se separar de seus professores e dos seus colegas, devo te dar uma notícia triste. A separação não durará somente três meses, será para sempre. Seu pai, por causa do trabalho, tem de deixar Torino, e nós todos iremos com ele. Sairemos no próximo outono. Você terá de ir para uma nova escola. Que pena, não é verdade? Porque sei que você ama a sua velha escola, onde, durante quatro anos, duas vezes ao dia, experimentou o prazer de aprender, onde encontrava, todo dia, à mesma hora, os mesmos colegas, os mesmos professores, os mesmos pais, que o esperavam com o sorriso nos lábios. A sua velha escola, onde seu espírito recebeu as luzes do conhecimento, onde você encontrou tão bons colegas, onde cada palavra que ouvia era para o seu bem e, se você ali sofreu alguns aborrecimentos, eles acabaram sendo *experiências úteis. Conserve então esse carinho e dê um adeus de coração a todos aqueles meninos. Separe-se deles afetuosamente, deixe um pouco da sua alma naquela grande família, onde você entrou criança e de onde sai quase homem, robusto, bom e estudioso. Seu pai e sua mãe prezam muito essa escola, porque nela você foi estimado e querido. Abençoada seja, e você não a esquecerá mais, meu filho. Ah! É impossível que vá esquecê-la. Você será um homem, viajará o mundo inteiro, verá cidades imensas e monumentos maravilhosos, e de muitos vai se esquecer; mas aquele modesto edifício branco com as persianas cerradas e o pequeno jardim onde desabrochou a primeira flor da sua inteligência vão ficar na sua lembrança até o último dia da sua vida, como eu guardarei a casa em que ouvi a sua voz pela primeira vez.*

Sua mãe

Os exames
Quarta-feira, 4

Finalmente, chegamos aos exames. Pelas ruas que circundam a escola, os meninos, os pais, as mães não falam de outra coisa: exames, pontos, matérias. Ontem de manhã foi a redação, hoje é aritmética. Era comovente ver os parentes que conduziam os meninos à escola dando-lhes os últimos conselhos pela rua, e muitas mães que acompanhavam seus filhos até as carteiras para verificar se havia tinta no tinteiro, se a caneta funcionava bem; e ainda se viravam, lá da porta, para dizer:

– Coragem! Preste atenção! Por favor!

O professor que veio aplicar as provas foi o Coatti, aquele da barba preta que imita a voz do leão e não castiga ninguém. Havia garotos brancos de medo. Quando o professor abriu o envelope enviado pela prefeitura e tirou a folha com o problema, não se ouvia nem um sopro. Ditou o problema em voz alta, olhando para um lado e outro, com um olhar terrível; mas a gente sabia que, se ele pudesse, em seguida ditaria, de boa vontade, a solução do problema, para que todos passassem de ano.

Depois de uma hora de prova, muitos começaram a ficar aflitos, porque o problema era difícil. Um chorava. Crossi dava murros na cabeça. Muitos não tinham culpa de não saber, coitados, porque não tinham muito tempo para estudar, nem parentes que pudessem ajudá-los nos estudos.

Mas a Providência estava ali. Havia que ver o esforço do Derossi para ajudá-los, o jeito que achava para dar uma dica e sugerir uma operação, sem ser notado, atento a todos, parecendo até ser o nosso professor. Também Garrone, que é forte em aritmética, ajudava quando podia, e ajudou até mesmo o Nobis, que, vendo-se atrapalhado, ficou todo bonzinho e gentil. Stardi ficou mais de uma hora imóvel, com os olhos pregados no problema e com os punhos fincados na testa, e depois resolveu tudo em cinco minutos. O professor andava por entre as carteiras, dizendo:

– Calma! Calma! Recomendo muita calma!

Quando via algum desanimado, o Coatti abria um bocão com se fosse devorá-lo, imitando um leão. Por volta das 11 horas, espreitando através das persianas, vi muitos pais passeando pela rua para baixo e para cima, impacientes. Estava o pai do Precossi, com a sua camiseta azul, pois tinha acabado de sair da oficina, ainda com a cara toda manchada de fuligem. Estava também a mãe do Crossi, a vendedora de verduras; a mãe do Nelli, vestida de preto, que não parava quieta. Pouco antes do meio-dia, chegou meu pai e ficou olhando pra janela da minha classe. Querido pai!

Ao meio-dia, todos tínhamos acabado. Foi um espetáculo a hora da saída. Todos corriam ao encontro dos meninos, fazendo perguntas, folheando os cadernos, comparando-os com os trabalhos dos colegas.

– Quantas operações! Qual é o total? E a subtração? E a resposta? E a vírgula dos decimais?

Todos os professores andavam para um lado e para outro, chamados por cem vozes diferentes. Meu pai puxou o caderno da minha mão e disse:

– Está certo.

Ao nosso lado, estava o ferreiro Precossi, que examinava também o trabalho do filho, um pouco inquieto porque não entendia nada. Virou-se para meu pai:

– Por favor, qual é o resultado certo?

Meu pai leu o total final e ele foi ver no caderno do filho. Era igual.

– Bravo, meu filho! – exclamou todo satisfeito.

Meu pai e ele se olharam, como dois amigos. Meu pai estendeu-lhe a mão, ele apertou-a. Separaram-se, dizendo:

– Agora, à prova oral! À oral!

Demos poucos passos e ouvimos uma voz de falsete que nos fez voltar a cabeça. Era o ferreiro que cantava.

O último exame

Sexta feira, 7

Esta manhã, fizemos as provas orais. Às 8 horas estávamos todos na classe, e às 8h15 começaram a nos chamar, quatro de cada vez, ao salão onde havia uma enorme mesa coberta com um pano verde. Em volta estavam o diretor e quatro professores, entre os quais o nosso.

Fui um dos primeiros chamados! Coitado do nosso professor! Só hoje de manhã foi que eu entendi o quanto ele gosta de nós. Enquanto os outros nos interrogavam, ele não tirava os olhos da gente; ficava aflito quando nos via em dúvida, gaguejando na resposta. Sossegava quando respondíamos bem, prestava a maior atenção a tudo e nos fazia mil sinalzinhos com as mãos e com a cabeça para nos dizer: "Bem, não, preste atenção, mais devagar, coragem." Teria assoprado tudo, se pudesse. Se no lugar dele estivessem sentados os nossos próprios pais, estes não teriam feito mais do que ele para nos ajudar. Tive vontade de dizer "obrigado, professor!" dez vezes, em voz alta, na frente de todo o mundo.

Quando os outros professores me disseram "muito bem, pode sair", os olhos dele brilharam de alegria.

Voltei logo à classe para esperar meu pai. Quase todos os meus colegas ainda estavam lá.

Sentei-me ao lado do Garrone e fiquei triste, por me lembrar que era a última vez que estaria junto dele. Ainda não lhe tinha dito que não continuaria com ele no quarto ano, porque vou-me embora de Torino com minha família. Ele não sabia de nada, estava ali, curvado, com a sua grande cabeça inclinada sobre a carteira, desenhando uma moldura em volta de uma fotografia do pai dele, vestido de maquinista, alto e forte, com pescoço de touro e um jeito sério e responsável, como é o do filho. Como estava assim curvado, com a camisa um pouco aberta na frente, via-se sobre o peito nu e forte a cruzinha de ouro que tinha ganhado da mãe de Nelli, quando soube que ele era o protetor do seu filho. Mas eu tinha de lhe contar que ia embora de Torino.

— Garrone, neste outono meu pai vai-se embora de Torino para sempre.

Perguntou se eu ia também; respondi que sim.

— Você não estará conosco na quarta série?

Respondi que não. Então ele ficou um tempo calado, continuou a desenhar. Depois perguntou, sem levantar a cabeça:

– Você vai se lembrar sempre dos seus colegas da terceira?

– Vou – disse-lhe –; de todos, mas de você mais que de todos. Quem poderia esquecer você?

Garrone me olhou, direto e sério, dizendo mil coisas com o olhar, mas sem falar uma palavra. Só me estendeu a mão esquerda, fingindo que continuava a desenhar com a outra, e apertei entre as minhas aquela mão forte e leal. Naquele momento, passou correndo o nosso professor, todo corado, e cochichou para dentro da sala, agitado, com ar alegre:

– Parabéns! Até agora vai tudo bem! Tomara que os que faltam também se saiam bem; parabéns, meninos! Coragem! Estou contentíssimo!

E para mostrar que estava alegre e nos fazer rir, saiu correndo, fingindo que tropeçava e se apoiava na parede para não cair; justamente ele, de quem nunca tínhamos ouvido uma risada. Aquilo pareceu tão estranho para nós que, espantados, nenhum de nós riu; sorrimos, apenas, mas ninguém deu risada.

Sei lá, sinto ao mesmo tempo pena e ternura por essa manifestação de alegria do nosso professor, como se fosse uma criança. Aquele momento de alegria era a única recompensa que recebia por nove meses de bondade, de paciência e também de aturar os desgostos que lhe dávamos. Vivia cansado, tantas vezes tinha vindo dar aula doente, coitado do professor. Pedia tão pouco de nós em troca de tanto carinho e dedicação! E agora parece que, na minha memória, vou vê-lo sempre assim, naquele momento feliz, mesmo daqui a muitos anos.

Quando eu for adulto, se ele ainda viver e nos encontrarmos, vou dar um beijo na sua cabeça branca e vou lhe falar daquela sua brincadeira que me tocou o coração.

Adeus
Segunda-feira, 10

Ao meio-dia, pela última vez, estávamos todos na escola pra saber o resultado dos exames e se tínhamos passado de ano. A rua estava cheia de pais que tinham invadido até o saguão. Muitos chegavam a entrar nas classes, amontoando-se em volta da mesa do professor.

Nossa classe ficou cheia de gente entre a parede e as primeiras carteiras. Estavam o pai do Garrone, a mãe do Derossi, o ferreiro Precossi, Coretti, a senhora Nelli, a vendedora de verduras, o pai do Pedreirinho, o pai do Stardi e muitos outros que eu nunca tinha visto. Ouvia-se de todos os lados um sussurro, um barulho que parecia que estávamos numa praça pública.

O professor entrou. Fez-se o maior silêncio. Ele tinha nas mãos a

lista das notas e começou logo a ler.

– Abatucci, aprovado, nota 8,5;[34] Arqueni, aprovado, nota 7,5; Pedreirinho, aprovado; Crossi, aprovado; depois leu, mais alto; Ernesto Derossi, aprovado em primeiro lugar com nota 10. Todos os pais presentes, que o conheciam, aplaudiram:

– Parabéns! Parabéns, Derossi!

Ele sorriu, olhou pra mãe, que lhe acenou com a mão.

– Garoffi, Garrone e o calabrês, aprovados.

Em seguida, três ou quatro reprovados. Um deles começou a chorar porque o pai, que estava à porta, ameaçou-o com um gesto. Mas o professor disse ao pai:

– Senhor, desculpe-me dizer-lhe: não, nem sempre a culpa é deles. E este é um desses casos.

---

[34] O sistema de avaliação/notas italiano da época foi aqui adaptado à forma que se utiliza hoje no Brasil. (N.T.)

E continuou lendo:

– Nelli, aprovado, 6,2.

A mãe lhe mandou um beijo com o leque. Stardi, aprovado com 6,7, nem sequer sorriu ao ouvir aquela ótima classificação, continuou com a cabeça enterrada nos punhos. O último foi o Vottini, que tinha vindo muito bem-vestido e penteado: aprovado.

Quando acabou de ler até o último nome, o professor levantou-se e disse:

– Meninos, esta é a última vez que nos reunimos. Estivemos juntos por um ano e agora nos separamos como bons amigos, não é verdade? Sinto muito separar-me de vocês, meus queridos filhos.

Calou-se por um momento, depois continuou:

– Se às vezes perdi a paciência ou fui injusto, sem querer, ou exigente demais, desculpem-me.

– Não, não – disseram os pais e muitos alunos –, não, professor, nunca!

– Desculpem-me – repetiu o professor – e continuem a me querer bem. No próximo ano, não serão mais meus alunos, mas vou tornar a vê-los e vocês terão sempre um lugar em meu coração. Até a vista, meus rapazes!

Dito isso, chegou perto de nós; todos lhe estendíamos as mãos, subindo nos bancos, puxando-o pelos braços e pelas beiras do casaco; muitos o beijavam, e cinquenta vozes disseram ao mesmo tempo:

– Até logo, professor! Obrigado, professor! Felicidades. Lembre-se de nós!

O professor parecia muito emocionado quando saiu da sala.

Saímos atropeladamente. Jorrava gente também das outras classes. Era uma zoada, uma grande algazarra de alunos e seus parentes que se despediam dos professores e dos colegas.

A professora da pluma vermelha tinha quatro ou cinco crianças que escalavam suas costas, e mais umas vinte em volta dela, que não a deixavam nem respirar. A criançada também já tinha amassado todo o chapéu da "freirinha" e enfiado montes de raminhos de flores entre os botões e nos bolsos do seu vestido preto.

Muitos faziam festa pro Robetti, que, justamente naquele dia, pela primeira vez, tinha aparecido sem muletas.

De todo lado se ouvia:

– Até o ano que vem! Até 20 de outubro! Até o feriado de Todos os Santos!

Todos nos despedíamos igualmente de todos. Ah! Como as chateações eram esquecidas naquele momento! Vottini, que sempre tinha tanto ciúme do Derossi, foi o primeiro abrir os braços pra ele. Eu me despedi do Pedreirinho e dei-lhe um grande abraço bem na hora em que ele fazia o seu último focinho de coelho. Despedi-me do Precossi, do Garoffi, que me deu um peso de papel feito de louça, quebrado num canto, contando-me que o tinha ganhado na sua última rifa. Despedi-me de cada um dos outros.

Era uma graça ver o pobre Nelli agarrado ao Garrone, que não conseguia soltar-se dele. Todos se juntaram em volta de Garrone – "Adeus! Até logo!" – querendo tocá-lo, abraçá-lo e fazer festa para aquele garoto tão admirado e querido por todos. O pai dele estava lá, olhava e sorria, maravilhado. Garrone foi o último que abracei, já na rua, abafando um soluço no peito dele. Ele beijou minha testa. Depois corri para junto de meu pai e minha mãe. Meu pai perguntou:

– Você se despediu de todos os seus colegas?

Eu disse que sim.

– Se há algum contra quem você tenha cometido alguma injustiça, vá pedir-lhe que esqueça isso e que lhe perdoe. Não há nenhum?

– Nenhum, respondi.

– Então, adeus! – disse meu pai, emocionado, olhando a escola pela última vez.

E minha mãe repetiu:

– Adeus!

Eu não pude dizer mais nem uma palavra.

FIM

271

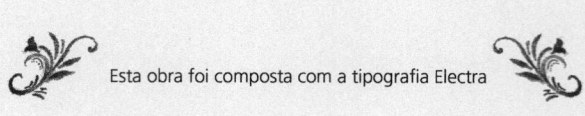 Esta obra foi composta com a tipografia Electra